HEYNE<

DAS BUCH

Sam Levitt, ein Jurist mit detektivischen Fähigkeiten, erhält ausgerechnet von dem französischen Unternehmer Francis Reboul, den er jüngst bei einem kapitalen Weindiebstahl elegant mit dessen eigenen Mitteln ausgetrickst hat (nachzulesen in Mayles Roman »Ein diebisches Vergnügen«), einen lukrativen Auftrag: Er soll in Marseille für ein Bauprojekt werben, das die Fischerbucht östlich vom alten Hafen aufwertet. Francis Reboul selbst will als übermächtiger Großunternehmer im Hintergrund bleiben. Sams Freundin Elena Morales findet die Idee, gemeinsam nach Marseille zu fliegen, vorzüglich, und so nimmt der Jurist mit dem kriminalistischen Spürsinn den Auftrag an. Voller Elan beginnt er seine Arbeit in Marseille. Rasch gewinnt er Philippe Davin, einen wichtigen Journalisten, für Rebouls Projekt, das er in einem großen Zelt auf dem Strand publikumswirksam präsentiert. Es handelt sich um den Bau von zweistöckigen Häusern, die sich wie Hütten elegant und umweltschonend in die Fischerbucht einfügen. Diese Appartements sollen ausschließlich für Bürger aus Marseille und Umgebung zu kaufen sein. Es gibt zwei Konkurrenten, eine Firma aus Paris und einen Lord Wapping aus England, der in seiner Luxusyacht »The Floating Pound« unmittelbar vor der Küste Marseilles ankert, mit einem Privathubschrauber an Deck. Lord Wapping will protzige Hotelbauten für Touristen hochziehen lassen, der Profit würde ihn aus seiner Finanznot helfen, denn die Banken sitzen ihm - nachdem er in der Finanzkrise viel verloren hat - im Nacken. Entsprechend brutal und skrupellos geht er gegen alle Konkurrenten vor - wie Philippe, Sam und Elena bald zu spüren bekommen.

DER AUTOR

Peter Mayle wurde 1939 in Brighton/England geboren. Er war Kellner, Busfahrer und erfolgreicher Werbetexter, bevor er 1975 dauerhaft in die Provence zog und Schriftsteller wurde. Seine Bücher »Mein Jahr in der Provence« und »Toujours Provence« wurden Millionenbestseller. Auch seine beiden letzten Romane, »Ein guter Jahrgang« und »Ein diebisches Vergnügen« stürmten die Bestsellerlisten in aller Welt.

Peter Mayle
Der Coup von Marseille

Roman

Aus dem Englischen
von Ursula Bischoff

WILHELM HEYNE VERLAG
MÜNCHEN

Die Originalausgabe THE MARSEILLE CAPTER erschien
bei Alfred A. Knopf, New York

Verlagsgruppe Random House FSC® N001967
Das für dieses Buch verwendete FSC®-zertifizierte Papier
Holmen Book Cream liefert Holmen Paper, Hallstavik, Schweden.

Vollständige deutsche Taschenbuchausgabe 03/2015
Copyright © 2012 der Originalausgabe
by Escargot Productions, Ltd
Copyright © 2013 der deutschsprachigen Ausgabe
by Karl Blessing Verlag, München,
in der Verlagsgruppe Random House GmbH
Copyright © 2015 dieser Ausgabe by Wilhelm Heyne Verlag,
München in der Verlagsgruppe Random House GmbH
Printed in Germany 2015
Umschlaggestaltung und Motiv: David Hauptmann,
Hauptmann & Kompanie Werbeagentur, Zürich, unter
Verwendung zweier Fotos von © plainpicture/Millennium/
Captureworx und © David Hauptmann
Satz: Leingärtner, Nabburg
Druck und Bindung: GGP Media GmbH, Pößneck
ISBN: 978-3-453-41810-3

www.heyne.de

*Dem Gedenken an Allen Chevalier gewidmet,
einem guten Freund, der einen wunderbaren Wein machte.*

1. Kapitel

Der Schock hat stets eine ebenso eisige wie ernüchternde Wirkung, vor allem, wenn er in Form einer unverhofften Begegnung mit einem Mann erfolgt, den man unlängst um Wein im Wert von drei Millionen Dollar erleichtert hat. Sam Levitt zog fröstelnd den Frotteebademantel enger um seinen Körper, der vom frühmorgendlichen Bad im Pool des Hotels Chateau Marmont noch klamm war.

»Hier, trinken Sie das.« Der Mann auf der anderen Seite des Tisches – lächelnd, braun gebrannt und makellos gekleidet – schob Sam eine Tasse Kaffee zu. »Zum Aufwärmen. Danach würde ich mich gerne mit Ihnen unterhalten.« Er lehnte sich zurück und sah zu, wie die erste heiß ersehnte Tasse des Tages geleert wurde und eine weitere Dosis des belebenden Gebräus folgte, während Sams Gehirn auf Hochtouren arbeitete.

Der Name des edlen Spenders lautete Francis »Sissou« Reboul. Das letzte Mal waren er und Sam sich in Marseille begegnet, bei einem Glas Champagner im Palais du Pharo, Rebouls hochherrschaftlichem Anwesen, das auf einer Felsenklippe thronte und eine Aussicht auf das Mittelmeer bot, die eines Milliardärs würdig war. Sam hatte im Auftrag einer internationalen Versicherungsgesellschaft nach einigen Hundert Flaschen erlesenem Bordeaux-Wein gefahndet, die aus der Villa von Danny Roth bei Los Angeles gestohlen worden waren, einem Rechtsanwalt mit einer Klientel aus dem Showbiz und einer Schwäche für edle Tropfen. Die abenteuerliche Jagd hatte Sam Levitt von der amerikanischen Westküste nach Paris, Bordeaux und Marseille geführt, wo er die kostbaren Flaschen in Rebouls geräumigem Weinkeller entdeckte. Und da er ein Mann war, der unverzügliches Handeln langen und ermüdenden Verhandlungen mit den Behörden vorzog, hatte er sie umgehend zurückerbeutet. Damit war der Fall erledigt – hatte Sam zumindest gedacht. Eine saubere Sache, bei der mit Beschwerden seitens des Opfers wohl kaum zu rechnen war. Doch das Opfer war wider Erwarten aus der Versenkung aufgetaucht, saß nun höchstselbst im Garten des Chateau Marmont in Los Angeles und benahm sich wie ein Bekannter, der sich die größte Mühe gab, ein Freund fürs Leben zu werden.

»Vielleicht hätte ich Sie vorwarnen sollen«, fuhr Reboul achselzuckend fort. »Aber meine Maschine ist erst gestern Abend in Los Angeles gelandet – geschäftliche Angelegenheiten, die meine Anwesenheit erfordern –, und da dachte ich, ich nutze die Gelegenheit, Ihnen meine Aufwartung zu machen und *bonjour* zu sagen.« Er holte eine Visitenkarte aus der Brusttasche und schob sie über den Tisch. »Sehen Sie? Hier ist das kleine Souvenir, das Sie mir bei unserer letzten Begegnung überreicht haben.«

Sam begnügte sich mit einem flüchtigen Blick auf seine eigene Visitenkarte, deren stilvolle Gestaltung ihm natürlich vertraut war. »Nun, Mr Reboul ...«

Der Franzose winkte lässig ab. »Ich bitte Sie. Sagen Sie Francis zu mir, und ich werde Sie Sam nennen, wenn es recht ist. Das klingt weniger förmlich, *non?*« Er nickte lächelnd, als fände er den Gedanken an ein entspanntes Miteinander erheiternd. »Ich möchte Ihre Zeit nicht verschwenden, deshalb werde ich gleich auf den Punkt kommen.« Er trank den letzten Schluck Kaffee und schob die Tasse samt Untertasse mit einem tadellos manikürten Zeigefinger beiseite. »Fakt ist, die geschäftliche Angelegenheit, die mich nach Kalifornien führt, sind Sie.«

Reboul hielt inne und zwinkerte Sam verschwörerisch zu, bevor er fortfuhr. »In Marseille ist eine Situation eingetreten, die eines Mannes – im Idealfall eines Amerikaners, wie Sie gleich sehen werden – mit besonderen und ziemlich ungewöhnlichen Talenten bedarf. Und angesichts unseres früheren Zusammentreffens scheint es mir, als wären Sie genau der Richtige für diese Aufgabe. Was würden Sie zu ein paar Wochen in Marseille sagen? Die Stadt zeigt sich zu dieser Jahreszeit, bevor die sommerliche Bruthitze einsetzt, von ihrer angenehmsten Seite. Ich könnte Ihnen einen außerordentlich anregenden und höchst lukrativen Aufenthalt garantieren.«

So gleichmütig Sam sich auch gab, war er doch überrascht und innerlich aufgewühlt. Der Argwohn kämpfte mit der Neugierde, aber Letztere trug den Sieg davon. »Lassen Sie mich raten.« Sam zwinkerte zurück. »Gehe ich recht in der Annahme, dass Ihr Vorhaben nicht ganz legal ist?«

Reboul runzelte die Stirn und schüttelte den Kopf, als sei Sams Unterstellung völlig unangemessen. »Legalität ist an und für sich ein schwer fassbarer Begriff, finden Sie nicht auch? Wenn er sich leichter definieren ließe, wären die meisten Anwälte auf der Welt arbeitslos, was vielleicht keine schlechte Sache wäre. Aber, mein lieber Sam, gestatten Sie mir, Ihr Gewissen zu beruhigen: Ich würde Ihnen nie im Leben etwas vorschlagen, was ungesetzlicher wäre als ein harmloses kleines Täuschungsmanöver – und nach Ihrem bühnenreifen Auftritt als Buchverleger bei unserem letzten Zusammentreffen sollte das für einen Mann mit Ihren Talenten ein Kinderspiel sein.

Nichts weiter als eine *soupe de fèves,* wie wir in Marseille sagen.« Rebouls Aufmerksamkeit wurde abgelenkt, als sich eine Frau den Weg durch den Garten bahnte und auf ihren Tisch zusteuerte. »Bezaubernd«, sagte er, glättete seine Haare und erhob sich. »Wir bekommen Besuch.«

Sam drehte sich um und sah Elena Morales in ihrer sogenannten Kundenkluft – schwarzes Kostüm, schwarze High Heels und schwarzes schmales Aktenköfferchen, wobei die strenge Aufmachung durch einen Hauch schwarzer Spitze, die dezent aus dem Dekolleté ihrer Kostümjacke hervorlugte, eine spielerische Note erhielt. Sie ragte hoch über Sams Stuhl auf, tippte ungeduldig auf ihre Uhr und musterte ihn tadelnd wie eine Studienrätin. »Ist das deine Vorstellung von der legeren Freizeitkleidung, mit der man freitags zur Arbeit erscheinen darf? Oder hast du die geschäftliche Besprechung vorsichtshalber gleich ganz vergessen?«

»Ach du meine Güte«, erschrak Sam. »Stimmt, da war doch noch was! Die Besprechung. Gib mir fünf Minuten zum Umziehen, okay?« Plötzlich wurde ihm bewusst, dass der Franzose erwartungsvoll hinter ihm Aufstellung genommen hatte. »Darf ich bekannt machen? Elena, das ist Mr Reboul.« Elena reichte dem Franzosen lächelnd die Hand. »Aus Marseille«, fügte er hinzu.

Reboul ergriff Elenas Hand, als wäre sie zerbrechlich und ein Kunstobjekt von unermesslichem Wert, beugte sich mit gekonntem Schwung darüber und küsste sie. *»Enchanté, Mademoiselle, enchanté.«* Er verpasste der Hand einen zweiten Kuss. Sam widerstand dem Drang, Reboul darauf hinzuweisen, dass man nicht mit vollem Mund spricht.

»Wenn ihr beide mich jetzt entschuldigen würdet«, sagte er. »Ich kehre zurück, sobald ich meine kugelsichere Weste angelegt habe.«

Reboul rückte einen Stuhl für Elena zurecht. »Es freut mich sehr, Sie kennenzulernen. Verzeihen Sie mir, dass sich Sam meinetwegen verspätet hat, aber die Überraschung ist mir offensichtlich gelungen. Wir sind uns das letzte Mal in Marseille über den Weg gelaufen, und er hat gewiss nicht damit gerechnet, mich jemals wiederzusehen.«

»Dessen bin ich mir sicher. Ich weiß, was in Marseille geschehen ist – Sam hat mir alles erzählt«, entgegnete Elena. »Tatsächlich war er in meinem Auftrag dort. Ich bin für Knox tätig, den Versicherungskonzern.«

»Aha, Sie sind also Kollegen!«

»Hin und wieder. Aber wir sind auch ... befreundet. Sie verstehen?«

Reboul zwinkerte abermals mit den Augen. »So ein Glückspilz. Vielleicht können Sie mir helfen, ihn zu überreden, einen kleinen Auftrag für mich zu übernehmen. Oder besser noch – vielleicht hätten Sie Lust, ihn zu begleiten.« Er tätschelte ihre Hand. »Es wäre mir eine große Freude.« Elena war sich bewusst, dass er gerade versuchte, sie mit seinem Charme einzuwickeln. Sie war sich auch bewusst, dass sie dieses Spiel genoss. »Und wo wäre dieser kleine Auftrag zu erledigen?«

»In Marseille. Eine faszinierende Stadt. Wenn Sie möchten, erzähle ich Ihnen gerne mehr darüber.«

Als Sam zum Tisch zurückkehrte, wirkte er auf den ersten Blick geschäftsfähig, denn er hatte den Bademantel gegen Anzug und Krawatte ausgetauscht. Allerdings waren Reboul und Elena in ein angeregtes Gespräch vertieft, und es war nun an ihm, hoch über Elena aufzuragen, ungeduldig auf seine Uhr zu tippen und eine selbstzufriedene Miene aufzusetzen.

Elena musterte ihn von oben bis unten und schmunzelte. »Sehr elegant. Nur schade, dass du die Socken vergessen hast, aber seien wir nicht kleinlich. Wir müssen los. Wo steht das Auto?« Und an Reboul gewandt, fügte sie hinzu: »Wir sehen uns dann heute Abend. Um halb acht im Restaurant?«

Der Gast aus Marseille neigte den Kopf. »Ich kann es kaum erwarten.«

Sam schwieg, bis er sich in den Verkehr auf dem Sunset Boulevard einfädeln konnte und auf den Wilshire Boulevard abgebogen war. Erst dann ergriff er das Wort. »Was ist mit heute Abend?«

»Francis hat uns zum Essen eingeladen, damit er uns mit den Einzelheiten des Auftrags vertraut machen kann.«

»Uns?«

»Er hat mich nach Marseille eingeladen. Und ich könnte in Versuchung geraten. Ehrlich gestanden, mehr als das – ich würde wahnsinnig gerne hinfliegen. Ich habe noch jede Menge Urlaub, war noch nie in Südfrankreich und Marseille ...«

»... zeigt sich um diese Jahreszeit von seiner besten Seite, ich weiß.« Sam wechselte auf die linke Spur und überholte den feuerroten Hummer, der ihm wie ein Panzer im Schneckentempo den Weg versperrte. »Der Mann vergeudet keine Zeit, wie ich sehe.«

»Er ist süß. Und ein Gentleman vom Scheitel bis zur Sohle. Weißt du was? Mir hat noch nie jemand die Hand geküsst.«

»Das würde auch gegen die amerikanischen Gesundheits- und Hygienebestimmungen verstoßen.« Sam schüttelte den Kopf. Aus leidvoller Erfahrung wusste er, dass Elena einen eisernen Willen besaß: Wenn sie sich etwas in den Kopf gesetzt hatte, war es sinnlos, sie umstimmen zu wollen. Und abgesehen davon musste er zugeben, dass ihre Gesellschaft den Auftrag wesentlich erfreulicher machen würde – falls er beschloss, ihn anzunehmen.

Doch zuerst galt es, eine wichtige geschäftliche Besprechung, die mit Sicherheit unerfreulich verlaufen würde, unbeschadet über die Bühne zu bringen. Sie befanden sich auf dem Weg zu Danny Roth, um noch ein paar Dinge zu klären, die bei der Wiederbeschaffung des gestohlenen Weins und der Rückführung in die Vereinigten Staaten unerledigt geblieben waren. Dazu gehörte nicht zuletzt auch die Frage des beträchtlichen Finderlohns, der Sam zustand. Obwohl dieser jeweils zur Hälfte von Roth und Knox Insurance zu entrichten war, rechnete Sam mit Problemen: bestenfalls mit einer Hinhaltetaktik, aber wahrscheinlicher waren Wut und die offene Weigerung, den fälligen Obolus zu zahlen.

Er parkte direkt vor dem Kubus aus getöntem Glas, in dem sich die Kommandozentrale von Roth and Partners befand (Partner waren seine Mutter und seine Buchhalterin), und stellte den Motor ab. »Klar zum Gefecht? Erwarte lieber nicht zu viele Handküsse.«

Sie wurden im Empfangsbereich von Roths Vorstandssekretärin abgefangen, der hochgewachsenen, hochherrschaftlichen und völlig inkompetenten Cecilia Volpé, die ihren Verbleib in dieser Position ihrem einflussreichen Vater Myron verdankte; er gehörte zu der Handvoll mächtiger Männer, die Hollywood hinter verschlossenen Türen regierten.

Cecilia wankte ihnen auf zwölf Zentimeter hohen Stiletto-Absätzen entgegen und strich sich die lohfarbene Mähne aus der Stirn, um Elenas Ausstattung besser beäugen zu können. »Schöne Schuhe«, murmelte sie. »Louboutin?« Dann schien sie sich an ihre Pflichten zu erinnern und fügte hinzu: »Mr Roth hat heute einen *randvollen* Terminkalender. Bleiben Sie lange?«

Sam schüttelte lächelnd den Kopf. »Nur so lange, wie man braucht, um einen Scheck auszustellen.«

Cecilia dachte einen Moment angestrengt über Sams Antwort nach, bevor sie entschied, dass man sie nicht ernst nehmen musste. Sie erwiderte das Lächeln und enthüllte dabei erlesen überkronte Zähne im Wert von mehreren tausend Dollar. »Wenn Sie mir bitte folgen wollen!« Sie machte kehrt und trippelte den Gang entlang, wobei sich ihr Rock an zwei Gesäßbacken mit perfektem Muskeltonus klammerte, die ein Eigenleben zu führen schienen und bei jedem Schritt zuckten. Sam war gebannt. Aber nur für einen kurzen Moment, denn Elenas Ellenbogen bohrte sich in seine Rippen. »Verkneif dir jede Bemerkung. Konzentrier dich lieber auf die Arbeit.«

Cecilia ließ die beiden auf der Schwelle zu Roths Büro allein zurück. Er saß am Schreibtisch, hatte ihnen den Rücken zugewandt, sein kahler Schädel glänzte im Sonnenlicht, das den Raum durchflutete. Er schwenkte auf seinem Drehstuhl herum, hielt den Telefonhörer ein Stück weit vom Ohr entfernt und musterte die Besucher mit zusammengekniffenen, unfreundlichen Augen. »Bleiben Sie lange?«

»Ich hoffe nicht, Mr Roth.« Elena nahm unaufgefordert Platz und holte einige Unterlagen aus ihrem Aktenkoffer. »Ich weiß, dass Sie ein vielbeschäftigter Mann sind. Aber es gibt ein oder zwei Dinge, die wir klären müssen.«

Roth deutete mit einer ruckhaften Kopfbewegung auf Sam. »Und was macht er hier?«

»Ich?« erwiderte Sam. »Oh, ich wollte nur meinen Scheck abholen.«

Roth blickte ihn entgeistert an. »Scheck? Scheck? Sind Sie sicher, dass Sie nicht auch noch einen Verdienstorden haben wollen? Verdammt.«

Elena seufzte. »Der Finderlohn. Mr Roth. Wie im Versicherungsvertrag festgelegt.«

Sie blieben fast zwei Stunden, während Roth sich durch den Vertrag kämpfte, Zeile für Zeile, und selbst die harmlosesten Klauseln anfocht, wobei sein Verhalten befürchten ließ, dass er jeden Moment einen Schlaganfall erleiden könnte.

Als es endlich überstanden war, wurde Cecilia herbeizitiert, um sie zum Fahrstuhl zu eskortieren. »Wow«, staunte sie. »Normalerweise verbringt er mit *niemandem* so viel Zeit. Er muss euch beide echt ins Herz geschlossen haben.«

Elena drehte die Klimaanlage im Auto auf und lehnte sich auf ihrem Sitz zurück. »Wenn ich noch einen weiteren Vorwand gebraucht hätte, um mich aus dem Staub zu machen, dann wäre es dieser. Roth ist ein Monster. Ich verrate dir was: Marseille kommt mir von Minute zu Minute reizvoller vor.«

»Na gut, schauen wir doch mal, was Monsieur Reboul uns zu sagen hat.«

»Lass dir ja nicht einfallen, ihm einen Korb zu geben. Dann nehmen wir dich beide in die Mangel.« Sie beugte sich zu Sam hinüber und küsste ihn aufs Ohr. »Widerstand ist zwecklos.«

2. Kapitel

Elena und Sam hatten sich verspätet. Jetzt eilten sie durch den Gang zum Aufzug, der sie nach unten in das Restaurant des Chateau Marmont fuhr.

Sie waren von Elenas Ehrgeiz aufgehalten worden, ihrem brennenden Wunsch, Reboul vor Augen zu führen, dass die Französinnen nicht die einzigen heißen Feger auf der Welt waren, wie sie es auszudrücken beliebte. Nach mehreren Fehlstarts und langatmigen Diskussionen hatte sie sich für ein Kleid entschieden, das gerade als der letzte Schrei galt: schwarz, hauteng und megakurz.

Während sie auf die Ankunft des Aufzugs warteten, legte Sam den Arm um ihre Taille, bevor seine Hand sanft hinabglitt, um die oberen Hanglagen der wohlproportionierten Morales-Kehrseite zu erkunden. Plötzlich hielt seine Hand inne, bewegte sich abwärts und geriet abermals ins Stocken.

»Elena? Trägst du irgendetwas unter diesem Kleid?«

»Nicht viel. Nur ein paar Tropfen Chanel.« Sie schaute mit ihrem unschuldigsten Lächeln zu ihm auf. »Das liegt an dem Kleid, weißt du. In dem ist nur Platz für mich.«

»Mhm.« Sam blieb jeder weitere Kommentar erspart, als sich die Türen des Aufzugs öffneten und den Blick auf einen Mann mit Blazer und ziegelroter Hose freigaben, passend zu seinem ziegelroten Gesicht. Er hielt ein halb leeres Martiniglas in der Hand, mit dem er ihnen zuprostete. »Bin auf eine Gartenparty eingeladen«, nuschelte er. »Dachte, ich übe schon mal.« Als der Aufzug hielt, leerte er das Glas auf einen Zug, verstaute es in der Tasche seines Blazers, straffte die Schultern und eilte leicht schwankend von dannen.

Reboul saß bereits am Tisch, den Champagnerkübel in Reichweite, und blätterte in einem Stapel Papiere. Als er Elena erspähte, sprang er auf und ergriff ihre Hand, wobei er sich dieses Mal auf einen einzigen Kuss und ein gemurmeltes »*ravissante, ravissante*« beschränkte. Elena neigte anmutig den Kopf, während Sam die Augen verdrehte. Der Ober schenkte Champagner ein.

Reboul war ein Mann, auf den der Begriff »elegant« wie zugeschnitten schien. Heute Abend glänzte er in einem schwarzen Seidenanzug (das kleine scharlachrote Ordensband der Légion d'Honneur, der ranghöchsten Auszeichnung Frankreichs, die Menschen mit besonderen Verdiensten um das Vaterland vorbehalten ist, verlieh dem Revers einen Hauch Farbe) und einem Hemd von zartestem Blau. Ein blendend weißes Taschentuch, ebenfalls aus Seide, steckte im Ärmelaufschlag seines Jacketts. Wie bei vielen vom Glück gesegneten Männern des Mittelmeerraumes hieß seine Haut die Sonne willkommen, und sein glatter, hell mahagonifarbener Teint bildete einen höchst schmeichelhaften Kontrast zu den in perfektem Weiß gehaltenen, akkurat geschnittenen Haaren. Sogar seinen Augenbrauen war die fachkundige Aufmerksamkeit eines Meisterbarbiers zuteilgeworden, wie Elena nicht umhin konnte zu bemerken. Die braunen Augen unter den perfekt gestylten Brauen zeichneten sich durch eine gehörige Portion Humor aus. Er war der wandelnde Beweis für die kleinen Freuden der Gutbetuchten. »Trinken wir auf den Erfolg unseres kleinen Vorhabens«, sagte er und hob sein Glas.

Sams Hand mit dem Glas hielt auf halbem Weg zum Mund inne. »Es liegt mir fern, Ihnen den Spaß zu verderben«, sagte er. »Aber ich würde gerne einiges mehr über meine kleinen Vorhaben erfahren, bevor ich in Begeisterungsstürme ausbreche.«

»Das werden Sie, mein lieber Sam, das werden Sie.« Leutselig reichte er Sam die Weinkarte. »Doch darf ich Sie zuerst bitten, den Wein für uns auszuwählen? Wenn ich mich recht erinnere, haben Sie ein Händchen für einen guten Tropfen.« Seine Worte wurden von einem Stirnrunzeln und einem verschwörerischen Nicken des Kopfes begleitet, als würde er ihm ein Geheimnis anvertrauen.

Es war das erste Mal, dass Reboul – wenn auch indirekt – auf Sams Rolle beim Raub von mehreren Hundert Flaschen Wein anspielte, dessen Beschaffung ihn so große Mühe gekostet hatte. Doch der Vorfall belustigte den Mogul aus Marseille offenbar, wie man aus seinem wohlwollenden Verhalten und der lächelnden Miene schließen konnte. Ein trügerischer Schein? Vielleicht war das nicht der richtige Moment, um dieser Frage nachzuforschen, dachte Sam. Er schob die Weinkarte beiseite, ohne einen Blick hineinzuwerfen. »Ich hoffe, Sie sind einverstanden, aber der Wein ist bereits bestellt. Ich habe mir hier einen kleinen Weinkeller angelegt, leider nicht mit Ihrem zu vergleichen, und zwei Flaschen ausgewählt, die Sie interessant finden könnten. Einen Châteauneuf-du-Pape – einen *weißen* – und einen unserer lokalen Weine, den Sie vielleicht noch nicht probiert haben: den Beckstoffer Cabernet aus Napa Valley. Wie klingt das?«

Reboul blickte von der Speisekarte auf. »Vorzüglich. Und nun sagen Sie mir, meine liebe Elena, was soll ich essen? Frauen wissen das immer am besten. Ich gebe mich ganz in Ihre Hände.«

Elena tätschelte seinen Arm. »Überlassen Sie das ruhig mir.« Sie vertiefte sich ein paar Minuten in die Speisekarte. »*Soupe au pistou?* Nein, lieber nicht, ich schätze, eine provenzalische Gemüsesuppe bekommen Sie überall in Ihrer Heimat. Die Meeresfrüchte sind hier ausgezeichnet; als Vorspeise würde ich vorschlagen, Krebsküchlein an Avocadopüree ...«

Reboul hob die Hand. »Halt, sagen Sie nichts mehr! Ich bin ganz versessen auf Krebsküchlein. Dafür würde ich sogar einen Mord begehen.«

»Aber doch nicht hier. Eher schon in Marseille, oder? Hoffen wir, dass sich das erübrigt.« Elena blickte von der Speisekarte auf. »Was für einen Tag haben wir heute? Dienstag? Sehr gut – die Spezialität des Hauses ist heute Kaninchenschmorbraten mit Pappardelle und Waldpilzen. Köstlich, glauben Sie mir.«

»Erstaunlich«, erwiderte Reboul. »Ich wusste nicht, dass Amerikaner Kaninchen essen.«

»Eine Amerikanerin wie ich schon.«

Die Bestellungen wurden aufgegeben, die Flaschen entkorkt, und der Champagner wurde mit der gebührenden Aufmerksamkeit bedacht. Reboul zuckte entschuldigend mit den Schultern, weil er bei Tisch geschäftliche Angelegenheiten zur Sprache brachte, bevor er in groben Zügen den Grund seines Besuches zu schildern begann.

»Sie müssen wissen, Marseille ist eine außergewöhnliche Stadt«, begann er. »Sie wurde vor mehr als zweitausendsechshundert Jahren gegründet, bevor Paris auch nur dem Namen nach zu Paris wurde. Und hat riesige Ausmaße. Die Grundfläche von Marseille ist heute doppelt so groß wie die von Paris. Doch wie Sie sich vorstellen können, ist das Land entlang der Küste von Marseille – Land, das sich mit den Füßen im Mittelmeer befindet, wie wir sagen – beinahe vollständig erschlossen.« Er hielt kurz inne, um einen Schluck Champagner zu trinken. »Mit Ausnahme einer idyllischen kleinen Bucht, der Anse des Pêcheurs, die sich östlich des Vieux Port, des Alten Hafens, befindet. Ich möchte Sie nicht mit historischen Details langweilen, sondern mich darauf beschränken, dass dieses Areal in Bestlage hundertzwanzig Jahre lang von Kommunalpolitikern und Bauunternehmen mehrerer Generationen heiß umkämpft wurde. Es gab deswegen etliche Schmiergeldaffären auf beiden Seiten, mehrere Gerichtsverfahren und mindestens einen Mord. Doch vor zwei Jahren fiel die Entscheidung, die Anse des Pêcheurs nun doch zu erschließen. Das Projekt liegt mir sehr am Herzen, ich habe bereits viel Zeit und Geld investiert, aber ...«

Die Ankunft der Krebsküchlein veranlasste Reboul, eine Pause einzulegen, die Serviette in den Kragen seines Hemdes zu stopfen, den weißen Châteauneuf zu kosten und Sam zu seiner Wahl zu gratulieren.

»Sagen Sie, was hat die Leute nach hundertzwanzig Jahren doch noch zu einem Sinneswandel bewogen?«, erkundigte sich Sam.

Reboul nahm einen längeren, achtsameren Schluck Châteauneuf, behielt ihn eine Weile im Mund und nickte zustimmend, bevor er antwortete. »2010 wurde Marseille zur Europäischen Kulturhauptstadt des Jahres 2013 gewählt mit dem Ziel, die ›Entwicklung zu beschleunigen‹, wie es im offiziellen Sprachgebrauch hieß. Ich denke, das gab letztlich den Ausschlag. Wie dem auch sei, öffentliche Ausschreibungen und Ideen für die Erschließung der Bucht waren willkommen, und drei Vorschläge kamen schließlich in die engere Wahl. Einer von ihnen – der beste meiner Meinung nach – stammt von mir. Außerdem muss man wissen, dass meine beiden Konkurrenten einen Nachteil haben: Sie sind Ausländer, vertreten eine Interessengemeinschaft aus Paris und ein englisches Konsortium. Keiner von beiden hat auch nur einen Funken Fantasie gezeigt. Beide wollen Hotels bauen, gigantische Bettenburgen mit allen Schikanen des modernen Lebens – Swimmingpool auf dem Dach, Wellnessoase, Shoppingmall der Luxusklasse, immer das gleiche geistlose Konzept. Ganz nach dem Geschmack der Touristen, aber weniger erbaulich für die Bewohner von Marseille. Und was die Bauweise betrifft, so würden damit nur die nächsten hässlichen Glas-und-Beton-Klötze hochgezogen.« Er wischte den letzten Rest Avocadopüree mit einem Stück Brot von seinem Teller und tupfte den Mund mit der Serviette ab.

»In L. A. gibt es auch einige von der Sorte«, meinte Elena. »Und was schwebt Ihnen vor?«

»Ach, etwas für die Marseiller. Eine Wohnanlage – mit niedrigen Häusern, maximal dreistöckig – inmitten terrassierter Gärten, die zum Meer hinunterführen. Und ein kleiner Hafen, nicht für die protzigen Jachten, sondern für die kleinen Boote, die sich vielleicht im Besitz ortsansässiger normaler Sterblicher befinden. Ich kann Ihnen ein maßstabgerechtes Modell des Projekts zeigen, sobald wir in Marseille sind.« Er runzelte die Stirn und blickte von Sam zu Elena. »*Et voilà*. Was halten Sie davon?«

»Klingt erheblich besser als Betonklötze«, erwiderte Sam grinsend. »Trotzdem habe ich das Gefühl, dass mehr dahintersteckt als Architekturpläne.« Er lehnte sich zurück, während der Ober mit dem Hauptgang erschien. Tatsächlich schien ihm diese Angelegenheit eine Spur zu harmlos, um vollständig wahr zu sein.

Reboul seufzte. »In der Tat. Es gibt da nämlich ein kleines Problem.« Er betrachtete den Teller, der vor ihm landete, dann senkte er den Kopf, um ihn genauer in Augenschein zu nehmen und atmete tief den Duft ein. »Aber bevor ich erkläre, worum es geht, sollten wir uns mit diesem vortrefflichen Kaninchen befassen.«

Dem vortrefflichen Kaninchen wurde die gebührende Aufmerksamkeit zuteil, der Beckstoffer Cabernet gekostet, in höchsten Tönen gelobt und abermals gekostet, und die Unterhaltung wechselte von der Weinherstellung zu den Reizen von Cassis (einer kleinen Hafenstadt in Marseilles benachbartem Weinanbaugebiet) und schließlich zu Elenas neuester Marotte. Sie hatte unlängst ein Weinseminar abgeschlossen und war von einem reichlich herablassenden Kursleiter in jenes überladene Fachvokabular eingeweiht worden, für das Weinexperten bekannt und berüchtigt sind.

»Ich bin sicher, der Mann versteht etwas von seinem Metier«, erklärte sie. »Und wenn man den Geschmack von Wein mit Bleistiftspan, Trüffeleiche oder einem Hauch Tabak vergleicht, kann ich das noch halbwegs nachvollziehen, obwohl kein Mensch weiß, warum jemand den Wunsch haben sollte, Bleistiftspan zu trinken, aber als dieser Weinpapst anfing, die Aromen bestimmter Weine mit nassen Hunden zu vergleichen, habe ich mich dann doch ausgeklinkt.« Sie sah Reboul an, die dunklen Augen vor Entsetzen weit aufgerissen. »Sie haben dort hoffentlich keine Weine, die nach nassen Hunden schmecken, oder?«

Reboul schüttelte den Kopf und lachte. »Ich habe einmal gehört, wie ein Weinhersteller sein Erzeugnis mit den Worten ›*Comme le petit Jésus en pantalon de velours*‹ – wie das Jesuskind in Samthosen – beschrieb.« Er zuckte die Schultern. »Weinhersteller sind hoffnungslose Schwärmer. Ich denke, man sollte ihnen die kleinen Übertreibungen verzeihen. Sie versuchen etwas zu beschreiben, was oft unbeschreiblich ist.«

Der Käse wurde serviert – genauer gesagt, drei verschiedene Sorten –, mit einem großzügig bemessenen Klecks Feigenmarmelade, und Reboul kam wieder auf sein Fischerbucht-Projekt zurück. »Wie ich bereits andeutete, gibt es da ein Problem, und sein Name lautet Patrimonio. Jérôme Patrimonio. Er ist der Vorsitzende des Stadtplanungsausschusses, der in letzter Instanz über die Vergabe des Auftrags entscheidet, und als Vorsitzender reicht sein Einfluss natürlich über sein persönliches Stimmrecht hinaus.« Reboul war damit beschäftigt, die Käsesorten auf seinem Teller zu sortieren, während er versuchte, seine Gedanken zu sammeln. »Patrimonio hasst mich. Er würde alles tun, um zu verhindern, dass ich die Ausschreibung gewinne. Und wenn ich sage, *alles,* dann meine ich alles.«

Die beiden Amerikaner zuckten merklich zusammen: Das Ganze klang recht bedrohlich und gefährlicher als Sams erste Mission in Frankreich. Elena fing sich als Erste und stellte die naheliegende Frage. »Verzeihen Sie meine Neugierde, aber was haben Sie angestellt? Warum hasst Sie dieser Patrimonio so sehr?«

»Ach.« Reboul schüttelte den Kopf und seufzte. »Es gab da mal eine Frau.« Er blickte Elena an, als sollte das unter intelligenten Erwachsenen als Erklärung ausreichen. »Und was für eine Frau!« Die ferne Erinnerung zauberte die Andeutung eines Lächelns auf sein Gesicht. »Das ist lange her, gewiss. Doch Patrimonio ist Korse.« Wieder ein Blick, der jede weitere Erläuterung überflüssig machen sollte. »Er ist stolz wie alle Korsen. Und er hat ein außerordentlich gutes Gedächtnis wie alle Korsen.«

»Damit wir uns richtig verstehen«, warf Sam ein. »Sie wissen, dass dieser Kerl, der Sie – nun ja, auf den Tod – nicht ausstehen kann, den Vorsitz über diesen Ausschuss führt. Und dennoch glauben Sie, dass Sie eine Chance haben?«

»Ich bin noch nicht fertig, Sam. Patrimonio hat keine Ahnung, dass ich beteiligt bin. Mein Name erscheint nirgendwo in den Ausschreibungsunterlagen, und ich habe darauf geachtet, keine französische Firma einzubeziehen, was sich leicht überprüfen ließe. Mein Angebot wurde von Langer & Troost, einer sehr alten und diskreten Schweizer Privatbank, und Van Buren & Partners eingereicht, einer amerikanischen Architekturfirma, die sich im Besitz von Tommy van Buren befindet, einem meiner langjährigen engen Freunde; wir kennen uns aus unserer gemeinsamen Studienzeit in Harvard. Die spielentscheidende Präsentation vor dem Ausschuss wird der Leiter der Sparte Internationales Marketing der Firma Van Buren übernehmen. Und hier, mein lieber Sam, treten Sie in Erscheinung, so hoffe ich zumindest.«

»Als Architekt, der keinen blassen Schimmer vom Bauwesen hat? Und zudem noch Amerikaner, also Ausländer ist?« Sam schüttelte den Kopf. »Ich weiß nicht, Francis. Ich denke, dafür fehlt mir die eine oder andere Qualifikation.«

Reboul tat solche Lappalien mit einer ungeduldigen Handbewegung ab. »In dieser Phase sind fundierte Architekturkenntnisse noch nicht erforderlich. Das kommt später. Im Moment geht es nur darum, eine Idee zu verkaufen: einen Ort zum Leben statt zum Besichtigen. Wohnraum, der für Marseille einzigartig ist, umweltfreundlich, eine harmonische Ergänzung zum Meer ...«

Sam hob die Hand. »Okay. Das klingt nach einer netten, unkomplizierten Präsentation. Aber warum ich? Warum keinen Mitarbeiter von Van Buren damit betrauen?«

Reboul lehnte sich zurück und breitete lächelnd die Arme aus. »Ich brauche jemanden mit ganz besonderen Eigenschaften – einen Verkäufer der Spitzenklasse, überzeugend, einfühlsam und verschwiegen. Und genau diese Anforderungen erfüllen Sie, wie Sie während Ihrer früheren beruflichen Laufbahn als ›Verleger‹ bewiesen haben. Erinnern Sie sich?« Er beugte sich zu Sam hinüber. »Es ist Ihnen gelungen, sogar mich zu täuschen. Den Ausschuss können Sie mit Sicherheit leichter hinters Licht führen.«

Sam leerte sein Glas und überließ es Reboul nachzuschenken. »Obwohl ich Ausländer bin?«

»Aber Sam, es gibt verschiedene Arten von Ausländern.« Reboul hielt einen Finger in die Höhe. »Die Marseiller verabscheuen die Pariser, schon seit Jahrhunderten. Das liegt uns im Blut.« Er hob den zweiten Finger. »Die Engländer nehmen wir notgedrungen hin. Da Frankreich nur durch den Ärmelkanal von ihnen getrennt ist, sind sie uns ein wenig zu nahe, und deshalb bleibt es nicht aus, dass wir bisweilen auf ihnen herumtrampeln.« Der dritte Finger folgte. »Die Amerikaner mögen wir, nicht nur wegen ihrer vielen Tugenden, sondern weil Amerika so weit entfernt ist. Deshalb könnte ich mir vorstellen, dass mein Projekt mit einem kleinen Vorsprung an den Start geht.«

Elena hatte den verbalen Austausch aufmerksam verfolgt, ihr Kopf ging wie bei einem Tennismatch hin und her. »Angenommen, Sie erhalten tatsächlich den Zuschlag«, wandte sie sich nun an Reboul. »Würde es Ihnen dann nicht schwerfallen, Ihre Anonymität zu wahren? Woher stammt beispielsweise das Geld? Ich meine, sind mit solchen öffentlichen Ausschreibungen nicht alle möglichen Leistungsgarantien und Offenlegungspflichten verbunden – oder sind das wunderliche amerikanische Sitten und Gebräuche aus längst vergangener Zeit?«

Reboul hatte während Elenas Rede mehrmals genickt. »Ein sehr gutes Argument, meine Liebe. Ich werde Ihnen erklären, wie ich dieses Problem zu lösen gedenke.« Er winkte den Kellner herbei und bestellte Kaffee und Calvados für alle drei. »Ich habe für ausreichendes Startkapital bei Langer & Troost gesorgt – ausgehend von Konten in Dubai, damit sich die Spur nicht nach Frankreich zurückverfolgen lässt; die Mittel decken die Finanzierung der ersten Bauphasen ab. Sobald diese abgeschlossen sind und das Projekt läuft, wird ein unvorhergesehenes und völlig unerwartetes Cashflow-Problem eintreten, ein finanzieller Engpass sozusagen.« In gespieltem Entsetzen riss er Mund und Augen auf. »Doch zum Glück ist nicht alles verloren. Hilfe naht in Gestalt eines mitfühlenden lokalen Investors. Er erklärt sich mit Blick auf das übergeordnete Wohl von Marseille bereit, die finanzielle Verantwortung für die Fertigstellung des Projekts zu übernehmen.«

»Und dieser edle Ritter werden Sie sein«, schloss Elena.

»Sie haben es erfasst.«

»Und in dieser fortgeschrittenen Bauphase sind Patrimonio die Hände gebunden.«

»Genau.«

»So weit, so gut. Dann brauchen wir jetzt nur noch den Verkaufsrepräsentanten.« Elena wandte sich an Sam. »Womit wir zu dir kommen, großer Zampano.«

Levitt wusste, dass es für ihn kein Entkommen gab. Er konnte es nicht riskieren, sich Elenas Enttäuschung und Zorn zuzuziehen, wenn er den Auftrag ablehnte und sie um den ersten Urlaub ihres Lebens in Südfrankreich brachte. Aufgrund seiner früheren Erfahrungen mit Elena, deren Blut leicht in Wallung geriet, war diese Aussicht höchst unerfreulich. Abgesehen davon schien eine Präsentation wie die von Reboul geschilderte ein Kinderspiel zu sein, notfalls auch im Kopfstand durchzuführen. Und überdies könnte der kleine Ausflug in Frankreichs südliche Gefilde sogar Spaß machen. Das Einzige, was ihm Sorge bereitete, waren die Andeutungen, dass dieser Korse namens Jérôme Patrimonio vor körperlicher Gewalt nicht zurückschreckte.

»Na gut, ihr habt gewonnen«, erwiderte er. Er hob sein Glas und prostete zuerst Elena und danach Reboul zu. »Auf den Erfolg unseres kleinen Abenteuers.«

Reboul strahlte, sprang auf und eilte pfeilschnell um den Tisch herum. »*Bravo!*«, rief er. »*Bravo!*« Und küsste den verdutzten Sam unverzüglich auf beide Wangen.

3. Kapitel

Keine Menschenmengen in Sicht. Keine Warteschlange. Kein unwirsches Sicherheitspersonal. Keine Kofferschlepperei, keine Sitzplatzdebatten, keine Sitznachbarn mit unkontrollierbaren Ellenbogen, keine hysterischen Kleinkinder und keine übel riechenden, überlasteten Toiletten – kurzum, der Flug in einem Privatjet beraubt die Passagiere aller vertrauten Freuden einer Flugreise im einundzwanzigsten Jahrhundert. Doch es gibt Trostpflaster, wie Elena und Sam entdeckten.

Rebouls Gulfstream G550 war aufwendig umgestaltet worden, um gerade mal sechs Passagieren, zwei Piloten und einer Flugbegleiterin Platz in einem Ambiente zu bieten, das Reboul gerne als *luxe et volupté* bezeichnete. Und an Luxus und Sinnenfreuden herrschte wahrhaftig kein Mangel. Die Kabine war in sanften Karamell- und Cremetönen gehalten, und die Sessel – es wäre einem Sakrileg gleichgekommen, sie als »Sitze« zu bezeichnen – mit ihrer schokoladenbraunen Velourslederpolsterung wirkten sehr edel. Es gab sogar einen kleinen Salon, in dem die Fluggäste speisen konnten. Den Vorsitz über die winzige Bordküche und die Bar im vorderen Bereich der Kabine führte Mathilde, eine attraktive Frau in einem gewissen Alter und einer ansehnlichen Ausstattung von Yves Saint Laurent, die auf das geringste Anzeichen von Durst und Hunger achtete. Den Passagieren bot sich die Möglichkeit, per Telefon und Internet mit der Welt unter ihnen in Verbindung zu bleiben oder den Blick auf einen riesigen, hochauflösenden Bildschirm zu richten, um sich bei amerikanischen und europäischen Spielfilmen aus der umfangreichen Videothek zu entspannen. Auch Zigarrenraucher durften unbeanstandet ihrem Laster frönen. Als Elena und Sam die Kelche mit dem eisgekühlten Krug-Champagner von Mathilde entgegennahmen, hatten sie das Gefühl, ihr großzügiger Gastgeber habe das Menschenmögliche unternommen, um der Tortur einer Flugreise einen Anschein von Zivilisation zu verleihen.

»Daran könnte ich mich sehr, sehr schnell gewöhnen«, meinte Elena. Sie sah aus wie das blühende Leben – mit ihren blitzenden Augen, der hell-olivfarben schimmernden Haut und den glänzenden rabenschwarzen Haaren –, sodass Sam sich insgeheim zu der Entscheidung gratulierte, den Auftrag angenommen zu haben.

»Der Urlaub steht dir«, sagte er. »Warum machen wir das nicht öfter? Du arbeitest viel zu viel. Was ist schon die Versicherungsbranche im Vergleich zu einer Reise in das lebensfrohe Südfrankreich – an der Seite eines unwiderstehlichen Begleiters, der dich anbetet?«

Elena musterte ihn und runzelte die Stirn. »Ich werde es dir verraten. Sobald ich den unwiderstehlichen Begleiter gefunden habe.«

»Ah, *les amoureux*«, ertönte Rebouls Stimme hinter ihnen. »Hat sich Mathilde gut um das junge Traumpaar gekümmert?« Er hatte sein Miniaturbüro im hinteren Bereich des Flugzeugs verlassen und hielt einen sperrigen Aktenordner in der Hand. »Ich bitte um Verzeihung«, fuhr er fort, an Elena gewandt. »Aber ich muss Ihnen Sam für eine Weile entführen, um die Präsentation durchzugehen, solange wir die Chance auf ein bisschen Ruhe und Frieden haben. Nach unserer Ankunft in Marseille ...« Er schüttelte den Kopf. »Trubel, Trubel, Trubel.«

Elena lehnte sich in ihrem Sessel zurück und öffnete Sams alten, mit Eselsohren versehenen Cadogan-Reiseführer für Südfrankreich, der ihm wegen seiner Verlässlichkeit, seiner geschliffenen Formulierungen und seines erfrischenden Sinnes für Humor ans Herz gewachsen war. Sie schlug den Abschnitt über Marseille auf, gespannt, ob er wohl einen Hinweis auf Rebouls Behauptung enthielt, dass sich Marseille und Paris seit Jahrhunderten spinnefeind seien. Tatsächlich wurde sie schon in der Einführung in die Geschichte der Stadt fündig. Nach der Erklärung, dass ein freiheitsliebendes Marseille mit seinem Streben nach dauerhafter Autonomie vierzig Jahre lang den Zorn Ludwig XIV. herausgefordert hatte, hieß es weiter: »Im Jahre 1660 hatte der König genug und befahl, eine Bresche in die Mauern von Marseille zu schlagen, er demütigte die Stadt, indem er ihre eigenen Geschütze auf sie richten ließ.« (Die Geschütze hatten vorher auf das Meer gewiesen, um Piraten und Invasoren abzuschrecken, doch der Sonnenkönig war offensichtlich zu der Schlussfolgerung gelangt, dass die Bewohner der Stadt die größere Bedrohung darstellten.) Doch damit nicht genug. »Die von Ludwig eingesetzte Zentralregierung war wesentlich laxer als die abgesetzte kommunale Obrigkeit, was Themen anging, die für eine umsichtige Verwaltung des Hafens wichtig waren, beispielsweise die Quarantänebestimmungen. Das Ergebnis war eine verheerende Pest, die sich 1720 in der ganzen Provence ausbreitete.

Marseille war also dank der Pariser Einmischung von den eigenen Geschützen bedroht und von einer tödlichen Krankheit heimgesucht worden. Solche Schreckenserfahrungen pflegten sich für lange Zeit in den Köpfen festzusetzen, sie wurden mit zunehmender Verbitterung von einer Generation zur nächsten weitergegeben. Rebouls Bemerkung über den Hass der Marseiller auf die Hauptstadtbewohner, die Elena zunächst als Übertreibung abgetan hatte, schien ihr nun glaubwürdig zu sein.

Sie ließ das Buch auf den Schoß sinken und blickte aus dem Fenster in die unendliche Weite des Abendhimmels, der blassblau, wolkenlos und windstill war. Der Flugkapitän hatte – mit einem nicht ganz authentisch wirkenden englischen Akzent, den er vermutlich in der Zauberschule für Piloten erworben hatte – angekündigt, dass sie dank des stetigen Rückenwindes rechtzeitig für ein Frühstück mit Croissants und *café au lait* in Marseille landen würden. Elena ließ sich in ihren Veloursleder-kokon zurücksinken und lauschte mit halbem Ohr dem Summen der Unterhaltung zwischen Reboul und Sam.

Sam hatte völlig recht; sie arbeitete zu viel und würde sich in Kürze zwischen Berufs- und Privatleben entscheiden müssen. Frank Knox, Gründer von Knox Insurance, konnte es kaum noch erwarten, endlich den ersehnten Ruhestand zu genießen und hatte Elena den Vorsitz des Unternehmens angeboten. Blieb die Frage, ob sie wirklich die nächsten dreißig Jahre mit Klienten wie Danny Roth verbringen wollte, die ihr wie ein Mühlstein um den Hals hingen. Und wie würde sich Sam in ein Leben einfügen, das von Besprechungen, Verkaufskonferenzen, einem gerüttelt Maß an Geschäftsreisen und endlosen Mittagessen mit Kunden bestimmt wurde? Andrerseits, was würde es für ihre Karriere bedeuten, wenn sie den Posten ausschlug?

Mit einem abrupten mentalen Spurwechsel gelang es ihr, sich auf die Freuden der bevorstehenden Wochen zu konzentrieren – Mittelmeerstrände, ganze Tage ohne Terminkalender und lange, entspannte Abendessen unter dem Sternenhimmel. So schlief sie ein und träumte.

Sam weckte sie, indem er ihr mit den Fingerspitzen über die Stirn strich. »Du hast gelächelt«, sagte er.

»Oh, ich war gerade so richtig schön im Urlaub.«

»Tut mir leid, dass ich störe. Aber Francis lässt anfragen, ob wir vielleicht Lust hätten, eine Kleinigkeit zu essen. Er lädt uns zu einem *pique-nique* ein.«

Infolge der leidigen Kofferpackerei – für Elena immer eine langwierige, hoch komplizierte Angelegenheit, die strategisches Denken, aber auch eine gewisse Offenheit für raschen Sinneswandel verlangte – war ihr das Mittagessen entgangen, wie ihr nun erst bewusst wurde. »Ich denke, ich könnte einen Bissen vertragen«, erklärte sie. »Genauer gesagt, ich bin kurz vor dem Verhungern.«

Mathilde hatte den Esstisch mit weißem Leinen, Stoffservietten und Kristallgläsern gedeckt. Eine weiße Orchidee hing ermattet und doch anmutig über den Rand der Vase, die ebenfalls aus feinstem Kristall bestand. Fehlte nur noch Reboul mit Küchenchefmütze, um das Bild eines *restaurant de luxe* zu vervollständigen. Doch er trug die für ihn typische Arbeitskleidung: kein Jackett, keine Krawatte, die beiden obersten Knöpfe des Seidenhemds geöffnet. Elenas Blick fiel auf eine Stickerei, die sie zunächst für ein Monogramm auf der Hemdtasche gehalten hatte, sich aber bei genauerem Hinsehen als eine Linie winziger chinesischer Schriftzeichen entpuppte. Reboul spürte ihr Interesse und nahm ihre Frage vorweg.

»Die Hemden werden in Hongkong für mich hergestellt«, sagte er. »Monsieur Wang, der sie nach Maß fertigt, erlaubt sich gerne einen kleinen Scherz, deshalb wählt er dieses Emblem statt meiner Initialen.« Er tippte gegen seine Brust. »Angeblich handelt es sich um einen Ausspruch des Konfuzius, der ein langes Leben und Glück bescheren soll.«

»Und wie lautet er?«

»Hände weg von meiner linken Brusttasche.« Reboul zuckte die Schultern und grinste. »Typisch chinesischer Sinn für Humor. Nun, was für eine Art Picknick haben Sie für uns vorgesehen, Mathilde?«

»Es gibt Räucherlachs. Natürlich *foie gras*. Und den letzten Spargel der Saison.« Mathilde verstummte, um ihre Fingerspitzen zu küssen. »Eine kleine Auswahl erstklassiger Käsesorten. Und als Tüpfelchen auf dem i Ihre Lieblingsspeise, Monsieur Francis: *Salade tiède aux fèves et lardons*.« Lächelnd wartete sie auf Rebouls Reaktion.

»Oh! Oh! Himmlisch. Elena, Sam – kennen Sie dieses göttliche Gericht? Ein lauwarmer Salat aus jungen Saubohnen und gewürfeltem Speck? Nein? Den müssen Sie unbedingt probieren, bevor wir zum Angriff auf die Gänsestopfleber oder den geräucherten Lachs übergehen. Oder uns beides zu Gemüte führen. Das Mittagessen ist ja schon eine Ewigkeit her.« Er drehte sich um und spähte in den großen Eiskübel, den Mathilde auf der Bar abgestellt hatte. »Wir können beim Champagner bleiben oder zu einem Puligny-Montrachet Jahrgang '86 übergehen, und zur *foie gras* kann ich einen Sauternes Jahrgang '84 empfehlen. Bitte verzeihen Sie mir«, fuhr er fort, an Elena gewandt, »aber auf meinen Flugreisen bringe ich es nie übers Herz, Rotwein mit an Bord zu nehmen. Die Höhenunterschiede, die Turbulenzen – das nehmen selbst die besten Bordeaux und Burgunder übel. Ich hoffe, Sie haben Verständnis.«

Elena nickte verständnisinnig, obwohl sie leicht verunsichert war, denn in ihrem Weinseminar waren die Trinkgepflogenheiten in Privatjets bedauerlicherweise mit keiner Silbe erwähnt worden. »Natürlich«, antwortete sie mit einem bestrickenden Lächeln. »Aber vielleicht können Sie mir ein wenig mehr über Ihren himmlischen Salat erzählen. Ich habe noch nie davon gehört.«

»Kein Wunder, das Rezept stammt von meiner Mutter, richtige Hausmannskost. Zuerst brauchen Sie eine Kasserolle, die Sie mit kaltem Wasser füllen, und eine Bratpfanne. Dann würfeln Sie ein großes Stück fetten Speck und lassen ihn bei mittlerer Hitze in der Pfanne aus. In der Zwischenzeit setzen Sie die Saubohnen in dem Topf mit dem kalten Wasser auf und schalten den Herd auf die höchste Stufe. Sobald das Wasser kocht, gießen Sie es ab; die Bohnen sind fertig. Dann müssen Sie das Ganze in eine Schüssel umfüllen, den gewürfelten Speck drüberstreuen und, ganz besonders wichtig, das heiße Speckfett drübergießen bis zum letzten Tropfen. *Et voilà.* Jetzt alles nur noch gründlich durchmischen und sofort essen, bevor der Salat auskühlt. Ein fabelhaftes Gericht. Sie werden sehen.«

Es war wirklich fabelhaft, genau wie alles andere, und während Elena beobachtete, wie Reboul sich an Salat, einem Teller Spargel und zwei dicken Scheiben Gänsepastete gütlich tat, fragte sie sich, wie er es schaffte, nicht aus dem Leim zu gehen. Eine ähnliche Frage hatte sie sich schon bei ihrem letzten Besuch in Paris gestellt, wo ihr der Mangel an fettleibigen Menschen aufgefallen war. Die Restaurants waren zum Bersten voll, die Franzosen aßen und tranken wie die Weltmeister, und dennoch schienen die meisten kein Gramm zuzunehmen. Es war rätselhaft und auch unfair.

»Warum, Sam?«

»Warum was?«

»Warum werden Franzosen nicht dick?«

Sam hatte Sophie, seiner Komplizin beim Weinraub, bereits die gleiche Frage gestellt. Und deren Antwort hatte die uneingeschränkte, mit der Geburt in Frankreich einhergehende Überzeugung widergespiegelt, dass die Franzosen die Logik und den gesunden Menschenverstand für sich gepachtet hätten und jahrhundertelange Bemühungen um niveauvolle Essgewohnheiten vorweisen könnten. Es fiel Sam nicht schwer, sich an den genauen Wortlaut von Sophies Antwort zu erinnern: »Wir essen weniger als ihr, langsamer als ihr und nicht zwischen den Mahlzeiten. Ganz einfach.«

Während Elena noch damit beschäftigt war, diese Worte der Weisheit zu verdauen, griff Reboul ein und schüttelte den Kopf. »Das war einmal, auch bei uns in Frankreich findet ein Wandel statt. Unsere Gewohnheiten ändern sich, unsere Ernährungsweise ändert sich, die Figur ändert sich – zu viel Fast Food, zu viele zuckerhaltige Getränke.« Er tätschelte seinen Bauch. »Vielleicht sollte ich auf den Sauternes verzichten. Aber jetzt noch nicht.«

Inzwischen war es draußen Nacht geworden, und Mathilde hatte ihre Sessel in ein Klappbett verwandelt und das Licht in der Kabine gedämpft. Nach dem hektischen Tag waren Elena und Sam rechtschaffen müde und überließen Reboul seinem Schicksal, einem letzten Glas Sauternes und den dringlichen Telefonaten, die es nachzuholen galt.

Elena gähnte und reckte und streckte sich mit einem dankbaren Seufzer. Sie schaltete ihr Leselicht aus. Nach zwei Jahren ohne Urlaub hatte sie sich das Recht verdient, wohligen Gedanken an den morgigen Tag nachzuhängen. Da würde sie schon in Südfrankreich sein, weit weg von komplizierten Versicherungsfällen, und ihre einzige Aufgabe bestünde darin, sich zu entspannen.

»Sam?«

»Ja?«

»Danke, dass du den Auftrag angenommen hast. Ich finde, so etwas solltest du öfter machen.«

Sam lächelte in der Dunkelheit. »Gute Nacht, Elena.«

»Gute Nacht, Sam.«

Mathilde, wie aus dem Ei gepellt mit ihrer Saint-Laurent-Uniform in den Farben der französischen Flagge – rotes Seidenhalstuch, weiße Bluse und blaues Kostüm –, weckte sie mit dem verlockenden Angebot, Orangensaft, Croissants und Kaffee zu servieren. In einer halben Stunde würden sie landen. Die Sonne war bereits aufgegangen, und dem gut gelaunten Bericht des Piloten zufolge versprach der Wetterbericht einen herrlichen Tag mit Temperaturen über zwanzig Grad.

Sie hatten ihr Frühstück gerade beendet, als Reboul erschien, putzmunter und frisch rasiert, um ihnen bei einer Tasse Kaffee Gesellschaft zu leisten. Nachdem er sich vergewissert hatte, dass sie gut geschlafen hatten, rückte er ein wenig näher an Sam heran. »Sobald wir in Marseille sind, dürfen wir unter gar keinen Umständen zusammen gesehen werden«, flüsterte er. »Das Risiko wäre zu groß. Nach der Landung werde ich deshalb noch eine halbe Stunde in der Maschine bleiben, um Ihnen einen Vorsprung zu geben. Sie werden abgeholt; Olivier, der Chauffeur, wartet bereits mit dem Wagen auf Sie. Er bringt Sie zu dem Haus, in dem Sie für die Dauer Ihres Aufenthalts untergebracht sind. Dort wird Claudine Sie in Empfang nehmen und sich um Ihre Bedürfnisse kümmern. Sie hat ein Handy mit einer französischen Rufnummer für Sie beide besorgt. Rufen Sie mich an – die Nummer ist gespeichert, um einen reibungslosen Kontakt zu gewährleisten. Und dann, nun …« Mit einer weit ausholenden Geste deutete er in die vermutete Richtung der Stadt. »Heute gehört Marseille Ihnen.

Ich kann das Peron zum Mittagessen empfehlen, oder Olivier fährt Sie nach Cassis, Aix, zum Luberon, wohin Sie wollen. Morgen beginnt die Arbeit. Die Einzelheiten besprechen wir heute Abend.«

Die Maschine ging in den Sinkflug, und Elena erhaschte einen ersten flüchtigen Blick auf das Mittelmeer, das in der Sonne glitzerte, und die Ausläufer von Marseille, die in der Ferne sichtbar wurden. Sie ergriff Sams Hand. »Ist das Licht nicht fantastisch? Alles sieht wie auf Hochglanz poliert aus. Wo ist der Smog?«

Sam drückte ihre Hand. »Hast du schon Heimweh? Ich glaube, hier gibt es keinen Smog. Der Mistral vertreibt ihn – oder der Knoblauch in der Bouillabaisse. Marseille wird dir gefallen; es ist eine malerische alte Stadt. Sollen wir heute hierbleiben, oder möchtest du dir lieber etwas von der Küstenlandschaft anschauen?«

Bevor Elena antworten konnte, war Mathilde zurückgekehrt, um die Anschnallgurte zu überprüfen und sie mit dem Prozedere nach der Landung vertraut zu machen. »Sie brauchen nur Ihre Pässe«, erklärte sie. »Das Gepäck wird für Sie durch den Zoll gebracht und im Auto verstaut. Olivier wartet in der Parkzone auf Sie. Ich wünsche Ihnen einen angenehmen Aufenthalt in Marseille.«

Das Flugzeug landete und rollte zu einem kleinen Ankunftsgebäude hinüber, das Privatmaschinen vorbehalten war, bevor es sanft zum Stillstand kam. Das ist doch etwas ganz anderes als die Landung auf dem LAX, dem internationalen Flughafen von Los Angeles, dachte Elena, während sie den Gepäckabfertigern zusah, die um das Flugzeug herumwuselten. Sie rechnete schon halb damit, ebenfalls aufgeklaubt und während der letzten kurzen Etappe ihrer Reise im wahrsten Sinne des Wortes auf Händen getragen zu werden.

Sie verabschiedeten sich von Reboul, Mathilde und den beiden Piloten, bevor sie in den herrlichen provenzalischen Morgen hinaustraten – in das helle, strahlende Licht unter einem wolkenlosen tiefblauen Himmel. Bei der Einreise galt es, einen kurzen Zwischenstopp einzulegen, um sich von einem Beamten in Frankreich willkommen heißen zu lassen, bevor sie durch die Tür des Flughafengebäudes entschwinden durften. In fünfzig Meter Entfernung warteten eine schwarze Peugeot-Limousine und ein junger Mann im Anzug auf sie. Er hielt Elena die Tür auf, zeigte Sam das im Kofferraum verstaute Gepäck und brauste los. Die Zeit zwischen dem Verlassen des Flugzeugs und dem Einsteigen ins Auto betrug kaum mehr als fünf Minuten.

»Mir fehlen langsam die Worte«, sagte Elena kopfschüttelnd. »Aber ich weiß, was ich mir zu Weihnachten wünsche.«

4. Kapitel

Die Peugeot-Limousine bahnte sich vorsichtig den Weg durch die engen Gassen des siebten und achten Arrondissements von Marseille, der Hochburg des Ruhms und des Reichtums. Olivier fuhr Schrittgeschwindigkeit und hatte zu beiden Seiten oft nur noch eine Handbreit Platz. Er schlängelte sich den schmalen, gewundenen Chemin du Roucas Blanc empor und zwängte sich zwischen hohen Grundstücksmauern hindurch, hinter denen sich die hochherrschaftlichen, im pompösen Stil errichteten Villen, die sich bei den wohlhabenden Kaufleuten des neunzehnten Jahrhunderts großer Beliebtheit erfreuten, nur halbherzig verbargen. Gelegentlich stieß man auf einen architektonischen Fremdkörper: ein modernes weißes Ranchhaus, das sich so weit von Kalifornien entfernt sichtlich ausgegrenzt fühlte, oder eine winzige, heruntergekommene Hütte, kaum mehr als ein Elendsquartier, in dem früher vielleicht ein Fischer mit seiner Familie gehaust hatte. Das sei typisch für Marseille, klärte Olivier die Besucher aus Amerika auf: Reichtum und Armut auf engstem Raum, protzige Paläste auf Tuchfühlung mit armseligen Bruchbuden – die charakteristischen Merkmale einer Großstadt, die organisch gewachsen war ohne große Einmischung seitens der Stadtplaner.

Als sie sich dem Meer näherten, schienen die Mauern zu beiden Seiten der Straße höher und die Häuser größer zu werden. Sie waren von den reichsten Kaufleuten Marseilles erbaut worden, nicht nur wegen des ungetrübten Meerblicks, sondern auch, um das Wohl ihrer Vermögenswerte im Auge zu behalten – die im Hafen ein- und auslaufenden Schiffe mit ihrer gewinnträchtigen Fracht.

»Wow!«, rief Elena aus. »Hast du das gesehen? Ein richtiges Juwel!« Sie waren am höchsten Punkt der Serpentinenstraße angelangt, und direkt unter ihnen lag ein Haus, auf einem Felsen erbaut, der ins Meer hineinragte, umgeben von einem Pinienhain und geschützt durch die unvermeidliche hohe Außenmauer.

Olivier lächelte. »Monsieur Reboul hofft, dass Sie sich hier wohlfühlen. Er hat auf diesem Anwesen gelebt, bevor er ins Le Pharo zog. Hier sind Sie völlig ungestört. Eine wahre Idylle.« Er fuhr langsamer, um den schmiedeeisernen Toren Zeit zu geben, sich zu öffnen, und hielt auf einem kiesbestreuten Vorplatz, von dem eine kurze Treppe zur massiven Eingangstür des Hauses führte.

Auf der obersten Stufe hatte sich ein zweiköpfiges Empfangskomitee eingefunden: eine schlanke elegante Gestalt mit kurzen grauen Haaren, und eine erheblich größere, jüngere Frau, deren schneeweiße Zähne sich perfekt von ihrem dunklen strahlenden Gesicht abhoben. Olivier machte sie mit Claudine, der Hausdame, und Nanou, dem Hausmädchen aus Martinique bekannt. »Claudine spricht hervorragend Englisch«, fügte Olivier hinzu. »Doch bei Nanou handelt es sich eher um ein *work in progress*.« Bei der Erwähnung ihres Namens holte Nanou tief Luft. »Wie geht's?«, fragte sie, gefolgt von »Schönen Tag noch«, wobei sie die Wirkung ihrer Worte beeinträchtigte, indem sie in heilloses Gelächter ausbrach.

Claudine führte Elena und Sam ins Haus, über einen weitläufigen, mit Bienenwachs auf Hochglanz gewienerten und im Fischgrätmuster verlegten Parkettboden, eine breite Freitreppe hinauf und durch eine zweiflügelige Tür in einen Raum, der als ihr Schlafzimmer vorgesehen war.

Sam blickte sich um und stieß einen leisen Pfiff aus. »Ich schätze, wir werden uns schon irgendwie hineinquetschen können. Dieses Zimmer hat ungefähr die gleiche Größe wie meine Wohnung.«

Claudine lächelte. »Das war früher Monsieur Rebouls Schlafgemach.« Sie deutete auf die Türen in der gegenüberliegenden Wand. »Sie haben beide ein eigenes Bad. Monsieur Reboul pflegte zu sagen, das Geheimnis einer harmonischen Beziehung zwischen Mann und Frau sind getrennte Badezimmer.«

»Amen«, bestätigte Sam. Elena gab ein unterdrücktes Schnauben von sich.

»Ich verlasse Sie jetzt, damit Sie auspacken können. Vielleicht möchten Sie danach auf der Terrasse einen Kaffee trinken. Dann gebe ich Ihnen Ihre Handys und stehe für Fragen zur Verfügung.«

Elena war zu einer Besichtigungstour aufgebrochen, um das Fassungsvermögen des Kleiderschranks (geräumig selbst nach amerikanischen Maßstäben), die Bäder (weitläufig, aus Marmor, gute Beleuchtung), das Himmelbett (Grad der Festigkeit und Elastizität angesichts einer einwirkenden Kraft) und den Ausblick durch die endlos langen Panoramafenster zu inspizieren. »Sam, was ist das da drüben auf dem Hügel? Irgendetwas Glänzendes auf der Kuppe. Sieht toll aus.«

Sam gesellte sich zu ihr, nahm hinter ihr Aufstellung und massierte ihr den Nacken, während sie das Panorama in Richtung Nordosten studierte. In der Ferne war die Silhouette der mächtigen Basilika zu erkennen, die er von seinem früheren Besuch in Marseille kannte. Er räusperte sich und schlug einen professionellen Ton an. »Das ist Notre-Dame de la Garde, im neobyzantinischen Stil erbaut, gekrönt von einer feuervergoldeten Marienstatue auf der Turmspitze. Sie ist über neun Meter hoch und wird von den Einheimischen *la bonne mère* genannt, die gute Mutter, die wegen ihrer wundertätigen Eigenschaften verehrt wird. Im Glockenturm befindet sich eine gewaltige, acht Tonnen schwere Glocke. Ihr Name lautet Marie-Joséphine. Der Klöppel erhielt den Namen Bertrand. Der ...«

»Sam, spar dir den Rest.« Sie gab ihm einen flüchtigen Kuss auf die Wange. »Ich springe kurz unter die Dusche, und in der Zwischenzeit könntest du dich rasieren; du hast es nötig.«

Eine Viertelstunde später saßen sie geduscht und umgezogen mit Claudine auf der Terrasse. Das Meer, das tief unter ihnen in der Sonne glitzerte, war mit Segelbooten gesprenkelt. Auf der niedrigen Terrassenmauer zankten sich zwei Möwen laut und unerbittlich um einen von Wind und Wetter gegerbten Fetzen Fleisch, der von einem undefinierbaren, seit Langem toten Etwas zu stammen schien.

»Schau dir diese Viecher an«, sagte Elena. »Die sind ja riesig. Wie Truthähne.«

Claudine schenkte Kaffee ein. »Wenn man den Gerüchten Glauben schenken darf, gibt es hier auch Sardinen in der Größe von Haien. In Marseille ist alles größer und falls nicht, tun wir so als ob. Wie bei Ihnen in Texas, *non?*« Sie schüttelte lächelnd den Kopf. »Also. Hier sind Ihre Mobiltelefone mit jeweils vier gespeicherten Nummern: von Monsieur Reboul, Olivier, meiner Wenigkeit und natürlich von Ihnen beiden. Monsieur Reboul lässt ausrichten, Sie möchten sich im Laufe des Tages bei ihm melden, damit er weiß, ob alles in Ordnung ist. Das hier sind die Visitenkarten für Monsieur Levitt, die ihn als Vizepräsidenten von Van Buren Partners ausweisen. Und, nicht zu vergessen, ein Mitgliedsausweis für den Cercle de Nageurs, einen Schwimmclub. Dort gibt es einen Pool mit olympischen Ausmaßen und ein nettes Restaurant, in dem man ganz passabel zu Mittag essen kann. Und wenn Sie Ihren Kaffee ausgetrunken haben, können wir vielleicht ins Haus gehen und einen Blick auf das Modell werfen, das für die Präsentation des Projekts benutzt werden soll.«

Der Entwurf war im Esszimmer aufgestellt worden. Er nahm den größten Teil des langen Eichentisches ein und entsprach in allen Einzelheiten Rebouls Beschreibung von einer niedriggeschossigen, mondsichelförmig angeordneten Wohnanlage mit Blick auf terrassierte Gärten, die zu einem kleinen Hafen hinabführten. Sam fiel sofort die erstaunliche Liebe zum Detail auf: Man hatte sogar an die Farben der Fensterläden und an die Bewohner gedacht, die im Miniaturformat zwischen den winzigen Bäumen entlangschlenderten oder zwischen ihren Minibooten im Hafen das Seefahrerleben genossen. Fehlte nur eine nette kleine Bar mit Meerblick, dachte Sam. Doch alles in allem war er zufrieden mit dem, was er sah. Die Anlage fügte sich nahtlos in die Küstenlinie ein, ohne dass ein hässlicher Betonklotz die Silhouette verschandelte, und sie bot Wohnraum für einige Hundert Marseiller. Rebouls Architektenfreund hatte ganze Arbeit geleistet.

Sam fragte sich, wie es sein mochte, dort zu leben, als Elena ihm von der entgegengesetzten Seite des Raumes zurief: »Vergiss nicht, heute ist unser freier Tag. Claudine meint, Cassis würde uns gefallen, und Olivier wartet draußen, um uns hinzufahren. Was hältst du davon?«

»So sollte das Leben immer sein.« Elena rückte ihre Sonnenbrille zurecht und lehnte sich in die Polster zurück, als der Wagen im Schneckentempo den Chemin du Roucas Blanc hinunterfuhr. Cassis war nur dreißig Kilometer entfernt, die

Sonne stand hoch am Himmel, und sie hatte den ganzen Morgen kein einziges Mal ans Büro gedacht. »Irgendjemand hat einmal gesagt, dass es Jahre dauert, bis man Härten und Pechsträhnen hinnimmt, aber nur wenige Stunden, um sich an Komfort und Glückssträhnen zu gewöhnen. Chauffeur, Hausdame, Hausmädchen – ich fühle mich in dieser Umgebung schon wie zu Hause.«

Das sah man. Es war geraume Zeit her, dass Sam sie so entspannt erlebt hatte, genauer gesagt, nicht mehr seit der wenigen gestohlenen Tage in Paris. Offenbar reichte bereits das Wissen aus, sich in Frankreich zu befinden, um ihre Lebensgeister zu wecken – zweifellos unterstützt durch den meilenweiten Abstand von der Versicherungsbranche. Wäre Olivier nicht in unmittelbarer Nähe gesessen, hätte Sam eine Idee zum Ausdruck gebracht, die ihm schon seit besagter Zeit durch den Kopf ging: ein Leben mal hier und mal da, mit müßiggängerischen Sommermonaten in der Provence und arbeitsarmen Wintermonaten in L. A. Vielleicht sollte er den Gedanken zur Sprache bringen, zur richtigen Zeit.

»Mir fällt gerade ein, dass du fließend Spanisch sprichst«, überlegte er laut. »Dann würdest du Französisch bestimmt sehr schnell lernen.«

Elena musterte ihn von der Seite. »Willst du auf etwas Bestimmtes hinaus?«

Sam lächelte, aber er antwortete nicht. Seit ihrer letzten hochexplosiven Trennung und der mit erheblicher Verzögerung erfolgten Versöhnung hatten beide darauf geachtet, das Thema Zukunft zu meiden. Obwohl Elena die meisten Nächte bei Sam im Chateau Marmont verbrachte, legte sie Wert darauf, ihre Wohnung, ihren Job und ihre Unabhängigkeit zu behalten. Im Moment gefiel ihr dieses Arrangement, doch wie lange noch?

»Nun, du kennst mich, Sam. Ich bin immer offen für ein interessantes Angebot.« Sie blickte ihn an und klimperte mit den Wimpern, merkte aber, dass sie sich umsonst bemühte, weil sie eine Sonnenbrille im Hollywoodformat trug.

Sam kramte in seiner Tasche nach dem Handy. »Möchtest du deinem Lieblingsjournalisten Hallo sagen? Ich dachte, wir könnten heute vielleicht mit ihm zu Abend essen.«

Philippe Davin hatte sich bei Sams letztem Besuch in Marseille als eine der angenehmsten Überraschungen entpuppt. Er arbeitete als Berichterstatter bei *La Provence,* der selbst ernannten Bibel der provenzalischen Neuigkeiten. Philippe hatte Sam unter seine Fittiche genommen und ihm alle möglichen Informationen gegeben, dafür gewährte Sam ihm sozusagen vorab die Exklusivrechte an jeder schlagzeilenträchtigen Geschichte, die sich im Zuge seiner Suche nach dem gestohlenen Wein ergeben könnte. Und obendrein hatte der Journalist sich als Fahrer des Fluchtfahrzeugs zur Verfügung gestellt – einem Lieferwagen älteren Baujahrs, der einem Installateur gehörte –, mit dem Sam die Weinflaschen aus Rebouls Keller fortschaffte. Der krönende Abschluss seines journalistischen Projekts war der Flug nach Los Angeles, wo er Danny Roth interviewte, den rechtmäßigen Besitzer besagter Flaschen, und in diesem Zusammenhang hatte er auch Elena kennengelernt.

Zu Sams Erleichterung hatten sich die beiden auf Anhieb verstanden. Philippe war wie ein großer, ungebärdiger Welpe um Elena herumscharwenzelt, hatte sie *la bomba latina* genannt und sie mit seinen ausgefallenen Komplimenten und kümmerlichen Spanischkenntnissen erheitert. Im Gegenzug hatte sie ihm einen »Crashkurs L.A.« angedeihen lassen, wie sie es nannte, eine Einführung in die Gewohnheiten und Zerstreuungen der Großstadt, und sein Lerneifer hatte sie mit großer Genugtuung erfüllt. Er sympathisierte mit den Lakers, als sie sich im Stadion ein Baseballspiel ansahen, aber der Fußball nach amerikanischem Muster, Football genannt, blieb für ihn ein Buch mit sieben Siegeln. Er war verblüfft über die unnatürliche Gelassenheit der Taxifahrer von Los Angeles, verdutzt über die horrenden Preise der bescheidenen Holzhäuser am Strand von Malibu, hocherfreut von der schier endlosen Parade junger Blondinen, beeindruckt von den kalifornischen Weinen und perplex angesichts der akrobatischen Kunststücke von Wellenreitern, die längst das Pensionsalter erreicht hatten – kurzum, alles, was er sah, faszinierte ihn. Allerdings musste er auch zwei Enttäuschungen verarbeiten: Am Muscle Beach war weit und breit nichts vom ehemaligen Gouverneur Schwarzenegger zu entdecken, und bei einem Besuch im Starbucks machte niemand Anstalten, eine Waffe zu zücken. Doch abgesehen davon war die Reise ein großer Erfolg gewesen, und er hatte Elena das Versprechen abgenommen, ihn in Marseille zu besuchen, damit er sich revanchieren konnte.

»Philippe? Sam hier. Ich bin ein paar Tage in der Stadt.« Er zuckte zusammen und hielt das Handy ein Stück weit vom Ohr entfernt, um die Lautstärke der überschwänglichen Reaktion zu dämpfen.

»Hör zu, ich erzähle dir alles persönlich. Wie wäre es, wenn wir heute Abend gemeinsam Essen gehen? Du überlegst dir, wo, und ich rufe dich später noch einmal an. Ich habe einen deiner weiblichen Fans mitgebracht.«

Er reichte Elena das Telefon. Es erfolgte ein zweiter Freudenausbruch vonseiten Philippes, gefolgt von Zuneigungsbekundungen, die Elena die Schamröte in die Wangen trieben. »Philippe«, unterbrach sie ihn schließlich. »Du bist *unverbesserlich*. Wir sehen uns heute Abend. Kann es kaum noch erwarten.«

Inzwischen fuhren sie die Bergstraße nach Cassis hinunter, vorbei an gepflegten Weingärten, aus deren Trauben jener Weißwein hergestellt wurde, der in Marseiller Feinschmeckerkreisen als die einzig angemessene Begleitung für eine *bouillabaisse* galt. Die Marseiller hatten eine etwas romanartige Version von der Geburtsstunde der Weine aus Cassis entwickelt, wie Olivier seinem amerikanischen Freund erklärte.

Die Weingärten waren, so hieß es, von *le bon dieu* höchstselbst geschaffen worden. Der liebe Gott stieg eines Tages vom Himmel herab und erblickte eine Familie, die auf den steinigen Hängen oberhalb von Cassis im Schweiße ihres Angesichts das Land bestellte. Trotz ihrer Knochenarbeit schien nichts auf dem kargen Boden zu wachsen. Das stimmte den Allmächtigen traurig, und als er sah, wie sehr die Familie litt, vergoss er eine Träne. Wie durch ein Wunder fiel die Träne auf eine kümmernde Weinrebe, die umgehend wuchs und gedieh, bevor sie einen herrlichen – manche würden sagen himmlischen – Wein mit zartgrüner Tönung hervorbrachte. Der provenzalische Dichter und Nobelpreisträger Frédéric Mistral, der zwischen den zwölf Gesängen seines berühmten Versepos *Mireia* noch genug Zeit fand, sich mit einem Glas zu stärken, behauptete, einen Hauch Heidekraut, Rosmarin und Myrrhe darin entdeckt zu haben.

»Wir werden eine Flasche zum Mittagessen kosten«, sagte Sam zu Elena. »Und dann kannst du uns mit deinem empfindsamen Gaumen und deiner im Weinseminar verfeinerten Fähigkeit in Erstaunen versetzen, die Freuden desselben auf das Köstlichste zu beschreiben.«

Elena pflegte Sarkasmus niemals ungestraft durchgehen zu lassen, doch dieses Mal war sie zu sehr damit beschäftigt, den Ausblick zu genießen. Cassis gilt vielen Provenceliebhabern als schönste Stadt der Küste. Abgesehen von den Weingärten kann sie alles vorweisen, was eine malerische Kulisse ausmacht: eine mittelalterliche Zitadelle, steile Klippen, Strände, einen bezaubernden, von Cafés und Restaurants gesäumten Hafen und sogar ein Spielcasino, in dem die Marseiller Haus und Hof verzocken.

Olivier setzte sie ab und deutete in die Richtung, in der sich der Hafen befand. Auch er hatte eine Verabredung zum Mittagessen, mit einem Mädchen vor Ort, und als er ihnen *bon appétit* wünschte, hoffte er, dass sie sich Zeit ließen. Er hatte andere Dinge im Kopf.

Der Hafen von Cassis, Motiv von Millionen Ansichtskarten und Opfer unzähliger schlechter Hobbymaler, wirkt fast zu pittoresk, um wahr zu sein. Er ist klein – der Spaziergang von einem Ende zum anderen nimmt gerade mal fünf Minuten in Anspruch –, und gelegentlich begegnet man sogar einem Einheimischen mit Schirmmütze und ärmellosem Unterhemd, der den Büchern von Marcel Pagnol entsprungen zu sein scheint. Fischer hocken in ihren Booten, die Scheren blitzen in der Sonne, während sie Seeigel öffnen und den »Nektar« aussaugen. Männer mittleren Alters mit üppigen Schnauzbärten sitzen in den Straßencafés und beäugen junge blonde Frauen, die an einem *coupe* Champagner nippen. Kleine, bunt gestrichene Fährschiffe pendeln zwischen dem Hafen und den schmalen Buchten mit den steil aufragenden Felsen hin und her, die von den Einheimischen *calanques* genannt werden. Die Luft ist rein und salzig, und die Sonne taucht die ganze Szenerie in ihren goldenen Schein. Die Mühen der Arbeit und andere Zumutungen des Lebens scheinen Lichtjahre entfernt zu sein.

In einem Straßencafé fanden Elena und Sam einen Tisch mit ungeschmälerter Aussicht auf die Prozession der Passanten. Nach einer Weile stellte Elena fest, dass sie sich anhand ihrer Kleidung zwei Gruppen zuordnen ließen, die sich deutlich voneinander unterschieden. Die Touristen waren wie im Hochsommer angezogen, obwohl es erst Frühling war: Die Frauen flanierten in flatternden Gewändern, Sandalen, weißen Strandkleidern und mit dem obligatorischen Strohhut von der Größe eines Wagenrads, die Männer liefen in T-Shirts und zerknitterten Shorts mit ausgebeulten Taschen herum, in denen ihre Habseligkeiten untergebracht waren (oder schlimmer noch, in eingelaufenen Hosen mit Tarnmuster, die fünfzehn Zentimeter über dem Knöchel endeten). Dagegen hatten sich die Einheimischen, die dem Wetter offenkundig nicht trauten, mit dicken Pullovern oder Schals vor möglichen Schneestürmen geschützt, dazu trugen die Damen noch Stiefel und die Herren Lederjacken. Man konnte sich des Eindrucks nicht erwehren, dass sich diese zwei Gruppen von Passanten, die Touristen und die Einheimischen, in zwei unterschiedlichen Klimazonen bewegten.

»Mein Vater geht gerne auf die Jagd«, sagte Elena. »Und er rastet völlig aus, wenn er sein Gewehr zu Hause gelassen hat und ihm ausgerechnet dann ein kapitaler Bock oder ein Wildschwein über den Weg läuft. ›Was man nicht alles zu Gesicht bekommt, wenn man keine Waffe zur Hand hat‹, pflegt er zu sagen. Nun, jetzt weiß ich, was das für ein Gefühl ist.« Sie deutete mit einer Kopfbewegung in Richtung Kai, wo eine Frau mit unnatürlich roten Haaren neben einem Poller posierte, während ihr Begleiter an seiner Kamera herumfummelte. Die Frau hatte die vierzig weit überschritten. Sie trug die kürzesten kurzen Hosen, die man sich nur vorstellen kann, und die hochhackigsten hohen Schuhe, und ihre Beine erinnerten an bleiches Gebein, das den Winter unter einem Grabstein verbracht hatte. Dennoch hatte sie allem Anschein nach eine hohe Meinung von ihrem äußeren Erscheinungsbild, stolzierte um den Poller herum, warf ihre radioaktiven Locken mit gekonntem Schwung zurück und erneuerte zwischen den einzelnen Aufnahmen ihr Lipgloss.

»Wenn Französinnen Stilbruch begehen, dann aber auch gleich richtig«, murmelte Elena mit sichtlicher Zufriedenheit.

Sie verließen das Café und bahnten sich einen Weg durch die langsam dahindriftende Menge, bis sie zu der Terrasse mit der blauen Markise und den Blumenkübeln kamen, an die sich Sam noch von seinem ersten Besuch in Marseille erinnerte. »Das ist das Chez Nino«, klärte er Elena auf. »Der Fisch ist genauso sensationell wie die Aussicht auf den Hafen. Die Weine stammen von den Hügeln ringsum. Du wirst begeistert sein.«

Er täuschte sich nicht. Für jemanden wie Elena, deren übliches Mittagessen aus Hüttenkäse und Salat bestand, in aller Eile am Schreibtisch verschlungen, war eine Mahlzeit im Chez Nino eine Offenbarung. Sie bestellten *soupe de poissons,* die köstliche provenzalische Fischsuppe, die mit ihrer traditionellen Begleiterin, der *rouille* auf den Tisch kam, einer sämigen, vor Knoblauch strotzenden Soße. Danach wurde ein perfekt gegrillter Drachenkopf aufgetragen. Dazu tranken sie eine Flasche Rosé aus der Domaine du Paternel.

Nachdem sie den Kaffee bestellt hatten, war es an der Zeit, sich zurückzulehnen und einen Blick in die Runde zu werfen. Das Restaurant war zum Bersten voll, und Elena staunte über die Lautstärke, mit der Gelächter und Gespräche von den umliegenden Tischen zu ihnen herüberschallten. »Diese Leute machen erheblich mehr Lärm als die Pariser«, stellte sie fest. »Vielleicht tun sie hier irgendetwas in die Suppe.«

Sie zog die erfreuliche Möglichkeit in Betracht, dass die Fischsuppe eine stimmungsaufhellende Substanz enthalten könnte, und malte sich aus, wie die Restaurantbesucher nach der Mittagspause euphorisch an die Arbeit zurückeilten. »Leider nicht«, erwiderte Sam. »Ich denke, es liegt an den Genen. Ein großer Teil der Provence gehörte früher zu Italien. Die Päpste residierten einst in Avignon. Die Bezeichnung Nizza weist eindeutig auf den italienischen Ursprung hin. Und wenn man einen Blick ins Telefonbuch wirft, findet man auf jeder Seite italienische Namen: Cipollina, Fachinetti, Onorato, Mastrangelo – davon gibt es Tausende, und sie tragen ihr Scherflein zu der ungezwungenen Atmosphäre bei, die hier unten herrscht. Das gehört zu den Dingen, die ich an der Provence liebe und die sie von Nordfrankreich unterscheidet.«

»Sam, allmählich verwandelst du dich in einen Baedeker auf zwei Beinen. Ich bin sehr beeindruckt. Und weißt du was? An die lokalen Sitten und Gebräuche würde ich mich schnell gewöhnen.«

»Auch an die Siesta? Da hast du Glück. Ich weiß zufällig, dass dieses Restaurant Zimmer vermietet.«

Elena schüttelte den Kopf. »Vergiss das lüsterne Grinsen. Der Gedanke an eine Mittagsruhe würde mir nicht im Traum einfallen. Wie jede gute Französin, die gerade ein ausgedehntes Mittagsmahl beendet hat, möchte ich nur wissen, wo wir das Abendessen einnehmen.«

»Philippe hat bereits alles arrangiert. Keine Angst. Er wird schon dafür sorgen, dass wir nicht verhungern. Bist du sicher, dass du dir die Räumlichkeiten nicht wenigstens anschauen möchtest?«

5. Kapitel

Ein paar Minuten lang vernahm Sam Mozart-Klänge im Hintergrund, bevor sich Reboul meldete.

»*Alors,* Sam. Wie war Ihr Tag in Cassis?«

»Gut, Francis. Wir haben ihn in vollen Zügen genossen. Elena war begeistert.« Sam warf einen Blick auf die Notizen, die er sich auf der Rückseite von Ninos Rechnung gemacht hatte. »Ich würde gerne ein paar Punkte mit Ihnen durchsprechen, bevor wir wieder unterwegs sind. Wir haben uns mit einem Freund, Philippe Davin, zum Abendessen verabredet. Er ist Journalist, arbeitet für *La Provence,* und ich hoffe, dass er mir ein paar Hintergrundinformationen über Patrimonio und die ehrenwerten Mitglieder des Stadtplanungsausschusses liefern kann.«

»Ein Journalist?« Rebouls Stimme klang alles andere als begeistert. »Sam, sind Sie sicher ...«

»Keine Sorge. Ich halte mich an das Drehbuch. Ihr Name wird mit keiner Silbe erwähnt. Und nun wüsste ich gerne – gibt es irgendetwas, wofür Sie sich besonders interessieren? Philippe ist ein Fuchs. Was er nicht weiß, bekommt er heraus, er hat einen erstklassigen Riecher.«

»Also gut, alles, was Sie über die beiden anderen Projekte und deren Drahtzieher herausfinden können, wäre hilfreich, aber bitte nicht den üblichen Blödsinn, mit dem Presseverlautbarungen gespickt sind, beispielsweise über Hobbys oder Spenden für wohltätige Zwecke. Ich wüsste gerne, woher das Geld stammt, das unsere Konkurrenten investieren. Und vergessen Sie nicht die persönlichen Aspekte. Hat jemand von ihnen Schulden? Irgendwelche Laster? Mätressen? Einen Hang zu den Damen vom horizontalen Gewerbe? Wie stehen sie zu Patrimonio? Gibt es Gerüchte über Bestechungen?« Reboul hielt inne, und Sam hörte das Klirren von Glas, das auf einen Tisch zurückgestellt wurde. »Nicht dass ich auch nur in Betracht ziehen würde, solche Insiderinformationen zu meinem Vorteil auszuschlachten.«

»Natürlich nicht.«

»Aber im Geschäftsleben sind sie Gold wert. Man kann nie zu viel davon haben.«

»Ich werde daran denken, Francis.«

»Dann wünsche ich Ihnen einen angenehmen Abend, mein Freund. *Bon appétit*.«

Sam lächelte, als er auflegte. Rebouls Stimme hatte einen sehnsüchtigen Unterton enthalten, als hätte er ihnen beim Abendessen nur zu gerne Gesellschaft geleistet.

Sie waren mit Philippe im Bistrot d'Edouard an der Rue Jean Mermoz verabredet, ein Tribut an Elena. Er hatte ein lateinamerikanisches Restaurant gewählt, damit sich *la bomba latina* auf Anhieb heimisch fühlte. Darüber hinaus würde sie, wie Philippe prophezeite, von der riesigen Auswahl an Tapas hingerissen sein.

Sam war schon auf der Türschwelle hingerissen: Das Restaurant sah so aus, wie seiner Meinung nach ein gutes Restaurant auszusehen hatte – eine Reihe schlichter, intim wirkender Räume, unauffällige weiße Papiertischdecken, Wände in leuchtenden Farben, unten ochsenblutrot, oben weiß, an denen riesige Schiefertafeln mit den Weinen und Tapas des Tages hingen. Die ersten Gäste hatten bereits das Jackett ausgezogen und die Servietten in den Hemdkragen gesteckt, stets ein Zeichen für gesunden Appetit und gutes Essen, und die junge Frau hinter der Bar begrüßte sie mit einem Lächeln.

Sie wurden ein paar Stufen hinauf zu einem Ecktisch im ersten Stock geführt, wo neben einem gefüllten Eiskübel ein strahlender Philippe auf sie wartete, der bei ihrem Anblick aufsprang und Elena an seine Brust drückte. Es folgten eine Runde Komplimente und Ausrufe des Entzückens, und Sam, der sich an derartige Ausbrüche männlicher Zuneigung zu gewöhnen begann, wurde mit einem Kuss auf beide Wangen bedacht. Schließlich forderte Philippe sie atemlos auf, Platz zu nehmen, und schenkte Wein ein.

»Was für eine wunderbare Überraschung!«, sagte er. »Was führt euch hierher? Wie lange bleibt ihr? Wo seid ihr abgestiegen? Aber zuerst lasst uns anstoßen.« Er hob sein Glas. »Trinken wir auf die Freundschaft.« Er lehnte sich zurück, noch immer strahlend, und bot Elena und Sam die Gelegenheit, die Veränderungen zu bewundern, die er seit der letzten Begegnung in Los Angeles an seinem äußeren Erscheinungsbild vorgenommen hatte.

Vorher hatte er einen Kleidungsstil bevorzugt, den er als »Söldnerchic« zu beschreiben pflegte – Hosen und Jacken aus Restbeständen der Armee, eintönige olivfarbene Kappen, die für den Frondienst in der Kaserne typisch waren, und Fallschirmspringerstiefel. Seine schwarze Haarmähne wucherte dicht und ungestört von jedem Kamm vor sich hin.

Das Martialische war verschwunden und Che Guevara einem Tom-Ford-Verschnitt gewichen. Die neue Inkarnation von Philippe hatte kurz geschorenes Haupthaar, kaum länger als die dunklen Stoppeln des Dreitagebarts, die sein Gesicht zierten. Sein Outfit war rasiermesserscharf: Abgespeckter schwarzer Anzug, ein am Hals aufgeknöpftes Hemd, das weißer war als weiß, und auf Hochglanz polierte schwarze Schuhe. Er hätte glatt als modebewusster Fußballer oder als Fahnenflüchtiger der Filmfestspiele in Cannes durchgehen können, die gerade in der ein Stück weiter an der Küste gelegenen Stadt stattfanden.

»Habt ihr den Unterschied bemerkt?« Philippe ließ ihnen keine Zeit zu antworten. »Ich habe *mon look* verändert. Mimi aus meiner Redaktion ist jetzt für meine persönliche Präsentation verantwortlich. Was sagt ihr dazu?«

»Wo ist die Sonnenbrille?«, fragte Elena. »Und wie wäre es mit einem Ohrring?«

»Und wo ist die Rolex?«, hakte Sam nach.

Philippe zerrte grinsend die Manschette hoch und *voilà*, da kam sie zum Vorschein: ein protziger Karfunkelstein aus rostfreiem Stahl, garantiert wasserdicht bis zu einer Tiefe von tausend Fuß.

Sam schüttelte fassungslos den Kopf. »Ich gratuliere dir zu Mimi. Sie hat dich in eine Stilikone verwandelt. Ich hoffe, du hast deinen Motorroller behalten.«

»*Mais bien sûr*. Das ist das einzig wahre Fortbewegungsmittel in Marseille. Aber genug davon – was hat euch beide hierherverschlagen? Flitterwochen?«

»Nicht ganz«, erwiderte Sam. Und während sie den Quatre Vents tranken, den Philippe ausgewählt hatte, wegen seiner *rondeur* und seines leichten Grünschimmers, wie er sagte, erstattete ihm Sam einen kurzen Bericht über seinen Auftrag: Von einem amerikanischen Architekten angeworben, von Schweizer Kapital gestützt und angetreten, um den Stadtplanungsausschuss zu überzeugen, dass eine dreigeschossige Wohnanlage Marseille besser zu Gesicht stand als eine Bettenburg mit vierzig Etagen.

Philippe hörte aufmerksam zu und nickte von Zeit zu Zeit. »Mir ist alles Mögliche zu Ohren gekommen, und ich habe versucht, Interviews mit euren Mitstreitern zu ergattern, doch im Moment geben sie sich sehr zurückhaltend.«

»Weißt du, wer sie sind? Hast du Informationen über sie?«

»Okay.« Philippe spähte im Raum umher, bevor er die Standardhaltung des investigativen Journalisten einnahm: Rumpf vornübergebeugt, um strikte Vertraulichkeit anzudeuten, Kopf eingezogen, die Stimme leise und um Unauffälligkeit bemüht. »Es sind noch zwei andere Konsortien im Spiel: ein englisches und ein französisches. Oder besser gesagt, eine Pariser Interessengemeinschaft. Der führende Kopf der Briten ist Lord Wapping, ein ehemaliger Buchmacher, der sich den Weg ins House of Lords mit üppigen finanziellen Zuwendungen an die beiden großen politischen Parteien geebnet hat.«

»An beide Parteien?«

»So ist es. Offenbar ist das in England zur Gewohnheit geworden. Das bezeichnet man als Win-win-Situation –, bei der alle Beteiligten gewinnen.« Philippe hielt inne, um einen Schluck Wein zu trinken. »Die Leitung des Pariser Projekts hat eine Frau übernommen, Caroline Dumas. Messerscharfer Verstand, politisch bestens vernetzt; war früher beigeordnete Ministerin, bis sie sich einem altgedienten Minister ein bisschen zu heftig beiordnete und die Ehefrau den beiden auf die Schliche kam. Jetzt arbeitet sie für Eiffel International, einen riesigen Mischkonzern – Bauwesen, Agrarindustrie, Elektronikbranche und als nette Zugabe eine Hotelkette. Ich persönlich bin der Überzeugung, dass sie bei diesem Wettbewerb keine großen Chancen hat.«

»Warum?«

»Sie ist Pariserin.« Philippe zuckte die Achseln. Er hatte offenkundig das Gefühl, dass es in Marseille keiner weiteren Erklärung bedurfte.

Die Kellnerin, die geduldig neben dem Tisch gewartet hatte, nutzte die Gesprächspause, um die Aufmerksamkeit auf die Tapas an der Schiefertafel zu lenken.

An diesem Abend im Mai hatten sie die Wahl zwischen fünfzehn »Appetithäppchen«: *Pata-negra*-Schinken von spanischen Schweinen, die mit Eicheln gefüttert worden waren, Thunfischrogen mit Olivenöl besprüht, gebackene Auberginen mit Minze, Lachstatar mit Honig und Dill, frittierte Zucchiniblüten, Venusmuscheln, Artischocken, Seeteufel, Anchovis – eine breit gefächerte Palette der Köstlichkeiten, die Sam, Elena und Philippe jetzt Todesqualen bereitete, weil die drei sich nicht entscheiden konnten. Schließlich einigten sie sich auf je drei Tapas, gefolgt, auf Philippes Drängen hin, von der Spezialität des Hauses: Tintenfisch mit schwarzer Pasta.

Elena lehnte sich zurück, um wieder ihre Umgebung in Augenschein zu nehmen, wobei ihr Blick auf ein Fries mit einer überdimensionalen Handschrift knapp unterhalb der Decke fiel. Es bestand aus drei Worten – *buvez riez chantez* –, die sich fortwährend wiederholten und über sämtliche Wände des Raumes im ersten Stock erstreckten.

»Was bedeutet das?«, fragte sie. »Ist das eine Art französischer Tapas-Code, streng geheim?«

»Es bedeutet trinkt, lacht, singt«, erläuterte Philippe. »Eine Aufforderung, sich zu amüsieren.« Das laute Gelächter, das am Nebentisch aufbrandete, unterbrach seine Ausführungen. »Nicht dass es dazu einer Aufforderung bedürfte«, fügte er hinzu.

»Ich finde es seltsam, dass der Durchschnittsfranzose in dem Ruf steht ..., nun, ein wenig ernst zu sein«, warf Sam ein. »Keiner, der dazu neigt, aus sich herauszugehen. Immer darauf bedacht, den Schein zu wahren.«

»Was ihr als ›trübe Tasse‹ bezeichnet?«

Sam grinste. »Das habe ich nie gesagt. Aber ich habe festgestellt, dass die meisten Franzosen, die ich kenne, sich gerne amüsieren. Ich erinnere mich an die Weinauktion in Beaune, bei der ich war, da konnte ich nicht mithalten. Trinken, lachen, singen? Sie haben in den drei Tagen nichts anderes getan, ohne Pause. Dennoch hat das Vorstellungsbild vom gestrengen Franzosen die Runde gemacht. Aber warum.«

Philippe hob den Finger, ein sicheres Zeichen, dass des Rätsels Lösung folgte. »Das liegt daran, dass man uns in Schubladen steckt, um einen einzelnen Aspekt der Persönlichkeit herauszupicken und uns danach zu beurteilen. Natürlich gehen wir an bestimmte Dinge mit dem gebührenden Ernst heran – Geld, Essen und Rugby beispielsweise. Aber wir sind Menschen voller Gegensätze. Auf der einen Seite können wir erstaunlich egoistisch sein: Die am meisten benutzten Worte im Französischen sind *moi* und *je,* normalerweise in einem Satz. Dennoch gehen wir höflich, ja sogar rücksichtsvoll miteinander um. Wir zeigen Respekt. Wir küssen oder schütteln einander die Hand zur Begrüßung, wir Männer stehen auf, wenn eine Frau an den Tisch kommt, und wir verlassen den Raum, wenn das Handy klingelt, um niemanden zu verärgern.« Er hielt inne, um sich einen ausgiebigen Schluck Wein zu genehmigen. »Wir trinken, und wie! Aber Betrunkene sieht man in der Öffentlichkeit kaum. Wir kleiden uns konservativ, und dennoch waren die französischen Frauen, die sich ›oben ohne‹ am Strand sonnten, Vorreiterinnen für ihre Geschlechtsgenossinnen in aller Welt. Es heißt, unsere nationalen Vorlieben wären Sex, Hypochondrie und der Bauch. Aber uns zeichnet mehr aus als das.« Er nickte, um seine Worte zu bekräftigen, und hielt die leere Weinflasche in die Höhe, als gerade eine Bedienung vorbeikam, um eine weitere zu bestellen.

Elena hatte während des Intensivkurs über die psychische Befindlichkeit der Franzosen aufmerksam zugehört und wedelte nach typisch gallischer Manier, wie sie hoffte, mit dem Finger, um Einspruch zu erheben. »Händeschütteln, gut. Wangenküsse, auch gut. Höflichkeit, alles wunderbar. Bis deine Landsleute ins Auto steigen. Ich muss dir sagen, dass ich noch nie so viele gemeingefährliche Fahrer gesehen habe wie hier in Frankreich. Was für ein Problem haben die Leute?«

Philippe zuckte lächelnd die Schultern. »Einige würden behaupten, die Lebensfreude, *la joie de vivre,* aber ich habe eine andere Theorie. Ich glaube, die Franzosen leiden an einer physischen Behinderung: Sie haben nur zwei Hände, obwohl sie zum Autofahren drei bräuchten. Eine Hand ist mit Rauchen und Telefonieren beschäftigt; die andere muss frei bleiben, um Fahrer, die zu schnell, zu langsam, zu nahe oder Belgier sind, mit beleidigenden Gesten einzudecken.« Als er Elenas verdutzte Miene sah, fügte er hinzu: »Die Belgier fahren immer in der Straßenmitte. Das ist doch bekannt. Ah, da kommen die Tapas.«

Die nächsten Minuten vergingen mehr oder weniger in zufriedenem Schweigen, während sie die neun kleinen Gerichte in Augenschein nahmen, die ihnen vorgesetzt wurden, ihren Duft inhalierten, probierten und bisweilen einen Bissen lilafarbene Artischocke gegen eine zarte, in spanischen Schinken gehüllte Venusmuschel eintauschten oder das mit Kräutern angereicherte Olivenöl mit Brot auftunkten. In vieler Hinsicht sind Tapas eine ideale Vorspeise: nicht zu schwer, mit einer Fülle von Aromen, die die Geschmacksknospen wachkitzeln, und in so übersichtlicher Menge serviert, dass sie den Appetit nicht verderben. Als der letzte Teller blank gewischt war, kehrte die Unterhaltung zum geschäftlichen Teil zurück.

»Ich schätze, du weißt, dass es irgendwann gegen Ende der Woche eine Art Presseempfang plus Cocktailparty geben wird«, sagte Sam zu Philippe. »Gehst du dorthin? Wird Patrimonio auch dort sein?«

Philippe verdrehte die Augen gen Decke. »*Bof!* Wer sollte versuchen, ihn davon abzuhalten? Das ist die Stunde, in der er sich in seiner ganzen Pracht und Herrlichkeit zeigen kann! Ich fürchte, der alte Schwätzer wird eine Rede halten. Ich werde anwesend sein müssen, um sie für die Nachwelt festzuhalten. Und ihr habt die Chance, einen Blick auf eure Konkurrenten und ihre famosen Ideen zu werfen.« Er schüttelte den Kopf bei dem Gedanken. »Hotels, Hotels, Hotels. Nichts als Hotels oder Bürogebäude.«

»Was hältst du von unserer Idee?

»Natürlich kenne ich keine Einzelheiten. Aber ich hoffe trotzdem, dass euer Konzept gewinnt. Es ist menschlicher, zivilisierter.« Philippe starrte in sein Weinglas, seine Miene war nachdenklich. »Doch nach allem, was man so hört, ist Wapping daran gewöhnt, stets das zu bekommen, was er will, auf welche Weise auch immer. Kein Mann, der sich die Butter vom Brot nehmen lässt. Und ihr könnt davon ausgehen, dass Patrimonio wie immer die falsche Entscheidung trifft.«

Elena runzelte die Stirn, als sie ihr Glas absetzte. »Das hört sich an, als wäre Patrimonio der Einzige, der zählt. Ich weiß, dass er den Vorsitz führt, aber was ist mit dem Ausschuss? Hat der nicht ebenfalls ein Wörtchen mitzureden? Oder sind das Strohmänner, die nur ins Boot geholt werden, um den Schein zu wahren?«

Philippe fuhr sich mit den Fingern durch die Haare – eine alte Gewohnheit –, bis er merkte, dass kaum noch etwas da war, um hindurchzufahren. »Der Stadtplanungsausschuss besteht aus sechs oder vielleicht sieben Mitgliedern. Ich weiß, dass zwei von ihnen ihren Job Patrimonio verdanken, also werden sie sich bei der Abstimmung nach seinen Vorgaben richten. Was die anderen angeht, tappe ich genauso im Dunkeln wie ihr. Sie werden alle beim Empfang erscheinen. Mal sehen, was ich bis dahin herausfinden kann.«

Das Tagesgericht erschien in seiner ganzen düsteren Pracht: Die Tentakeln und dünne Scheiben des Tintenfisches waren auf einem Bett aus glänzender schwarzer Kamut- oder Engelshaar-Pasta angerichtet. Auf der einen Seite war, als Kontrast in der Textur und als Offenbarung für den Gaumen, wie Philippe schwärmte, eine cremige Soße aus Ziegenkäse drapiert.

Elena führte die erste Gabel zum Mund und stieß einen leisen, lustvollen Seufzer aus. »Köstlich. Habe ich schwarze Lippen?«

Sam beugte sich vor, um ihren Mund zu inspizieren. »Noch nicht. Aber deine Zähne hat es erwischt.«

Elena wandte sich Philippe zu. »Siehst du jetzt, was ich alles ertragen muss?«

Philippe nickte mitfühlend. »Der Angelsachse verpackt seine Liebeserklärung in deftigen Humor. Ein Franzose ist ...« Er zuckte andeutungsweise mit einer Schulter. »Er ist subtiler, romantischer, insgesamt faszinierender.«

»Gefällt mir. Faszinierend ist gut.«

Sam hatte das Gefühl, dass es an der Zeit für einen Themenwechsel war. »Erzähl mal, was es mit dieser Mimi aus deiner Redaktion auf sich hat. Ist das was Ernstes? Hat sie schon angefangen, deine Wohnung umzugestalten? Bei dir ist es ihr zumindest gelungen, du siehst aus wie neu!

»Hörst du? Jetzt macht er sich über mich lustig«, sagte Philippe zu Elena. »Also gut: Was soll ich euch über Mimi erzählen? Klein und zierlich, rothaarig, hochintelligent, geistreich, astreine Beine und offensichtlich« – er grinste – »mit einem hervorragenden Geschmack in puncto Männer gesegnet. Sie wird euch gefallen. Sie wäre heute Abend gerne mitgekommen, aber sie musste ins Kampfsporttraining.«

Die Gedanken an Mimi wurden von der Überlegung abgelöst, ob noch Platz für ein Dessert war. Der Journalist überredete Elena, einen ›gedopten *profiterole*‹ zu probieren, einen Windbeutel der Spitzenklasse mit einer herrlich leichten *crème Chantilly* gefüllt. Sam begnügte sich mit einem Manchegokäse – hauchdünn geschnitten, wie er sein sollte – mit Quittengelee und einem vollmundigen Rotwein aus dem Languedoc. Während er aß, hörte er zu, wie Philippe Elena einige der Zerstreuungen schilderte, die Marseille zu bieten hatte: Die Cathédrale de la Major, gestützt von 444 Marmorsäulen; der Vieux Port oder Alte Hafen, der das historische und kulturelle Zentrum der Stadt bildete; das Musée Cantini mit Kunstwerken aus dem zwanzigsten Jahrhundert; Marcel Pagnols Stammkneipe, die Bar de la Marine; die Vieille Charité, ein Prunkbau, vom Hofbaumeister Ludwig XIV. als Armenhospiz entworfen; der grandiose Ausblick von Notre-Dame de la Garde. Oder vielleicht ein Rundgang durch die Boutiquen, bei dem sich Mimi gerne als Fremdenführerin zur Verfügung stellen würde, gefolgt von einem erholsamen Aufenthalt in einem der Wellnesstempel an der Corniche, der Küstenstraße, die sich kilometerlang auf den Klippen entlangwindet. Und nicht zu vergessen der blutigste Zeitvertreib in Marseille.

»Wenn ihr Fußball mögt, solltet ihr euch das nicht entgehen lassen – das letzte Spiel der Saison, Olympique de Marseille gegen Paris Saint-Germain«, sagte Philippe. »Wir verabscheuen diese Mannschaft aus Paris. Denkt an meine Worte, das wird kein Freundschafts-, sondern ein Feindschaftsspiel.«

»Klingt interessant«, warf Elena ein. »Was zieht frau bei einem Feindschaftsspiel an?«

»Panzerweste.« Philippe holte tief und geräuschvoll Luft durch die geschürzten Lippen. »Diese PSG-Fans sind Bestien, schrecken vor nichts zurück.«

»Während ihr natürlich Unschuldsengel seid«, fügte Sam sarkastisch hinzu. Mehr durfte er dazu nicht sagen, sofern er Wert darauf legte, dass Philippe ihm weiterhin gewogen war und half.

Beim Kaffee vereinbarten sie ein Treffen zwischen Elena und Mimi für den nächsten Tag. Sam würde weiter an seiner Präsentation feilen, und Philippe plante, sich mit seinen Kontaktpersonen im Beamtenapparat der Stadt in Verbindung zu setzen, um zu sehen, was sich an Informationen ausgraben ließ. In der Dunkelheit und in der lauen Luft, die draußen vor dem Restaurant herrschte, verabschiedeten sie sich voneinander. Philippe setzte seine Sonnenbrille wieder auf, um sie vor dem grellen Mondlicht zu schützen, schwang ein Bein über den Motorroller und knatterte davon. Der morgige Tag würde für alle anstrengend werden.

6. Kapitel

Als Sam das letzte Dokument zu Ende gelesen hatte, lehnte er sich mit einem Seufzer der Erleichterung zurück. Er wusste jetzt, so schien es ihm, mehr als genug über Rebouls Erschließungspläne: von der genauen Anzahl der Liegeplätze im Hafen bis hin zur Farbe der Dachziegel und der Größe der Badezimmer. Seine Aufgabe bestand nun darin, aus dieser Fülle von Details eine einstündige Präsentation für Patrimonios Ausschuss zusammenzuzimmern.

Er stand auf, reckte sich, um die Rückenschmerzen zu vertreiben, und stieß die Fensterläden auf, um die Sonne hereinzulassen. Es war ein wundervoller Morgen, überall Blau und Gold, so weit das Auge reichte. Er fragte sich, was Elena und Mimi wohl gerade trieben, widerstand jedoch der Versuchung, Elena anzurufen und sich selbst zum Mittagessen einzuladen. Ich habe einen Auftrag, ermahnte er sich. Deshalb bist du hier. Ab, marsch an die Arbeit!

Ein Anruf ersparte ihm weitere Selbstbezichtigungen. Es war Philippe, seine Stimme klang geheimnisvoll, geradezu verschwörerisch.

»Kannst du ungestört sprechen?«

Sam überlegte kurz, ob er unter dem Schreibtisch nach ungebetenen Zuhörern Ausschau halten sollte. »Klar. Schieß los.«

»Ich habe einen Kontaktmann, der in einer Bar im Vieux Port arbeitet. Einen Mann, der Augen und Ohren offen hält. Nun, einer seiner Freunde verdient sich im Sommer ein kleines Zubrot mit den Schiffen, die in Frioul anlegen – du weißt schon, die Inselgruppe, die der Küste von Marseille vorgelagert ist. Und dreimal darfst du raten, wer dort seit ein paar Tagen klammheimlich vor Anker liegt.«

Sam betete in Gedanken die ganze Litanei der Prominenten rauf und runter, vom französischen Staatspräsidenten über Brad Pitt bis zu beidseitig tätowierten Gangsta-Rappern, die sich betont establishmentfeindlich gaben. »Keine Ahnung, Philippe. Aber du wirst es mir sicher gleich sagen.«

»Seine Lordschaft William Wapping höchstpersönlich. Interessant, nicht wahr? Und das ist noch nicht alles. Gestern Abend hat er eine Dinnerparty auf seiner Jacht gegeben – die den beziehungsreichen Namen *Floating Pound* trägt. Ich habe mir sagen lassen, dass es sich um eine typisch englische Doppeldeutigkeit handele, weil man darunter sowohl eine Verwahrstelle für abgeschleppte Fahrzeuge als auch einen Wechselkurs ohne festgesetzte Bandbreite verstehen kann. Und man höre und staune: Patrimonio war einer der geladenen Gäste.«

»Warum überrascht mich das nicht?«, meinte Sam. »Ich sollte meine Geschäftspartner davon in Kenntnis setzen. Vielleicht können sie Lord Wapping an die Kette legen.«

Philippe schnaubte gereizt. »Immer diese Scherze. Aber ich sage dir, solche intimen Beziehungen zwischen Ausschussvorsitzendem und Bewerber sind alles andere als lustig. Doch wie dem auch sei, wir sollten uns die Schaluppe einmal genauer anschauen. Scheint ein interessanter Aspekt für mein Projekt zu sein.«

»Dein Projekt?«

»Nun, eigentlich handelt es sich um mehrere Projekte, eine Serie, die ich für die Zeitung mache. Mit dem Titel ›Marseiller Monopoly‹. Warte, ich lese dir schon mal den ersten Abschnitt vor.« Er räusperte sich und nahm den bedeutungsschweren, sonoren Tonfall eines Nachrichtensprechers im Fernsehen an.

»Die Anse des Pêcheurs, seit unzähligen Jahrhunderten ein stilles Refugium für die Fischer von Marseille, wird schon bald einem grundlegenden Wandel unterzogen. Welche Form dieser Wandel annehmen soll, wird in den kommenden Wochen von einem Planungsausschuss unter Vorsitz von Jérôme Patrimonio entschieden, seit vielen Jahren eine stadtbekannte Persönlichkeit auf der kommunalpolitischen Bühne. Der Ausschuss wird über drei Angebote beraten, die zur Wahl stehen. In unserer Exklusivserie werden wir diese Projekte und die dahinterstehenden Organisationen unter die Lupe nehmen, um Sie, liebe Leser, umfassend über die in jedem Fall folgenreiche Veränderung der Marseiller Küstenlinie zu informieren.«

Philippes Stimme klang nun wieder normal. »Ein astreiner Eröffnungsschachzug, aber keine Angst, später werde ich gehörig Staub aufwirbeln.«

»Du hast etwas entdeckt, was nicht ganz lupenrein ist?«

»Noch nicht, was, glaube mir, allerdings nur eine Frage der Zeit ist. Das Bauwesen ist nun mal ein schmutziges Geschäft. Also was ist, können wir uns in einer halben Stunde am Vieux Port treffen? Ich habe da einen Freund, der ein Boot besitzt und uns nach Frioul bringen kann. Ich würde gerne ein paar Fotos von Wappings Jacht machen. Wäre gut für mein Projekt.«

Sam lächelte, als er das Gespräch beendete. Philippes Begeisterung war ansteckend, und er stellte fest, dass er sich auf die kleine Expedition freute. Doch zuerst musste er Reboul auf dem Laufenden halten.

Als dieser hörte, dass Patrimonio an der Dinnerparty auf Wappings Jacht teilgenommen hatte, reagierte er heftig und wenig schmeichelhaft. »Das sieht diesem Kerl ähnlich«, fauchte er. »Er ist und bleibt ein stadtbekannter Schmarotzer. Patrimonio würde sogar zur Beerdigung einer wildfremden Person gehen, wenn es dort etwas umsonst zu trinken gäbe.« Als er von dem Abstecher nach Frioul hörte, wünschte er Sam *bon voyage*. »Und sollte sich die Gelegenheit bieten, dürfen Sie Lord Wapping gerne ersäufen.«

Im Vieux Port herrschte dichtes Gedränge, wie immer an einem sonnigen Morgen, und Sam brauchte mehrere Minuten, um Philippe zu finden; schließlich entdeckte er ihn in einem Schnellboot, das neben einer der Inselfähren vertäut war. Der Kapitän der Fähre und ein Deckarbeiter beugten sich über die Reling und flirteten mit einem Mitglied der Schnellbootbesatzung, einer jungen Blondine in Uniform, bestehend aus einer Segelkappe und ein paar Stofffetzen in Taschentuchgröße, einer Art Badeanzug, der lediglich von purem Optimismus zusammengehalten wurde.

Philippe, der in seinem schwarzen Anzug nicht gerade einen besonders seemännischen Eindruck machte, winkte Sam zu und forderte ihn auf, an Bord zu kommen. »Das ist mein Freund Jean-Claude«, sagte er und drehte sich zu einem kleinen, drahtigen Mann um, braun wie eine Haselnuss, der am Ruder stand. »Er ist der Kapitän, also erweise ihm den gebührenden Respekt. Und Birgitta hier ist sein Erster Offizier. *Bon. Allons-y!*« Und begleitet von einem gurgelnden Geräusch des gedrosselten Motors bahnte sich Jean-Claude den Weg durch die sorgfältig vertäuten Reihen der kleinen Segelboote, nahm Kurs auf das offene Meer.

Sam hatte eine Abneigung gegen Boote. Für ihn waren sie eine Strafe, weil sie zwei grundlegende Nachteile besaßen:

Sie boten nie genug Platz, und man konnte sie nicht nach Belieben verlassen. Doch er musste zugeben, dass er die saubere, salzige Luft und das spektakuläre Panorama von Marseille genoss, das sich hinter ihnen am Ende der langen weißen Heckwelle ausdehnte, als das Boot eine sanfte Kurve beschrieb und den alten Hafen in südwestlicher Richtung verließ.

Jean-Claude erläuterte die Route, die sie nehmen würden. »Die Jacht von Lord Wapping befindet sich irgendwo da hinten.« Er deutete auf eine Insel beinahe unmittelbar vor ihnen. »Aber wir können sie nicht sehen, weil sie in einer Bucht zwischen den beiden Inseln Ratonneau und Pomègues ankert. Diese Inseln versperren die Sicht von der Stadt aus. Sie verbergen die *Floating Pound* vor jedem, der in Marseille Ausschau danach hält. Der Ankerplatz ist so privat, wie man es sich nur wünschen kann. Ihr werdet schon sehen. Jetzt fahren wir an der Nordküste von Ratonneau entlang, biegen in die Baie du Grand Soufre ein, *et voilà*.«

Fünf Minuten später fuhren sie in die Bucht ein. Jean-Claude drosselte den Motor, bis sie kaum noch Fahrt machten, und da lag sie, die *Floating Pound*, in ihrer ganzen Pracht und Herrlichkeit, den Bug der Buchteinfahrt zugewandt. Selbst aus der Entfernung wirkte sie riesig, ein schneeweißer Koloss, der beim Näherkommen noch an Größe gewann, bis er die Sicht auf einen Großteil des Himmels zu versperren drohte.

»Ein ansehnliches Teil, oder?«, ließ sich Jean-Claude vernehmen. »Ich werde dieses Kraftpaket mal umrunden, damit ihr einen Blick auf das Spielzeug werfen könnt, mit dem es ausgerüstet ist.«

Sie fuhren langsam an der imposanten Kommandobrücke vorbei, auf der Lord Wappings persönliche Flagge wehte, ein großes W, das eine Weltkugel überspannte. Die Radaranlage konnte sich ebenfalls sehen lassen, genau wie die Davits – Kräne, mit denen normalerweise die Beiboote einer Jacht zu Wasser gelassen oder hinaufgehievt wurden und die leer waren, wie Sam bemerkte –, die makellose Lackierung, die glänzenden Bullaugen und, hoch droben auf dem Achterdeck wie ein riesiges, glänzendes Insekt thronend, der weiße Hubschrauber mit dem Eintragungszeichen *Wapping Air,* das sich in großen scharlachroten Buchstaben über die ganze Seite erstreckte.

Sam überlegte gerade, wie viele Gallonen Treibstoff die Jacht pro Seemeile verbrauchen mochte, als er merkte, dass sie beobachtet wurden. Ein junger Deckarbeiter, ganz in Weiß, beäugte Birgitta eingehend durch sein Fernglas.

»Birgitta? Würden Sie mir einen Gefallen tun?«, fragte Sam. »Winken Sie dem netten jungen Mann an Deck doch bitte einmal zu.«

Birgitta, die sich an die Windschutzscheibe des Schnellboots gelehnt hatte, richtete sich aus ihrer gebückten Haltung zu voller Größe auf, nahm die Kappe ab und schwenkte sie vehement hin und her, wobei der obere Teil ihres sogenannten Badeanzugs ernsthaft in Bedrängnis geriet. Nach einem kurzen Moment des Zögerns grinste der Deckarbeiter und winkte im Gegenzug mit seinem Fernglas zurück. Jean-Claude brachte das Schnellboot nahe genug heran, um ein Gespräch zu beginnen.

Sam blickte zu dem Deckarbeiter empor. »Ein umwerfendes Schiff. Eine echte Schönheit«, rief er.

Durch die Chance auf eine Nahansicht von Birgitta zweifellos ermutigt, winkte der Deckarbeiter sie näher heran. »Der Eigner und alle anderen sind gerade an Land. Hätten Sie Lust auf eine kurze Besichtigung?«

Der Deckarbeiter stellte sich als Bob vor und entpuppte sich als ein Mann, der seine wahre Berufung, die zu einem Fremdenführer nämlich, eindeutig verpasst hatte. Er eilte voran, beschrieb, erklärte, unterstrich und deutete auf Sehenswürdigkeiten von besonderem Interesse hin, wobei Philippe, der ein Problem mit seinem Handy zu haben schien, die Nachhut bildete. Sie durften einen Blick auf die Kommandobrücke und ihre Wunderwerke der Navigation, das gepolsterte Deck zum Sonnenbaden, den Whirlpool, den Essbereich mit einem Grill, der groß genug für eine ganze Schafherde gewesen wäre, und den Hauptsalon werfen. Hier herrschte eine Sinfonie in Gold und Weiß vor – weiße Wände, Lampenschirme aus Goldlamé, weiße Teppiche, Spiegel mit Goldrahmen, weiße Ledersofas und Sessel –, kurzum ein Ambiente, das Sam zu der gemurmelten Bemerkung veranlasste: »Hoffen wir, dass niemand hier drinnen seekrank wird. Wer sich in diesem Raum übergeben muss, hat schlechte Karten.«

Die Besichtigung endete mit einer Pilgertour zum Hubschrauber, um den die Besucher einen respektvollen Bogen machten, während Bob eine ganze Litanei lebenswichtiger statistischer Daten anstimmte. Viersitzer, Standardreichweite, Geschwindigkeiten (sowohl Reise- als auch Höchstgeschwindigkeit), lautloses Triebwerk, leichtes Einparken und so weiter und so fort. Von der Informationsflut benommen und überfordert, ergriffen die Besucher schließlich die Flucht und steuerten den rettenden Hafen an.

Sam, der bemerkt hatte, dass Philippe hinter den anderen zurückgeblieben war, erkundigte sich, ob alles nach Wunsch verlaufen sei. Philippe hielt sein Handy hoch und grinste. »Damit könnte ich ein ganzes Fotoalbum füllen.«

Der Wind hatte aufgefrischt, erschwerte eine Unterhaltung. Sam betrachtete die Wellen und ließ das, was er gerade gesehen hatte, noch einmal vor seinem inneren Auge Revue passieren. Obwohl er sich aus Schiffen und Jachten nichts machte und kein Verständnis für den Wunsch aufbrachte, dafür ein Vermögen auszugeben, hatte der Besuch ihn veranlasst, noch einmal gründlich über den Mann nachzudenken, gegen den er sich im Wettbewerb behaupten musste. Trotz des zweifelhaften Geschmacks in puncto Inneneinrichtung war William Wapping ganz offensichtlich steinreich. Und steinreich wurde man nicht, weil man Stroh im Kopf hatte, so viel stand fest.

Die Gesellschaft, die am besten Tisch auf der Terrasse des Peron saß, hatte sich auf ein ausgedehntes Mittagsmahl eingerichtet. Falls irgendjemand auf die Idee gekommen wäre, einen Blick aufs Meer zu werfen, hätte er möglicherweise Jean-Claudes Schnellboot entdeckt, das in den Hafen einfuhr, aber alle waren damit beschäftigt, die Aufmerksamkeit auf ihren Gastgeber zu richten. Lord William Wapping hielt Hof.

Zu seiner Rechten hatte er ein langjähriges Mitglied des Stadtplanungsausschusses und den Hauptgrund für das Mittagessen platziert: Monsieur Fauré, ein unscheinbares Männchen im mausgrauen Anzug. Informationen von Patrimonio zufolge war er »ein unsicherer Kantonist« – das heißt, man musste damit rechnen, dass er nicht so abstimmen würde, wie es ihm nahegelegt worden war. Man werde, so hatte Patrimonio vorgeschlagen, Monsieur Fauré besondere Aufmerksamkeit bezeugen, um ihm ein Gefühl der Wichtigkeit zu verleihen, dann sei er leichter zu beeinflussen.

Neben Fauré saß die einzige Frau in der Männergesellschaft, Wappings Lebensabschnittsgefährtin Annabel Sykes. Sie entstammte einer Familie aus den Randzonen der Aristokratie.

Ihre Vorbilder waren die Herzogin von Cornwall und Madonna, das sagte alles über die Faszination, die das britische Establishment und die Welt des Glamour auf sie ausübten. Eitel, attraktiv und nicht unempfänglich für materielle Gefälligkeiten wie Juwelen, Designergarderobe, Seidendessous und Taschengeld, war sie Lord Wapping in Ascot über den Weg gelaufen und schwebte buchstäblich im siebten Himmel, als er sich erbot, sie in seinem Hubschrauber in die Stadt zurückzubringen. Später sollte sie diesen Augenblick, begleitet von einem koketten Augenaufschlag, als Höhenflug der Liebe bezeichnen.

Zu ihrer Rechten hatte Tiny de Salis Platz genommen, ein Eton-Absolvent, der ebenfalls aus gutem Stall stammte, dem jedoch im Leben einiges schiefgelaufen war. Er musste sich als Skipper der Jacht und als Pilot des Hubschraubers verdingen. Er war ein Hüne von einem Mann (daher sein Spitzname »Winzling«), und seine um Unauffälligkeit bemühte Beziehung zu Annabel beruhte auf einer Gemeinsamkeit, der privilegierten sozialen Herkunft. Doch leider hatte ihn diese nicht vor den Folgen seiner Spielsucht zu bewahren vermocht. Er hatte Lord Wapping zu einem Zeitpunkt kennengelernt, als dieser noch ein erfolgreicher Buchmacher war, bei dem er haushoch in der Kreide stand. Bei ihrer ersten Begegnung waren auch Wappings Schuldeneintreiber anwesend, für den Fall, dass es erforderlich geworden wäre, der Zahlungsaufforderung mit einigen schmerzhaften physischen Einwirkungen Nachdruck zu verleihen. Dank seines Charmes und der Fähigkeit, mit Booten und Leichtflugzeugen umzugehen, blieb ihm dieses Schicksal erspart, und er erhielt die Chance, die Schulden bei Seiner Lordschaft abzuarbeiten.

Neben der ausladenden Gestalt von de Salis wirkte sein Sitznachbar Ray Prendergast, Wappings persönlicher Anwalt und von Neidern das »Frettchen« genannt, noch leichtgewichtiger als sonst. Mit der physischen Statur eines Jockeys und den Instinkten eines Ganoven ausgestattet, hatte er selbst bei seinen schwergewichtigen Kollegen aus dem juristischen Berufsstand den Ruf erworben, ein Mann zu sein, mit dem man besser nicht die Klingen kreuzte. Auch kursierten Gerüchte über mögliche Verbindungen zur Unterwelt, man munkelte, er habe bei Sportwettkämpfen die Ergebnisse manipuliert, Zeugen bestochen und nicht einmal davor haltgemacht, die Richter massiv zu beeinflussen. Aber ihm war nichts nachzuweisen, und so hatte er sich höchst effektiv um Lord Wappings Angelegenheiten gekümmert, als es um Steuerhinterziehung, unrechtmäßigen Eigentumserwerb, Börsenmanipulation und drei mutmaßlich teure Scheidungen ging. (Nach der letzten diesbezüglichen Erfolgsmeldung hatte er Lord Wapping eine SMS geschickt: »Wir haben die Ex erfolgreich aus Ihrer Brieftasche herausgekratzt«, eine bildhafte Formulierung, die unter den Londoner Scheidungsanwälten bald Furore machte.)

Die Leibwächter Brian und Dave, die durch ihre kohlrabenschwarzen Sonnenbrillen die Welt mit finsterem Blick betrachteten, vervollständigten Wappings Gefolge. Die beiden waren Veteranen aus der guten alten Zeit, als Buchmacher noch hin und wieder einen Muskelprotz brauchten – daher fanden sie ihr gegenwärtiges Leben ein wenig öde. Erst kürzlich hatte sich Brian bei Dave lebhaft beklagt, dass sie schon seit Jahren niemanden mehr so richtig in die Mangel genommen hatten. Aber die Bezahlung tröstete sie ein wenig über ihre Marginalisierung hinweg.

Lord Wapping blickte zufrieden auf seinen leeren Teller hinab. Diese Froschfresser verstanden tatsächlich etwas vom Kochen. Der Empfehlung des Kellners folgend, hatte er *Noisette d'agneau en croûte de tapenade* bestellt, ohne genau zu wissen, was sich hinter diesem Teil verbarg, und war angenehm überrascht, als sich das Ganze als Lamm mit einer leichten Kruste aus Oliven, Kapern, Anchovis und Kräutern entpuppte. Der Käse war im Anrollen, und den krönenden Abschluss würde ein kleiner Klecks Pudding bilden. Und da sie sich auf der Terrasse, sprich im Freien befanden, konnte er die Mahlzeit mit einer Zigarre beenden. Von einem ungewohnten Gefühl des Wohlwollens übermannt, wandte er seine Aufmerksamkeit Monsieur Fauré zu, um zu sehen, wie es seinem Ehrengast ging.

Bisher offenbar sehr gut. Fauré sprach Englisch und schien durchaus empfänglich für Wappings erste verhaltene Annäherungsversuche zu sein. Zu diesen gehörte unter anderem das Angebot, auf der *Floating Pound* eine kleine Spritztour entlang der Küste zu unternehmen, gerne auch in Begleitung von Madame Fauré, sofern erwünscht. Wohl kaum, dachte Wapping, als er das Ausmaß der Aufmerksamkeit wahrnahm, das Fauré Annabel Sykes widmete. Sie hatte beschlossen, in ihrem besten Französisch das Wort an ihn zu richten – erworben in einem Internat für höhere Töchter in Lausanne, wo sie den letzten Schliff erhalten hatte. Er schien sichtlich gebannt, nicht nur von Annabel und ihrem *Décolleté,* sondern auch von der gleichermaßen üppigen Menge Rosé, die er sich einverleibt hatte.

Da Fauré mit Beschlag belegt und guter Dinge war, konnte Lord Wapping entspannen, während er seinen nächsten Schachzug überdachte. Patrimonio zählte bereits das Geld, das ihm sein Anteil an den Baukosten einbringen würde. Fauré machte einen überaus kooperativen Eindruck. Blieben nur noch die anderen fünf Ausschussmitglieder, die er in dieser Woche bei der Cocktailparty in Augenschein nehmen musste. Wenn er zwei von ihnen auf seine Seite ziehen könnte, hatte er bereits die Mehrheit gewonnen. Er würde Patrimonio bitten, für ihn die anderen Wackelkandidaten ausfindig zu machen. Er lehnte sich in seinem Stuhl zurück, winkte den Sommelier herbei und erkundigte sich nach einem guten Wein, der zum Käse passte. Das hatte er sich verdient.

Elena schloss die Augen und gab sich dem tiefen und entspannenden Druck hin, knapp vor der Schmerzgrenze, den die Finger der Masseurin ausübten, als sie sich an der Wirbelsäule nach unten vorarbeiteten. Dies war der Vorschlag von Mimi, gewesen Philipps rothaariger Freundin – als willkommener Ausklang hektischer Stunden, die sie mit Besichtigungen, Einkaufen und Mittagessen verbracht hatten. Sie hatte für Elena und sich selbst einen Nachmittag der Muße im hoch über dem Meer gelegenen Wellnesstempel des Château Berger an der Corniche Président Kennedy gebucht. Warme Schlammwickel, eine wahre Verjüngungskur für die Haut, heißes Meerwasser aus einer Regenbogendusche mit winzigen Düsen und eine Reflexzonenmassage, die vierzig Minuten dauerte und mit einer Spezialität des Hauses abschloss, der *massage énergétique*. Himmlisch.

Der Tag hatte in einem Straßencafé am Vieux Port begonnen. Wie üblich, wenn sich Frauen erstmals begegnen, hatten sie einander einer gründlichen, wenngleich verstohlenen Musterung von Kopf bis Fuß unterzogen, die Schuhe, Handtasche, Sonnenbrille, Haare und Make-up einschloss. Beide waren zufrieden, dass sich die andere Mühe mit ihrem äußeren Erscheinungsbild gegeben hatte – Elena in einem ärmellosen blasslila Leinenkleid, die wesentlich kleinere Mimi in hautengen schwarzen Hosen und einer adretten weißen Jacke.

Beim Kaffee hatten sie Pläne für den Vormittag geschmiedet und mit der Besichtigung einer der Touristenattraktionen von Marseille begonnen, dem fantastischen Ausblick auf die

Stadt und das Meer, mit dem die Mühen derer belohnt werden, die den steilen Aufstieg zur Basilika Notre-Dame de la Garde auf sich nehmen. Ein weiterer guter Grund, den beschwerlichen Weg zum Gotteshaus auf sich zu nehmen, war, dass die Basilika über eine bemerkenswerte Sammlung handbemalter Votivtafeln von dankbaren Seefahrern und Fischern verfügte, denen es gelungen war, den Unbilden und Katastrophen des Meeres zu entgehen. Wie Mimi erklärte, trugen die Bilder von sinkenden Schiffen, ertrinkenden Seeleuten, windgepeitschten Wellen und Wirbelstürmen wenig dazu bei, Sehnsucht nach einem Leben auf den Meereswogen zu wecken, und so bahnten sich die beiden dank der wiedererwachten Liebe zum trockenen Land entschlossen ihren Weg in die relative Sicherheit der Boutiquen in der Rue Paradis und der Rue de Rome.

Inzwischen verstanden sie sich prächtig. Genauer gesagt, sie redeten ununterbrochen. Mimi wollte alles über L.A. wissen – ihre Neugierde war durch Philippe und seinen begeisterten Bericht über die Stadt der Engel angestachelt worden. Elena ihrerseits war daran interessiert, von einer Insiderin mehr über die Eigenheiten von Marseille, Aix, Avignon und Saint-Tropez, dem Paradies in weiter Ferne, zu erfahren. Der Morgen verging so schnell und auf so angenehme Weise, dass sie verspätet im Restaurant eintrafen. Bei ihrer Ankunft war ihr Tisch der einzige, der noch frei war (und auch nur frei gehalten wurde, weil Philippe seit Jahren zu den Stammgästen zählte).

Er hatte ihn für sie im Le Boucher reservieren lassen, in der Rue de Village, einem Restaurant, das sich überzeugend als Metzgerei tarnte. Im hinteren Bereich des Ladens, jenseits der Verkaufstresen mit Rind-, Lamm- und Kalbfleisch, führte eine Tür in einen kleinen, überfüllten Raum, der trotz seines Glasdachs durch eine riesige, ausufernde Bougainvillea vor der Sonne geschützt wurde. »Philippe war der Meinung, dass es dir hier gefallen wird, weil das Fleisch so gut ist. Amerikaner sollen ja immer Lust auf Frischfleisch haben«, sagte Mimi. Sie schmunzelte. »Hoffentlich hat er recht.«

»Absolut.« Elena blickte sich im Raum um und konnte niemanden entdecken, der auch nur entfernt einem Touristen ähnelte. »Ich schätze, hier verkehren nur Franzosen.«

Mimi schüttelte den Kopf. »Nein, keineswegs. Nur Marseiller.«

Bevor Elena diesem interessanten Unterschied, der, wie ihr schien, schon mal angedeutet worden war, auf den Grund gehen konnte, trug der Kellner die Speisekarten und zwei Champagnerkelche herbei. »Mit den besten Grüßen von Monsieur Philippe«, sagte er. »Heute haben wir seine Lieblingsgerichte auf der Tageskarte. *En plus* hat er uns aufgetragen, ihm die Rechnung zu schicken.«

Mimi legte die Speisekarte beiseite und sah Elena an. »Hast du großen Hunger?«

Elena dachte an ihr übliches Mittagessen, das eher der Ration von Stallkaninchen glich. »Klar. Du weißt ja, ich gehöre zu den blutrotes Fleisch fressenden Amerikanerinnen.«

Mimi nickte dem Ober zu, der lächelnd in die Küche eilte.

Elena hob ihr Glas. »Zum Wohl. Erfahre ich auch, was es zu essen gibt?«

»Als Vorspeise *bresaola* – das ist ein luftgetrockneter Rinderschinken – mit Artischockenherzen, sonnengetrockneten Tomaten und Parmesankäse. Danach Ochsenbäckchen mit einer Scheibe hausgemachter *foie gras*. Und als Dessert *fondant au chocolat*. Klingt das einigermaßen genießbar?«

»Das klingt himmlisch.«

Die beiden Frauen bildeten ein hübsches und apartes Duo, wovon die vielen, um es vorsichtig auszudrücken: anerkennenden Blicke vonseiten der männlichen Gäste ein lebhaftes

Zeugnis ablegten. Elena hätte vielleicht noch als Einheimische durchgehen können mit ihren schulterlangen schwarzen Haaren und dem olivfarbenen Teint. Mimi sah dagegen aus, als hätte sie sich einen freien Tag von den Modenschauen in den Straßen von Paris gegönnt. Ihre Haut war auffallend blass mit einem Hauch von Sommersprossen, und die Haare, fast so kurz wie Philippes, waren von einem dunklen, satten Hennarot, das nur ein Figaro der Spitzenklasse zustande bringt. Ihr Gesicht mit den braunen Augen, Größe XXL, und den vollen Lippen befand sich in einem Zustand fortwährender Bewegung – der Ausdruck wechselte zwischen belustigt, überrascht oder fasziniert von Elenas Worten hin und her. Sie arbeiteten pflichtschuldigst die Standardthemen Arbeit, Urlaub und Garderobe ab, bevor sie in eine etwas persönlichere und angeregte Erörterung über das Thema Männer im Allgemeinen und Sam und Philippe im Besonderen gerieten. Beide wurden als eine Art *work in progress* betrachtet, begabte Liebhaber, kultivierte Männer, die aber noch mehr aus sich machen konnten, ja mussten, wollten sie sich weiterhin im Glanz ihrer Eroberungen sonnen.

7. Kapitel

Sam pfiff leise vor sich hin, als er den Weg durch den Garten entlangschlenderte, der vom Pool zur Terrasse führte. Es sah ganz so aus, als wäre heute wieder einer der dreihundert Sonnentage vorprogrammiert, die das Fremdenverkehrsbüro von Marseille jedes Jahr zu versprechen pflegte als Köder für von Regen und Büroluft zermürbte Menschen aus dem Norden. Für den Abend war Patrimonios Empfang anberaumt. Jetzt würde es endlich zur Sache gehen! Und Elena schien mit der Begeisterung einer langjährigen Strafgefangenen, die unverhofft in die Freiheit entlassen wird, Geschmack an einem kurzweiligen Leben zu finden.

Da war sie ja schon; sie saß in einen weißen Bademantel gehüllt auf der Terrasse, nippte an einer großen Schale *café au lait,* während sie eine Ausgabe der *International Herald Tribune* in Augenschein nahm. Sam beugte sich hinunter und küsste sie auf den Scheitel, der noch nass von der Dusche war.

»Guten Morgen, mein Schatz. Wie fühlst du dich heute? Du hättest zum Schwimmen mitkommen sollen. Das Wasser war einmalig – ich kam mir vor wie ein junger Delfin.«

Elena hob den Blick und kniff ein Auge zu, um sich vor dem Sonnenlicht zu schützen. »Ich habe zwei Längen geduscht.« Sie griff nach ihrer Sonnenbrille. »Verrat mir eines, Sam. Wieso bist du morgens immer so verdammt *munter?*«

Sam schenkte sich Kaffee ein, während er über die Antwort nachsann. »Ein reines Gewissen, das bekanntlich ein gutes Ruhekissen ist, und die Liebe einer Frau«, erwiderte er und nahm Platz.

Elena gab ein Knurren von sich. Sie war ein Morgenmuffel, während Sam – ärgerlicherweise – schon beim Aufstehen voller Tatendrang war. Früher hatte dieser Gegensatz zu einigen verfilmungsreifen Streitszenen beim Frühstück geführt. Doch heute übten die Sonne und die herrliche Umgebung ihren besänftigenden Einfluss aus, und die beiden saßen friedlich beim Kaffee zusammen.

Es war Elena, die schließlich das Schweigen brach. »Ich habe ganz vergessen, dir zu erzählen, dass Mimi ein paar Tage Urlaub genommen hat, um mir die Gegend zu zeigen. Ist das nicht fantastisch? Saint-Tropez, den Luberon, Aix, die ganze Palette rauf und runter. Und heute machen wir von Cassis aus einen Bootsausflug zu diesen kleinen ursprünglichen, fjordähnlichen Buchten mit den riesigen Felswänden, die aus dem Meer ragen.«

»Die *calanques*«, sagte Sam. »Mit dem Auto unerreichbar. Man gelangt nur mit einem Boot oder zu Fuß dorthin. Ein malerisches Fleckchen Erde für ein Picknick – vielleicht machen wir das, wenn ich meine Arbeit beendet habe.«

»Was steht heute auf dem Programm?«

Sam seufzte. Zunächst nichts Aufregendes. Ich muss ins Baureferat, ins Submissionsbüro, mich registrieren lassen, den Berechtigungsnachweis abholen, jeden anlächeln, solche Dinge eben. Danach möchte ich kurz überprüfen, ob unser Projektmodell so aufgebaut wurde wie geplant. Der Abend hingegen verspricht interessanter zu werden. Bei dem Empfang werden sich alle von ihrer Schokoladenseite zeigen.«

»Ich auch.«

»Vor allem du. Charmant und zurückhaltend – also komm nicht auf die Idee, auf dem Tisch zu tanzen.« Sam trank seinen Kaffee aus und stand auf. »Viel Spaß mit Mimi. Tu nichts, was ich nicht ebenfalls tun würde.«

Elena war leicht befremdet von seiner Unternehmerattitüde, die nicht recht zu seinem sonst eher jungenhaften Auftreten passen wollte. Es wurde Zeit, dass dieser Auftrag ernstere Formen annahm, dachte sie.

Das Baureferat befand sich in einem der imposanten alten Gebäude mit Blick auf den Hafen. Erst vom Sand gebleicht, dann auf Hochglanz poliert und rundum restauriert, um wieder im edlen Protz des neunzehnten Jahrhunderts zu erstrahlen, war es mit einem Büropersonal bestückt, das aus den schönsten Frauen von Marseille zu bestehen schien. Eine von ihnen geleitete Sam in einen abgeschirmten Bereich, in dem die Vorstandssekretärin das Allerheiligste in Form eines Eckbüros hütete.

Bevor Sam seinen ersten, sorgfältig vorbereiteten Satz auf Französisch beenden konnte, lächelte sie, hob Einhalt gebietend die Hand und sagte: »Vielleicht wäre es Ihnen lieber, wenn wir Englisch sprechen?«

»Englisch? Damit habe ich nicht gerechnet.«

»Wir sprechen hier alle Englisch. Das gehört zu den Kulturhauptstadt-Vorbereitungen. Sogar die Marseiller Taxifahrer lernen Englisch.« Sie lächelte abermals und zuckte die Schultern. »Behaupten sie zumindest.«

Sie bat Sam, ihr gegenüber Platz zu nehmen und sich auszuweisen, bevor sie ihm eine Dokumentenmappe und die Formulare überreichte, die er ausfüllen sollte. Als er das erste Blatt zur Hälfte beschrieben hatte, wurde er von der Duftwolke eines teuren Rasierwassers abgelenkt; ein Mann eilte rasch an ihm vorüber und auf das Eckbüro zu.

»Ist das ...«

Die Sekretärin nickte. »Mein Chef, Monsieur Patrimonio. Er ist der Vorsitzende des Stadtplanungsausschusses, der über alle Bauanträge entscheidet.«

Das Summen der Telefonanlage auf dem Schreibtisch beendete die Unterhaltung, und die Sekretärin sprang bereits auf, während sie antwortete. Sie schnappte sich ein Notepad, entschuldigte sich bei Sam und entschwand im Allerheiligsten, um ihn wieder seinen Formularen zu überlassen. Nachdem er sie ausgefüllt hatte, warf er einen flüchtigen Blick auf den Inhalt der Mappe: ein Namensschild, ein übersichtliches Bündel Dokumente und eine handgravierte Einladung zu besagtem Empfang. Er überlegte gerade, ob er gehen oder bleiben sollte, als die Bürotür geöffnet wurde und die Vorstandssekretärin herauskam, den Ausschussvorsitzenden und sein Rasierwasser im Schlepptau.

Patrimonio war ein Mann, der sein äußeres Erscheinungsbild ernst nahm. Sein Anzug war ein Gedicht aus federleichtem perlgrauem Kammgarn, maßgeschneidert in dem typisch italienischen Stil, der in den kostspieligen Taschen nur Raum für ein Seidentaschentuch lässt. Eine verschwenderische himmelblaue Hemdmanschette lugte unter den Ärmeln seines Jacketts hervor, wobei eine große Panerai-Uhr über der linken Manschette prangte, nach dem Vorbild von Gianni Agnelli. Hochgewachsen und schlank, das Haar dunkel und mit Ausnahme der flügelähnlichen grauen Koteletten, die sein Gesicht einrahmten, streng zurückgekämmt, bot er das Bild eines Mannes, der Rang und Namen besaß. Sam hingegen kam sich in seinem karierten Hemd und den schlichten Baumwollhosen wie ein Pennäler vor.

Patrimonio näherte sich ihm mit ausgestreckter Hand. »*Enchanté,* Monsieur Levitt, *enchanté.* Willkommen in Marseille. Nathalie sagte mir, dass Sie hier sind. Ich hoffe, sie hat sich gut um Sie gekümmert?«

Bevor Sam die Chance hatte, Bruchstücke einer möglichen Antwort anzudeuten, begann eines von Patrimonios Hosenbeinen zu vibrieren. »Ah. Verzeihen Sie mir.« Er fischte sein papierdünnes Handy aus der Tasche und zog sich wieder in seine Privatgemächer zurück.

»Nun, ich schätze, das ist das Ende unserer kleinen Unterredung«, meinte Sam.

»Er ist ein vielbeschäftigter Mann.« Nathalie lächelte und nahm ein paar Unterlagen von ihrem Schreibtisch. »Wenn Sie mich nun bitte entschuldigen wollen ...«

Außer mir scheint hier jeder alle Hände voll zu tun zu haben, dachte Sam. Er beschloss, die Zeit des Müßiggangs zu nutzen, indem er zum Hafen schlenderte, um in der Sonne zu sitzen und einen Kaffee zu trinken, während er einen Blick in die offiziellen Dokumente warf, die Nathalie ihm mitgegeben hatte.

Er fand die Verkaufspräsentation der Fischverkäufer auf dem Quaie des Belges weit unterhaltsamer als die Dokumente in der Mappe, die durch den Amtsschimmel eines Ausschusses gelitten hatten: Seite für Seite war mit einer endlosen Abfolge hohler Floskeln gespickt. Nach einem kurzen Überblick über die Geschichte Marseilles folgte eine marktschreierische Werbung anlässlich der Wahl der Stadt zur Kulturhauptstadt des Jahres 2013 (aufgrund der damit verbundenen Veranstaltungen wurden mehr als zehn Millionen Besucher erwartet), wiederum gefolgt von einer mit schwerer Hand verfassten Beschreibung der Anse des Pêcheurs, einem hochtechnischen Bericht über das Verfahren, mit dem die drei Finalisten ausgewählt worden waren, und der Zusicherung – obligatorisch in der heutigen grünen Zeit –, dass die Erschließung keinerlei Umweltschäden verursachen werde. Das Ganze mutete an wie eine Mustervorlage für einen bürokratischen Fachjargon, der sich selbst ungeheuer wichtig nahm, und Sam machte sich eine mentale Notiz, seine Präsentation entsprechend zu gestalten. Jeder Anflug von Humor war verpönt. Ernsthaftigkeit lautete die Parole. Allein der Gedanke daran entlockte ihm ein Gähnen.

Weniger als fünf Kilometer Luftlinie entfernt, aus der Perspektive einer fliegenden Möwe, beugten sich Lord Wapping und Ray Prendergast über einen Stapel Papiere in der Masterkabine Seiner Lordschaft. Sie hatten gerade Wappings Unternehmensbeteiligungen unter die Lupe genommen und die Bestandsaufnahme verlief alles andere als erfreulich.

Das Problem war eine außerordentlich optimistische Fremdkapitalaufnahme in Verbindung mit einer Entwicklung, die Prendergast als »vertrackte Abschwünge in der globalen Wirtschaft« bezeichnete. Todsichere Investitionen waren den Bach heruntergegangen. Langfristige Anlagen hatten nicht zu den erhofften Höhenflügen angesetzt. Das unzufriedene Murren der Banken wurde zunehmend lauter, sie fürchteten um ihre riesigen Kredite, die sie Wapping gewährt hatten. Selbst das Kerngeschäft, die Buchmacherei, bekam die Auswirkungen des beinharten Wettbewerbs zu spüren, und das Geld, das sie in die Kriegskasse spülte, reichte kaum aus, um die Zinszahlungen zu leisten.

»Mit anderen Worten, Billy«, sagte Prendergast. »Wir können einpacken, wenn wir diesen Deal nicht unter Dach und Fach bringen. Du wirst dein letztes Hemd verlieren. Klar, auf den Cayman-Inseln und in Zürich hast du immer noch einen kleinen Notgroschen gebunkert, aber von allen anderen Dingen solltest du dich verabschieden.«

Lord Wapping zog an seiner Zigarre, während er über eine Zukunft ohne sein Stadtpalais am Eaton Square in London, das Doppelhaus an der Park Avenue in Manhattan, die Berghütte in Gstaad, die Jacht, die Rennpferde und den Stall mit den übermotorisierten Luxuskarossen nachsann. Aus und vorbei, alles weg. Auch Annabel.

Prendergast rieb sich die Augen und sehnte sich nach einem Schluck Bier, englischem natürlich. Er war erschöpft, nachdem er die halbe Nacht vergeblich versucht hatte, auch nur den Anflug eines Lichtblicks in den katastrophalen Bilanzen zu entdecken. Außerdem hatte er mehr als genug vom Leben an Bord, wo er auf engstem Raum eingepfercht war und exotisches Essen vorgesetzt bekam, vor dem ihm graute. Und was die Franzosen betraf, die er kennengelernt hatte, so würde er nicht einmal ein rostiges Fahrrad bei ihnen abstellen wollen. Primadonnen allesamt, denen man nicht über den Weg trauen konnte. Er hatte von Anfang an davon abgeraten, sich auf dieses Bauprojekt einzulassen. Ironischerweise war es nunmehr die einzige Möglichkeit, Wappings Imperium vor dem Untergang zu retten. »Wie ich bereits sagte, wenn wir das in den Sand setzen, sind wir geliefert. Also, was glaubst du, wie die Chancen stehen?«

Wapping war ein Spieler, der jetzt vor dem größten Spiel seines Lebens stand. Der Einsatz belief sich auf Millionen, mehrere Millionen. Mehr als genug, um seine Schulden zu begleichen, und es bliebe sogar noch genug für die eine oder andere Neuanschaffung übrig. Das war seine Geschäftsphilosophie, danach hatte er stets gehandelt: Wer nicht wagt, der nicht gewinnt. Diese Einstellung hatte sich in der Vergangenheit für ihn bezahlt gemacht, und so blickte er trotz der bedrohlichen Schulden hoffnungsvoll in die Zukunft. »Das Problem mit dir, mein kleiner Sonnenschein, ist, dass du das Glas immer halb leer statt halb voll siehst.«

»Ich habe den größten Teil der letzten Nacht damit verbracht, das Glas anzuschauen, Billy. Es ist nicht halb leer. Es ist knochentrocken. Kein einziger Tropfen mehr vorhanden. Du musst dich ja nicht mit den Banken herumschlagen wie ich. Schau dir das an.« Prendergast nahm einen Stapel Papiere und breitete sie fächerförmig vor Wapping auf dem Tisch aus – E-Mails und Briefe, alle mit der gleichen grundlegenden Botschaft: Wir wollen unser Geld zurück, und zwar sofort.

Natürlich waren die Forderungen subtiler formuliert. Prendergast fühlte sich an die Anfänge seiner Berufslaufbahn in der City of London erinnert, als ein Chef ihn zu sich zitiert hatte, um kurz anzumerken, dass in seiner Kleidung »der Unterschied zwischen Berufs- und Freizeitkleidung nicht immer auf Anhieb erkennbar sei«. Jetzt war die Rede von ›wachsender Besorgnis‹ und einer ›unhaltbaren Situation‹. Anspielungen auf die ›außerordentliche Fragilität‹ des Marktes. Bedauern, dass Lord Wapping so schwer zu erreichen sei. Und für alle Fälle der dringende Wunsch nach Lord Wappings Anwesenheit, um die Angelegenheit zu besprechen.

»Du siehst, deine Gläubiger befinden sich auf dem Kriegspfad. Der nächste Schritt wird darin bestehen, juristische Maßnahmen einzuleiten. Und das war's dann, Billy. Du wirst untergehen, mit Glanz und Gloria.«

Von weiteren Hiobsbotschaften blieb William Wapping nur verschont, weil Annabel auftauchte, die nach dem morgendlichen Sonnenbad an Deck braun gebrannt und wegen des bevorstehenden Mittagessens in weiße Jeans und ein weißes T-Shirt geschlüpft war, beides eine Nummer zu klein.

»Darling, ich mache mir ein kleines bisschen Sorgen wegen der Zeit«, sagte sie. Sie warf einen Blick auf ihre Cartier-Armbanduhr. »Wie lange brauchen wir für den Flug nach Monaco? Ich darf keinesfalls zu spät zum Lunch kommen – ich glaube, irgendeiner von den Royals wird anwesend sein, *très* inkognito. Ein Mitglied der monegassischen Fürstenfamilie natürlich, aber nichtsdestotrotz blaublütig.«

Ray Prendergast musterte Annabel und verspürte einmal mehr eine Abneigung, die zu verbergen er sich die größte Mühe gegeben hatte, seit sie letztes Jahr in Wappings Menagerie aufgetaucht war. Eine hochnäsige Zicke, so nannte er sie insgeheim, die sich alles unter den Nagel riss, was sie in die Finger bekam, mit dem Ehrgeiz, die vierte Lady Wapping zu werden. In seinen Augen war Annabel nichts als ein völlig überflüssiger Kostenfaktor. Trotzdem schien Wapping versessen darauf, einiges in sie zu investieren. Prendergast tippte auf die Papiere, die vor ihm lagen. »Bevor du dich aus dem Staub machst, Billy.«

Wapping reagierte mit einem entschuldigenden Achselzucken in Richtung Annabel. »Sag Tiny, er soll die Maschine schon mal startklar machen, ich bin in ein paar Minuten da.«

Annabel warf ihm einen Luftkuss zu, nahm ihre Krokodillederhandtasche von der Größe eines Militärrucksacks und verschwand in Richtung Hubschrauber.

Der Lord warf einen flüchtigen Blick auf die Papiere und drückte die Überreste seiner Zigarre in dem Kristallaschenbecher aus. »So, und jetzt zu dir. Schreib allen eine E-Mail. Sag ihnen, dass ich mich in der letzten Runde eines Verhandlungsmarathons befinde, um ein umfangreiches Bauprojekt in Marseille an Land zu ziehen. Er wird in ein oder zwei Wochen abgeschlossen sein, und danach werde ich in London erscheinen, um ihnen die guten Neuigkeiten höchstpersönlich mitzuteilen.« Wapping stand auf und wischte Zigarrenasche von der Vorderseite seines Hemds. »Das war's. Damit können wir die Mistkerle noch eine Weile hinhalten.«

»Hoffen wir es, Billy. Hoffen wir es.«

Der Weg vom Vieux Port zu dem imposanten Gebäudeensemble, das von den Marseillern La Vielle Charité oder einfach La Charité genannt wurde, war kurz und steil. Es war von Pierre Puget entworfen worden, einem gebürtigen Marseiller, der zum Hofbaumeister Ludwigs XIV. avancierte. Aufgrund seines makellosen architektonischen Stammbaums hatte Patrimonio dieses barocke Juwel als Kulisse für seinen Empfang gewählt. Der Abend würde eine Art Premiere darstellen – zum ersten Mal sollten die Modelle, die Sam und seine beiden Mitbewerber ins Rennen schickten, öffentlich ausgestellt werden, und Sam wollte sichergehen, dass sein Modell richtig installiert worden war.

Er bahnte sich den Weg durch die eng gewundenen Gassen des alten Stadtviertels Le Panier, wo Puget 1620 das Licht der Welt erblickt hatte (rein zufällig in einem Haus mit Blick auf jenen Platz, wo er knapp fünfzig Jahre später sein Meisterwerk schuf). Unterwegs ließ Sam noch einmal einige historische Fakten in Verbindung mit dem Bauwerk Revue passieren, die er dem Gespräch mit Reboul entnommen hatte.

Trotz des Namens, der auf eine wohltätige Einrichtung für die Armen der Stadt verwies, war La Charité ursprünglich nichts weiter als ein schmuckes Gefängnis gewesen, in dem man jene Bettler und Landstreicher einquartierte, die im 17. Jahrhundert die Straßen von Marseille überschwemmten. Die Zustände waren so katastrophal, dass die Stadt als gigantischer *cours des miracles* bezeichnet wurde, ein beschönigender

Name für ein irdisches Jammertal, und die Kaufleute von Marseille beschlossen, diesem Missstand ein Ende zu setzen. Kriminelle waren schlussendlich geschäftsschädigend. Und so wurden sie zusammengetrieben, weggesperrt und nur zur Zwangsarbeit herausgelassen. So viel zum Thema Wohltätigkeit.

Nach der Revolution besserte sich die Situation ein wenig. Alte und Gebrechliche, Notleidende und Obdachlose wurden in das Armenhospiz aufgenommen, aber nicht zur Arbeit gezwungen. Und so dämmerte die Charité vor sich hin, bis sie Ende des 19. Jahrhundert aufgegeben wurde. Nach einem letzten krampfhaften Aufbäumen im Ersten Weltkrieg, in dem sie als Quartier für ein Krankenschwesternkorps diente, überließ man die Alte Charité ihrem Schicksal, sprich dem Verfall.

Erst in den 1960er-Jahren beschloss Marseille, eines seiner architektonischen Schmuckstücke wieder aufzupolieren, und nach zwanzig Jahren unermüdlicher Restaurationsarbeit hatte sich La Charité wieder in ein Bauwerk verwandelt, auf das Pierre Puget hätte stolz sein können.

Sam wusste nicht genau, was für ein Gebäude ihn erwartete. Rebouls Beschreibung war so schwärmerisch gewesen und mit so vielen Pausen zum Fingerspitzenküssen durchsetzt, dass er sich auf eine herbe Enttäuschung oder zumindest auf eine leichte Desillusionierung gefasst gemacht hatte. Doch als er durch das zweiflügelige schmiedeeiserne Tor trat, das den Eingang schützte, blieb er wie angewurzelt stehen, überwältigt von dem ungewöhnlichen Anblick, der sich ihm bot. Was er vor sich sah, war ein riesiges Viereck, errichtet um einen Innenhof, vielleicht hundert Meter lang und fünfzig Meter breit. Gesäumt wurde der Innenhof von einer Reihe dreigeschossiger Bauten, deren Fassaden von einer Abfolge formvollendeter Rundbögen durchbrochen waren; sie führten zu einer Innengalerie, die sich über die gesamte Länge des Erdgeschosses erstreckte. Und in der Mitte des Hofes befand sich eine bezaubernde Kapelle mit Kuppeldach. Die Zeit hatte dem Stein eine sanfte Tönung zwischen verblichenem Rosa und Creme verliehen, und in der Morgensonne schien das ganze Areal zu strahlen.

Einige Jahre zuvor hatte die Charité eine neue Rolle als Heimstatt für Kunst- und Archäologiemuseen übernommen. In der Kapelle war eine dauerhafte Skulpturenausstellung untergebracht, und hier sollte Patrimonios Empfang stattfinden. Sam ging mitten durch ein Quartett mächtiger Säulen zum Eingang der Kapelle, wo er sich mit einer walkürenhaften Frau konfrontiert sah, die ein Klemmbrett in der Hand hielt.

»Hier ist geschlossen, Monsieur.« Mit dem erhobenen Zeigefinger und kaum verhohlener Zufriedenheit verwehrte die Dame ihm den Zutritt. Sam schenkte ihr sein bezauberndstes Lächeln und zeigte ihr die Einladung, seine Dokumentenmappe und sogar sein Namensschild, die sie allesamt mit großem Misstrauen beäugte, bevor sie beiseitetrat, um ihm auch außerhalb der normalen Öffnungszeiten Einlass zu gewähren.

Im Innern der Kapelle eilte mit Getränkekisten und Gläsern bewaffnetes Personal hin und her und verlieh der Bar, die in einem Alkoven unter dem starren Blick einer Marmorstatue eingerichtet worden war, den letzten Schliff. Den hinteren Bereich der Kapelle nahmen drei lange Tische ein, auf denen kunstvoll weiße Tücher drapiert waren. Die Projektmodelle, eines pro Tisch, waren so angeordnet, dass sich Rebouls Wohnanlage in der Mitte befand, überragt von den Wolkenkratzern zu beiden Seiten. Die Modelle waren mit den Namen ihrer Hintermänner gekennzeichnet: Wapping Enterprises, London; Van Buren & Partners, New York; und Eiffel International, Paris.

Soweit Sam es beurteilen konnte, waren sie sorgfältig und richtig installiert worden. Er wappnete sich für eine erneute Begegnung mit dem Drachen an der Tür – zweifellos würde sie eine Leibesvisitation vornehmen für den Fall, dass er beschlossen haben sollte, eine der kleineren Skulpturen mitgehen zu lassen –, als er feststellte, dass er Gesellschaft bekommen hatte. Eine schlanke, dunkelhaarige Frau im schwarzen Hosenanzug hatte die Kapelle betreten, offenbar um die Modelle in Augenschein zu nehmen. Sie war attraktiv trotz der stromlinienförmigen Figur, die man durch eine jahrelange strikte Diät erwarb, und tadellos geschminkt, wie Sam rasch bemerkte. Ende dreißig, dem Aussehen nach zu urteilen, aber wer konnte da bei Französinnen schon sicher sein?

»Hallo! Haben Sie etwas gesehen, das Ihnen gefällt?«

Die Frau drehte sich um und sah Sam an, mit gerunzelter Stirn und einem eisigen Blick ihrer blauen Augen. »Und Sie sind ...«

»Sam Levitt.« Er deutete mit einer Kopfbewegung auf sein Modell. »Ich bin für Van Buren tätig.« Er streckte die Hand aus und sie ihre, mit der Handfläche nach unten, sodass Sam drei Reaktionsmöglichkeiten blieben: sie zu schütteln, zu küssen oder die Maniküre zu bewundern.

»Caroline Dumas. Ich repräsentiere Eiffel. Wir sind also Konkurrenten.«

»Sieht ganz so aus. Ein Jammer.«

Madame Dumas neigte den Kopf und versuchte sich ein Lächeln abzuringen. Sam folgte ihrem Beispiel. Dann wandte sie sich von ihm ab, um die Inspektion der Modelle fortzusetzen.

Zurück im sonnenbeschienenen Geviert des Innenhofs fragte sich Sam, ob die Französinnen die Kunst der höflichen Abfuhr erlernten oder ob es sich dabei um ein Instinktverhalten handelte, das genetisch schon vorprogrammiert war. Kopfschüttelnd begab er sich auf die Suche nach einem Mittagessen.

8. Kapitel

Es war Cocktailstunde in der Charité, und die lange Schlange der geladenen Gäste erstreckte sich von der Tür der Kapelle bis zur Hälfte des Innenhofs. Die Warteschlange war entstanden, weil Patrimonio, der die Rolle des huldvollen Gastgebers genoss, beschlossen hatte, dem Beispiel der gekrönten Häupter und Staatsmänner zu folgen und jeden seiner Gäste höchstpersönlich zu begrüßen. Und so warteten diese in der Abendsonne mit einem unterschiedlichen Ausmaß an Ungeduld, bei Laune gehalten von einem Streichquartett, das in der langen Galerie Mozart spielte.

Elena und Sam stellten sich hinten an und warfen einen Blick auf die anderen Gäste, die sich schrittweise vorwärtsbewegten. In der Mehrzahl handelte es sich um Geschäftsleute aus Marseille mit Ehegespons, sonnengebräunt und in heiterer Stimmung, was dem stimulierenden Pastis geschuldet war. Darüber hinaus erspähten sie ein paar Bürokraten, die im Süden zu Besuch weilten und durch ihre nördliche Blässe auffielen, ein Dreimannteam von einem lokalen Fernsehsender, ein oder zwei stylische Paare – vermutlich Freunde von Patrimonio – und einen Pressefotografen. Von Philippe, dem Journalisten, der auch einen Blick auf die Modelle werfen sollte, war weit und breit keine Spur zu entdecken.

Sam sichtete Caroline Dumas, ausgesprochen chic in dunkelgrauer Seide und mit Handy am Ohr. Ihre Blicke trafen sich. Sam nickte. Madame Dumas runzelte die Stirn. »Irgendwie habe ich das Gefühl, dass es sich bei der Dame nicht gerade um eine Verehrerin von dir handelt«, ließ sich Elena vernehmen. »Wer ist sie?«

»Madame Dumas von der Konkurrenz. Aus Paris. Schau mal, ob du irgendwo Lord Wapping entdeckst, den englischen Gegenspieler.«

»Wie sieht er aus?«

»Typisch englisch, nehme ich an. Nadelstreifenanzug mit kugelsicherer Weste, protzige Krawatte, gute Schuhe, schlechte Zähne – halt, warte. Das müsste er sein. Der Kerl da drüben, mit der Blondine.«

Sams Mutmaßung wurde durch wieherndes Gelächter und eine polternde englische Stimme bestätigt. »Na und, er hat es herausgefordert, oder? Dieser Volltrottel!« Der Sprecher schüttelte den Kopf und blickte auf seine Uhr. »Wenn Jérôme nicht bald in die Gänge kommt, stehen wir noch die ganze Nacht hier herum.«

Der Lord befand sich in Begleitung von Annabel in ihrem sogenannten KL, dem kleinen Schwarzen, und einem anderen Paar. Der Mann hätte Wappings jüngerer Bruder sein können – er sah genauso aus wie er, klein, rotgesichtig und kompakt. Beide trugen excellent geschnittene Anzüge, die ihre Leibesfülle beinahe kaschierten. Das vierte Mitglied der Gruppe, das die anderen um gute zwölf bis fünfzehn Zentimeter überragte, war eine amazonenhafte junge Frau von außergewöhnlicher Schönheit, die dank eines kurzen silberfarbenen Fummels auch sehr großzügig zur Schau gestellt wurde.

»Sie sieht nicht englisch aus«, sagte Sam.

»Sie sieht nicht real aus«, erwiderte Elena naserümpfend.

Plötzlich ging ein Ruck durch die Schlange der Wartenden, alle machten einen Schritt vorwärts, und es dauerte nur noch wenige Minuten, bis sie von ihrem Gastgeber begrüßt wurden. Jérôme Patrimonio hatte sich zu diesem Zweck umgezogen und einen kittfarbigen Leinenanzug gewählt, zu dem die rot-gold gestreifte Krawatte, normalerweise den Mitgliedern des Londoner Marylebone Cricket Club vorbehalten, einen munteren Kontrast bildete. Sam konnte sich des Eindrucks nicht erwehren, dass seit dem Vormittag eine weitere großzügig bemessene Dosis Aftershave zur Anwendung gekommen war.

»Monsieur Levitt, wenn ich recht informiert bin. Sehr erfreut. Und wen haben wir da?« Er ergriff Elenas Hand, als hätte er nicht die Absicht, sie jemals zurückzugeben, und beugte sich, ohne Sams Antwort abzuwarten, darüber, um sie zu küssen.

»Elena Morales«, erwiderte Sam. »Das ist ihr erster Besuch in der Provence.«

»Ah, Mademoiselle. Machen Sie mich zu einem glücklichen Mann. Bleiben Sie für immer.«

Patrimonio, Ritterlichkeit aus jeder Pore verströmend, gab nach geraumer Zeit ihre Hand frei. Elena schenkte ihm ein Lächeln. Er rückte seine rot-goldene Krawatte zurecht und glättete sein Haar.

»Nun, du hast ihn offensichtlich schwer beeindruckt«, sagte Sam, als sie die Kapelle betraten und sich in Richtung Bar bewegten. »Ich dachte schon, dass er dich gleich zum Tanz auffordert. Irgendwie erinnert mich der Bursche an unsere Abiturientenbälle.«

Elena schüttelte den Kopf. »Ich mache mir nichts aus Männern, die mehr Parfum tragen als ich. An die Handküsse könnte ich mich jedoch gewöhnen.«

»Ich verspreche dir, ich werde üben.« Er gab dem Barkeeper ein Zeichen. »Was möchtest du trinken?«

»Champagner! Darf ein Mädchen nie ablehnen, hat mein Papa mir beigebracht.« Elena blickte sich in der Kapelle um – sah die Alkoven mit den anmutigen Rundbögen und Marmorstatuen, die sie ringsum säumten, die meisterhaften Proportionen des Raumes, die kuppelförmige Decke, das sanfte Abendlicht, das durch die hohen Fenster drang – und seufzte. »Das ist die reinste Magie. Warum werden solche Bauwerke heute nicht mehr errichtet?«

Mit Champagner ausgerüstet, machten sie die Runde und mischten sich unter das Volk. Sam entdeckte Patrimonios Sekretärin und bat sie, Elena und ihn den Ausschussmitgliedern vorzustellen, die eine gedankenverlorene Gruppe vor den drei Projektmodellen bildeten. Man machte sich bekannt, Elena erntete verstohlene Bewunderung, und Sam beantwortete die nicht allzu bohrenden Fragen von Monsieur Fauré, der das ranghöchste Mitglied zu sein schien. Sam wurde einen Moment lang von Philippe abgelenkt, der inzwischen aufgetaucht war. An seinem Handy klebend, bahnte er sich den Weg durch die Menge. Wie vorher verabredet, übersahen sie sich geflissentlich.

Monsieur Fauré wies mit einem Kopfnicken zur Bar. »Haben Sie schon Ihren Mitbewerber, Lord Wapping, kennengelernt? Ein sehr geselliger Mensch. Kommen Sie, ich mache Sie miteinander bekannt.«

Sams erster Eindruck von Wapping überraschte ihn. Er hatte ein konventionelles Produkt der Wall Street, der Londoner City und aller anderen führenden Finanzplätze der Welt erwartet: seriös bis ins Mark, insgeheim arrogant wie alle reichen Männer und sterbenslangweilig. Stattdessen fiel sein Blick auf ein feistes Gesicht mit jovialer Miene, das durchaus wohlwollend gewirkt hätte, wären da nicht die listigen, berechnenden Augen gewesen, die sich nun durchdringend und unverwandt auf Sam richteten.

»Sie sind also der Yankee, der einen Wohnblock hochziehen will«, begrüßte Wapping ihn mit einem Grinsen.

»Sie sagen es. Und das hier ist Elena Morales.« Danach deutete er auf die Modelle, die in einer Reihe aufgestellt waren. »Und das da ist mein Wohnblock.«

»Na dann, viel Glück, Kumpel. Möge der Beste gewinnen, solange ich das bin.« Er schlug Sam auf die Schulter. »Nichts für ungut, war nur ein Scherz. Bevor ich es vergesse, das hier ist Annabel.«

Als Annabel Sam anschaute, weiteten sich ihre Augen – ein uralter Trick, der sich bei einer *femme fatale* großer Beliebtheit erfreute –, als hätte sie nie zuvor in ihrem Leben einen so attraktiven Mann zu Gesicht bekommen. »Man hat es Ihnen vermutlich schon tausend Mal gesagt, aber ich muss es trotzdem sagen. Sie sehen aus wie George Clooney in Blond.«

Elena unterdrückte ein Schnauben, als sie Annabel kurz zunickte.

Wapping stellte sie den anderen Mitgliedern seiner Entourage vor. »Dieser Herumtreiber hier ist Mikey Simmons. Hat nichts mit dem Projekt zu tun. Er macht in Motoren, Luxusklasse, versteht sich. Exklusive Vertriebsrechte in Saudi-Arabien und Dubai. Astons, Ferraris, Rolls, was auch immer. Und das hier« – Wapping wandte sich der statuenhaften jungen Dame zu –, »das ist Raisa aus Moskau.« Da er das Gefühl hatte, seinen gesellschaftlichen Verpflichtungen somit Genüge getan zu haben, warf Wapping einen Blick auf sein Glas, stellte fest, dass es leer war, und winkte den Barkeeper herbei. »Oje, Jean-Claude! Ich könnte mir locker noch ein Glas Champagner hinter die Binde kippen.«

Sam entschuldigte sich und lotste Elena von der Bar weg. »Jetzt hast du die Konkurrenz gesehen; was hältst du davon?«, fragte er.

»Mir ist klar, warum es heißt, dass Lord Wapping immer seinen Willen durchsetzt. Er führt sich auf wie ein Bulldozer auf zwei Beinen. Und was die Blondine angeht, sie ist ein echtes Aushängeschild.«

»Soll das ein Kompliment sein?«

»Mitnichten.«

Sie waren am Rande der Menge abgekommen, als Sams Blick auf ein Paar fiel, dass sich den Alkoven mit einer der Statuen teilte: Jérôme Patrimonio und Caroline Dumas, in eine Unterhaltung vertieft, und es überraschte Sam nicht, dass die »Eiskönigin« in dieser Gesellschaft sichtbar aufgetaut war. Sie blickte zu ihm auf, wenn er sprach, legte ihm die Hand auf den Arm, wenn sie antwortete, und ließ alle Anzeichen einer Frau erkennen, die von den Worten ihres Begleiters fasziniert war. Patrimonio genoss fraglos die offenkundige Aufmerksamkeit, die ihm von einer hübschen Pariserin zuteilwurde, und reagierte mit ebenso offenkundiger Verärgerung, als das angeregte Gespräch durch die Ankunft einer dritten Person unterbrochen wurde.

Der Störenfried war Philippe. Selbst aus der Entfernung konnten Sam und Elena sehen, dass die Begegnung alles andere als freundschaftlich war. Anklagend wedelte Philippe mit erhobenem Finger vor Patrimonios Gesicht herum. Dieser scheuchte ihn weg wie eine lästige Fliege. Und Caroline Dumas, die Lippen missbilligend geschürzt, war derweil taktvoll beiseitegetreten, um sich der Statue zuzugesellen. Die Szene hatte alles, was es brauchte, um in ein Handgemenge auszuarten. Doch dann machte Philippe plötzlich auf dem Absatz kehrt und stolzierte hoch erhobenen Hauptes aus der

Kapelle, überließ Patrimonio seinem Schicksal, der nichts Eiligeres zu tun hatte, als sich die Haare zu glätten und sich zu beruhigen, in Vorbereitung auf seinen großen Augenblick: seine Rede.

Sam bemerkte, dass das Streichquartett die Galerie verlassen und sich einen Platz in der Menge gesucht hatte. Er überlegte gerade noch, wann es wohl endlich losgehen werde, als Patrimonios Sekretärin ihn bat, zwischen Lord Wapping und Caroline Dumas vor den jeweiligen Modellen Aufstellung zu nehmen. Dort galt es zu warten, bis Patrimonio seine Notizen sortiert und sich geräuspert hatte. Er nickte der Sekretärin zu und tippte mit ihrem silbernen Füllfederhalter laut gegen den Rand ihres Glases. In der Kapelle trat umgehend Ruhe ein.

Patrimonio fing in gleichermaßen ruhigem Tonfall an, sich bei seinen Zuhörern für die Teilnahme an einer, wie er sagte, Abendveranstaltung von höchster Bedeutung zu bedanken; es handle sich dabei um einen Meilenstein in der Geschichte der ruhmreichen Stadt Marseille. Sam warf einen flüchtigen Blick zur Seite und sah, dass Wapping, der sich immer noch an sein Champagnerglas klammerte, benommen wirkte und eine Miene zur Schau trug, die blankes Unverständnis spiegelte. Er begriff offenbar kein einziges Wort der Rede, die in deutlich artikuliertem Französisch abgefasst war.

Es dauerte nicht lange, bis Patrimonio ein wenig mehr in Fahrt geriet und die vielfältigen Talente, die harte Arbeit und die *Vision* seines Ausschusses beschrieb. Und vielleicht hatte er als Vorsitzender dieser Galaktischen ebenfalls ein kleines Scherflein dazu beigetragen, fügte er mit gebührender Bescheidenheit hinzu. Zu den Angeboten überleitend, die von den Teilnehmern der Ausschreibung eingereicht worden waren, stellte Patrimonio Caroline Dumas, Lord Wapping und

Sam Levitt dem Publikum vor, was zu einer Runde Applaus für jeden führte. Die Modelle seien dazu da, genauer in Augenschein genommen zu werden, sagte er, und die Ideen, die sie repräsentierten, zeichneten sich durch eine solche Brillanz aus, dass sich die Wahl äußerst schwierig gestalten werde. Dennoch sei er zuversichtlich, dass die Ausschussmitglieder ihrer Aufgabe gewachsen sein würden. Sie hätten ihre Hausaufgaben gemacht, und er hoffe, dass man innerhalb der nächsten zwei Wochen zu einer Entscheidung gelangen werde. Und schließlich streckte er mit einer ausladenden Geste, die eines Stardirigenten würdig gewesen wäre, beide Arme aus, um dem Streichquartett das Zeichen zu geben, nunmehr von ganzem Herzen die französische Nationalhymne, die »Marseillaise«, anzustimmen.

Als die letzten Töne verklangen, kehrte Sam zu Elena zurück, die sich in unmittelbarer Nähe von Wappings Freunden postiert hatte. Zufällig hatte sie mitbekommen, wie seine Lordschaft seinen Leuten gestanden hatte, die einzigen Passagen der Rede, die ihm bekannt vorkamen, seien sein Name und das Schlusslied gewesen – »ihr wisst schon, das mit der Mayonnaise«.

Keiner der Franzosen machte Anstalten zu gehen, solange der Champagner in Strömen floss, und so konnten sich Sam und Elena unbemerkt davonschleichen. Sie durchquerten gerade das Geviert des Innenhofs, als Sams Handy klingelte. Es war Philippe.

»Es gab da einen kleinen Zwischenfall mit Patrimonio.«

»Das war nicht zu übersehen. Worum ging es? Wo steckst du überhaupt?«

»Um die Ecke. In einer Bar namens Le Ballon, in der Rue du Petit-Puits. Fast schon in Sichtweite der Charité. Ich warte draußen, in Ordnung?«

Bei seinem vorherigen Besuch in Marseille hatte Sam bereits Philippes Hang zu abseitigen, ein wenig heruntergekommenen Kneipen kennengelernt; nun wurden er und Elena mit einem weiteren drastischen Beispiel seines volkstümlichen Geschmacks konfrontiert. Das Blechschild über der Tür hatte schon bessere Tage gesehen: Es zeigte ein handgemaltes Bild von einem Fußball, *le ballon,* neben einen kleinen Weinglas, ebenfalls *un ballon* genannt, randvoll mit einer undefinierbaren Flüssigkeit gefüllt, die man für Rotwein halten konnte, wie der Künstler wohl gehofft hatte. Philippe, gepflegt und tipptopp gekleidet in seinem schwarzen Anzug und dem weißen Hemd, wirkte ziemlich deplatziert vor dieser Kulisse.

Sie schoben sich mit Schwung durch den Perlenvorhang an der Eingangstür, wo sie sich dem abrupt einsetzenden Schweigen und den überraschten Blicken von rund einem halben Dutzend Männern ausgesetzt sahen, aber nur kurz, denn die Männer, die so wirkten, als wären sie genau hier zur Welt gekommen, wandten sich rasch wieder den Tageszeitungen und Dominosteinen zu. Das landesweite Rauchverbot in geschlossenen öffentlichen Räumen war zwar selbst in dieser Spelunke in Kraft getreten, doch die jahrzehntelang überschwappenden Nikotinwellen hatten den ursprünglichen Anstrich unkenntlich gemacht. Ansonsten aber war der Raum tadellos sauber und nicht ohne einen gewissen morbiden Charme. Einfache Holzstühle und Tische mit Marmorplatte, gezeichnet von den Narben vieler Jahre, waren an zwei Wänden aufgereiht; die dritte Wand wurde von einem langen, für ein Essen eingedeckten Tisch eingenommen, und die vierte Wand war der Bar und einem Barkeeper vorbehalten, der so aussah, als hätte er schon Napoleon eingeschenkt. Auf der gegenüberliegenden Seite des Raumes, im hintersten

Winkel, deutete eine stabile Schwingtür auf das Vorhandensein einer Küche hin.

Abgesehen von einem Fernseher mit Flachbildschirm über dem langen Esstisch, der keinen Ton von sich gab, beschränkte sich die Dekoration auf große gerahmte Fotografien, einige vom Alter verblichen, auf denen die Fußballmannschaft Olympique de Marseille im Wandel der Zeiten abgelichtet war. »Serge, der Besitzer der Bar, hat früher bei OM gekickt, bis ihm irgendein *salaud* bei einem Spiel gegen Paris Saint-Germain das Bein gebrochen hat«, erklärte Philippe. »Der Mann hinter der Theke ist sein Vater. Also, was wollt ihr trinken?«

Sie einigten sich auf eine Karaffe Rosé »*supérieur*«, die Philippe eigenhändig von der Bar holte, und Elena und Sam lehnten sich zurück, um zu erfahren, wie es zu dem Schlagabtausch mit Patrimonio gekommen war.

Philippe hatte auf ein Interview gehofft, aber die Zeichen standen bereits auf Sturm, als Patrimonio ihn Caroline Dumas als »Schreiberling bei unserem Lokalblatt« vorstellte. Bei der Erinnerung an diese bodenlose Unverschämtheit verzog Philippe das Gesicht. »Er wollte sich vor ihr natürlich wichtig machen, keine Frage. Und ich weiß, ich sollte nichts auf das Gerede dieses aufgeblasenen alten Sesselfurzers geben. Trotzdem: Er tat so herablassend, dass es mir unter die Haut ging. Und es wurde noch schlimmer. Als ich ihm ein paar Fragen stellte, hat er mich regelrecht abgekanzelt und gesagt: »Hören Sie auf, mich mit solchen Lappalien zu belästigen. Wenn Sie ein Interview wollen, rufen Sie meine Sekretärin an und vereinbaren mit ihr einen Termin.« Das war eine öffentliche Veranstaltung, zum Teufel noch mal. Er soll die Projekte vorstellen und hat keine Zeit, mit der Presse zu sprechen? Das ging mir wirklich gegen den Strich, und da ist mir etwas herausgerutscht, was besser ungesagt geblieben wäre.« Er hielt inne, um einen Schluck Wein zu nehmen. »Ich habe ihn gefragt, ob es in seinen Augen ethisch vertretbar sei, die Gastfreundschaft eines Ausschreibungsteilnehmers in Anspruch zu nehmen. Er meinte, er hätte keine Ahnung, wovon ich rede, und deshalb schlug ich vor, zu Lord Wapping zu gehen und sich von ihm auf die Sprünge helfen zu lassen; er könne meine Information gewiss bestätigen. Dann wurde es unangenehm, und ich zog es vor, das Weite zu suchen.«

»Wie viel hat Caroline Dumas von der Auseinandersetzung mitbekommen?«

»Nur den Anfang. Danach hat sie sich rargemacht.« Philippe leerte sein Glas und füllte es aus der Karaffe nach. »Aber es gab heute Abend wenigstens einen Lichtblick. Ich habe mit allen Ausschussmitgliedern gesprochen, und die meisten schienen von deinem Konzept sehr angetan zu sein – einer ließ sogar verlauten, dass er an einer Wohnung interessiert sei.« Die Bar hatte sich während Philippes Bericht gefüllt, die Neuankömmlinge nahmen ihre Plätze an dem langen Tisch an der Wand ein. Ein junges Mädchen trat aus der Küche im hinteren Teil des Raumes hervor und nahm die Bestellungen für die Getränke auf. Der alte Mann harrte auf seinem Posten hinter der Bar aus. Die Bedienung bei Tisch gehörte offenbar nicht zu seiner Arbeitsplatzbeschreibung.

»Ist heute Dienstag?« Philippe zog seine Armbanduhr zurate. »Dachte ich es mir doch. Einmal in der Woche bereitet Serges Frau Kutteln zu, und heute muss Kutteltag sein. Das provenzalische Rezept heißt *Pieds et Paquets* – Füße und Pakete. Serges Frau macht die besten in ganz Marseille. Habt ihr Hunger?«

Elena blickte Sam an und zuckte die Schultern. »Ich habe noch nie Kutteln gegessen. Wie schmecken die?«

»Grundsätzlich besteht das Gericht aus gemischten Innereien vom Schaf. Einige Metzger bezeichnen es als organisches

Fleisch. Bei diesem Rezept werden die Kutteln in kleine Vierecke geschnitten und zu *paquets* zusammengerollt, die gemeinsam mit magerem Speck, Petersilie, Knoblauch, Zwiebeln, Karotten, Olivenöl, Weißwein, gehackten Tomaten und – sehr wichtig – Schafsfüßen geschmort werden. Das Ganze muss natürlich mehrere Stunden leise vor sich hin köcheln.«

»Natürlich«, sagte Sam. »Wer würde schon in halbrohe Schafsfüße hineinbeißen!« Er wandte sich Elena zu. »Was meinst du? Klingt interessant, oder? Möchtest du probieren?«

Elena hatte Philippe mit wachsendem Staunen zugehört und hatte jetzt die Augen vor Schreck aufgerissen. »Weißt du was? Ich habe ausgiebig zu Mittag gegessen. Ich glaube, ich verzichte.«

9. Kapitel

»Beton am Meer!«, lautete die unübersehbare Schlagzeile in *La Provence*. Es folgte ein äußerst kritischer Artikel über die Hochhäuser, die sich schon bald entlang der Küstenlinie von Marseille ziehen könnten.

Philippe hatte vielleicht ein wenig übertrieben, was vor allem auf den verbalen Schlagabtausch mit Patrimonio zurückzuführen war. Er hatte seine Leser zunächst an die zwei oder drei wohlbekannten Schandflecke erinnert, die seit den Fünfzigerjahren entstanden waren. Der Zahn der Zeit und nachlässige Instandhaltung hatten sie in elende, altersfleckige Betonruinen verwandelt, die Philippe als Pestbeulen im Antlitz von Marseille bezeichnete. Ist es das, lautete seine rhetorische Frage, womit die Bewohner dieser wundervollen Stadt leben möchten, wenn sie die Wahl hätten? Wollten sie mehr von der Sorte?

Es war nicht nur der Beton, der Philippes Auge beleidigte. Es war die Größe, und hier vor allem die Höhe der massiven Betonburgen, die seiner Ansicht nach die Skyline von Marseille verschandelten. Wie lange mochte es noch dauern, bis der ungehinderte Blick auf die Statue der Jungfrau Maria, die die Basilika Notre-Dame de la Garde krönte, durch einen gigantischen Büroturm versperrt wurde? Oder die historischen Gebäude im Alten Hafen mehrstöckigen Parkhäusern und Hotels weichen mussten? Wann würde das Maß voll sein und die Bewohner von Marseille laut und deutlich sagen, genug ist genug!

Der Dreh- und Angelpunkt des Artikels aber waren die Vor- und Nachteile einer Erschließung der Anse des Pêcheurs. Es galt zu wählen zwischen Hoch und Tief, zwischen Bauplänen, die darauf abzielten, den Touristen das Geld aus der Tasche zu ziehen, oder solchen, die Wohnraum für die Einheimischen schufen. Philippe hatte darauf geachtet, keine Namen zu nennen, doch das erübrigte sich. Auch so war sonnenklar, wem seine Sympathien galten.

Wie zu erwarten, löste Philippes Artikel ein sehr gemischtes Echo aus. Ein gut gelaunter Reboul rief Sam an, um ihm zu seinem geschickt eingeleiteten, äußerst werbewirksamen Propagandafeldzug zu gratulieren, und weigerte sich zu glauben, dass Sam nichts damit zu tun hatte.

Patrimonio hingegen war wütend und setzte sich unverzüglich mit dem Herausgeber der Zeitung in Verbindung, um einen Widerruf auf der Titelseite zu fordern. Als Antwort erhielt er eine kurze, aber geschliffene Lektion über die Meinungsfreiheit und über ein kostbares Gut ersten Ranges, die journalistische Integrität. Um ihm den Tag endgültig zu verderben, musste er auch noch den Anruf von einer eisigen Caroline Dumas entgegennehmen, die ihr tiefstes Missfallen zum Ausdruck brachte.

Lord Wapping geriet in Weißglut, als man ihm mit der Geduld, mit der man sonst Erstklässler in einen neuen Unterrichtsstoff einweist, den Artikel in die einzige Sprache übersetzt hatte, derer er annähernd mächtig war. Er zitierte Ray Prendergast zu sich, um Kriegsrat zu halten.

»Ray, das ist unannehmbar«, sagte er und kaute gereizt auf seiner Zigarre herum. »Völlig unannehmbar.« Er fegte die Zeitung mit dem Handrücken beiseite. »Was machen wir jetzt mit diesem kleinen Wichser?«

Die volkstümliche stilistische Einfärbung dieser Frage stimulierte seinen Geist, und er antwortete rasch. »Das Gleiche wie immer, Billy. Biete ihm Bares oder gebrochene Beine an. Verfehlt nie seine Wirkung. Soll ich mal ein Wörtchen mit den Jungs reden?«

Seine Lordschaft überdachte die jeweiligen Vorzüge der beiden Problemlösungen. Zweifellos würde ein Zusammentreffen mit Brian und Dave die Begeisterung, mit der dieser Journalist seine Nase in Dinge steckte, die ihn nichts angingen, spürbar dämpfen. Andrerseits, wenn er käuflich war, bestand die Möglichkeit, dass er mit einem anderslautenden Artikel die Werbetrommel für Wappings Projekt rührte – oder vielleicht sogar mit einer ganzen Reihe von Artikeln. Also Bares, beschloss er.

»Aber sorg dafür, dass es in der Familie bleibt, Ray. Ich möchte, dass du die nötigen Schritte höchstpersönlich einleitest.«

»Angenommen, er versteht kein Wort Englisch?«

»Das muss er auch nicht; es reicht, wenn er das Geld sieht. Jede Wette!«

Die Unterredung war fast beendet, als Wappings Telefon läutete – eine hochgradig erregte Patrimonio war am anderen Ende der Leitung. Wapping schnitt ihm das Wort ab.

»Kein Grund, auf die Palme zu gehen, Jérôme. Wir kümmern uns bereits darum. Nein, spar dir die Fragen. Du willst es nicht wirklich wissen.«

Ein erleichterter, gleichwohl leicht verdutzter Patrimonio legte den Hörer auf und drückte auf den Summer der Sprechanlage auf seinem Schreibtisch. Seine Sekretärin erschien. »Nathalie«, sagte er. »Du kannst doch perfekt Englisch. Was hat dieser Gang auf die Palme zu bedeuten?«

Sam las den Artikel noch ein zweites Mal, genauer und langsamer als beim ersten Durchgang, bevor er Philippe anrief.

»Nun, mein Freund, ich fürchte, du hast dir heute Morgen einen oder zwei Feinde gemacht«, begrüßte er ihn. »Schon irgendwelche Reaktionen?«

»Meinem Verleger hat der Artikel gefallen. Mimi findet ihn klasse. Was die Leser davon halten, werden wir später am Tag erfahren. Und, was sagst du dazu?«

»Ich würde kein einziges Wort ändern wollen. Aber ich schätze, die Fanpost von Wapping und Caroline Dumas wird leicht unterkühlt ausfallen.«

Philippe lachte. »Wenn es mir darum ginge, mich einzuschleimen, wäre ich Politiker geworden. Was machst du heute?«

»An meiner Präsentation feilen. Und ich muss noch ein paar Anrufe erledigen. Und was steht bei dir auf dem Programm?«

»Du wirst es nicht glauben. Heute Nachmittag findet an einem der Strände eine Demonstration vom Ortsverband der Nudistes de France statt. Sie wollen eine Gesetzesänderung durchsetzen, um sich nackt sonnen zu können. Wird bestimmt lustig.«

Sam überlegte, dass jemand wie Philippe in Kalifornien, wo sogar ein Nacktbadeverbot herrschte, nichts zu lachen hätte.

Er konzentrierte sich wieder auf seine Präsentation. Sie war beinahe in trockenen Tüchern bis auf eine entscheidende Frage. Wo sollte sie stattfinden? Er hatte eine Idee, doch sie war kompliziert, und im Alleingang würde er sie niemals umsetzen können. Er griff abermals zum Telefon; dieses Mal rief er Reboul an.

»Francis, ich denke, es ist an der Zeit für ein persönliches Treffen. Ich möchte, dass Sie sich die Präsentation ansehen, und ich hätte da ein paar Ideen, die ich Ihnen gerne erläutern würde. Haben Sie irgendwann im Laufe des Tages Zeit?«

Sam vernahm das Rascheln von Papier, im ersten Moment dachte er, jemand zähle Geldscheine, aber dann vermutete er, dass Reboul ganz altmodisch in seinem Terminkalender blätterte. »Ich könnte mir heute Nachmittag zwischen vier und sechs freinehmen. Allerdings sollten wir darauf achten, dass uns niemand zusammen sieht. In Marseille wimmelt es von Leuten, die extrem neugierig sind und ein loses Mundwerk haben.« Reboul schwieg einen Moment, dann hörte Sam, wie er stillvergnügt in sich hineinlachte. »Natürlich! Ich weiß, wo wir uns treffen. Ich habe da ein kleines Gestüt in der Camargue. Dort sind wir völlig ungestört. Oliver kann Sie hinfahren. Sagen wir um halb fünf?«

Sam wusste nur zwei Dinge über die Camargue: dass es sich um eine weitläufige, sumpfige Ebene handelte und dass sie einen Teil des Jahres überwiegend von Flamingos und besonders großen und blutrünstigen Angehörigen der Moskitofamilie vereinnahmt wurde. Während er auf der Terrasse stand und auf Olivier wartete, blätterte er in einem Reiseführer, den er der Hausbibliothek entnommen hatte, und war auf Anhieb fasziniert.

Die Camargue gehörte zu den ersten Landstrichen, die Amerika mit Cowboys beliefert hatten – Viehhirten, die den Flamingos den Rücken kehrten, um in den Bayous, den Sümpfen von Lousiana und Texas, ein neues Leben zu beginnen. Diejenigen, die geblieben waren, wurden *gardians* genannt. Sie hüteten die einheimischen schwarzen Langhornrinder, die im Gegensatz zu normalen Rindern auf den Salzweiden der Camargue nicht nur überlebten, sondern sogar prachtvoll gediehen. Als Transportmittel benutzten die *gardians* ein weiteres Tier, das in der Camargue heimisch war – die anmutigen Nachfahren der weißen Pferde, die vor vielen Jahrhunderten mit den Arabern ins Land gekommen waren.

Heute war die Camargue laut Reiseführer vor allem wegen ihrer Salzvorkommen bekannt und wurde deshalb bisweilen als ›Salzstreuer Frankreichs‹ bezeichnet. Und es war beileibe kein gewöhnliches Salz. Das *fleur de sel* – das Juwel der Salzgärten, das noch heute auf traditionelle Weise von einem Mann und seiner Holzschaufel gewonnen wurde – galt als Delikatesse erster Güte. Für Sam war Salz bisher kaum mehr als weißer Staub gewesen, und er schüttelte den Kopf, als er weiterlas und der Verfasser des prosaischen Textes angesichts der Wirkung einer Prise *fleur de sel* auf einem rohen Radieschen zunehmend in Ekstase geriet. Typisch, so etwas gibt es nur in Frankreich, dachte er.

Die Limousine hielt unterhalb der Terrasse und Sam nahm auf dem Beifahrersitz Platz; die Fahrt führte zuerst nach Arles und von dort aus weiter in die Camargue. Olivier war hocherfreut, seine Englischkenntnisse an einem wohl oder übel gebannten Zuhörer zu erproben, und schilderte, wie Reboul in den Besitz des Gestüts gekommen war.

Es hatte alles ganz harmlos damit begonnen, dass Reboul ein paar Bekannte zu einer Pokerrunde eingeladen hatte. Fortuna war ihm hold gewesen, und er hatte den Abend gerade für beendet erklärt und seinen Gewinn einkassiert, als einer seiner Mitstreiter, ein Marseiller Immobilienmakler namens Leconte, verkündete, er sei nicht bereit aufzuhören. Er hatte ständig verloren und sich ein wenig zu ausgiebig mit Rebouls Single Malt Whisky getröstet. Außerdem litt er an der unerschütterlichen Überzeugung, ein besserer Pokerspieler als Reboul zu sein, und brannte darauf, es zu beweisen. Leconte hatte schon immer einen Hang zur Selbstüberschätzung und Prahlerei gehabt, den der Whisky noch verstärkte. Er schlug einen ›Pas de deux‹ vor, ein Zweipersonenspiel, nur er und Reboul, plus einen ›ernst zu nehmenden‹ Einsatz statt des Kleingelds, um das sie bisher gespielt hatten.

Reboul versuchte, Leconte die Idee auszureden: Es war schon spät, und alle mussten am nächsten Tag arbeiten. Doch Leconte beging den großen Fehler, Reboul zu unterstellen, er habe Angst, alles auf eine Karte zu setzen, und beharrte auf seiner Forderung weiterzumachen, sodass Reboul nachgab und es ihm überließ, den Einsatz zu bestimmen. Jeder der beiden Spieler setzte einen symbolischen Euro. Falls Leconte gewann, sollte er für seinen Euro Rebouls Jacht erhalten; gewann Reboul, würden ihm für denselben Preis Lecontes Liegenschaften in der Camargue zufallen.

»Ich war dabei, servierte die Getränke«, fuhr Olivier im Ton eines Augenzeugen historischer Zeitenwenden fort. »Es war hochdramatisch, wie im Film. Monsieur Reboul gewann, aber er wollte das Ganze als Scherz betrachten und gab Leconte den Euro zurück, damit er seine Schulden begleichen konnte. Aber Leconte weigerte sich, darauf einzugehen. Spielschulden seien Ehrenschulden, erklärte er. *Et voilà*.

»Wo ist Leconte jetzt?«

»Oh, er meinte, Marseille sei ihm zu provinziell geworden. Er hat seine Immobilienfirma verkauft und sich in Marokko niedergelassen.«

Inzwischen hatten sie die Autobahn verlassen, die Marseille und Arles verbindet, und fuhren auf einer der Nebenstraßen, die zur Küste führten, gen Süden. Die Landschaft hatte sich verändert; eine riesige und menschenleere Ebene. Ohne die störende Silhouette von Gebäuden, Bäumen oder Hügeln wirkte der Horizont mit einem Mal unermesslich.

Bei bedecktem Himmel hätte die Kulisse vielleicht ziemlich trostlos gewirkt, fand Sam.

»Kommt Monsieur Reboul oft hierher?«

»Ein- oder zweimal im Frühjahr. Hin und wieder auch zu Weihnachten – und normalerweise dann, wenn eine der Stuten Nachwuchs bekommen hat. Er schaut sich seine Pferde gerne an, vor allem die Fohlen.«

Die Straße wurde schmaler, der Belag war rissig und geborsten. Sie schien direkt in den tiefsten Sumpf der Camargue zu führen, als der Wagen plötzlich scharf nach rechts abbog, ein Schild mit der Aufschrift PRIVÉ passierte und einen kiesbestreuten Weg entlangholperte. Sie folgten ihm vielleicht einen Kilometer weit, bevor sie zu einer mit Pfosten und Latten umzäunten Pferdekoppel und einer Reihe von Stallungen am anderen Ende gelangten. Ein Dutzend ansehnlicher Pferde, alle schneeweiß, bedachten das vorüberfahrende Auto mit einem neugierigen Blick und einem Schwanzschnippen. Nach knapp hundert Metern hatten sie das Gestüt erreicht.

Es entpuppte sich als Musterbeispiel für einen planlosen Architekturstil – ein niedriges, ausuferndes, L-förmiges Gebäude, überwiegend aus Holz, mit Fenstern unterschiedlicher Größe und einer überdachten Veranda, die sich an der Südseite des Hauses entlangzog. Drei Wachhunde unterbrachen ihre Siesta, um sich gemächlich zum Wagen zu begeben und daran zu schnüffeln, bevor sie sich wieder auf die Veranda verzogen. Als Olivier den Motor abstellte, war die Stille beinahe überwältigend. Sam stieg aus und reckte sich, während er sich umsah. Er konnte sich vorstellen, dass sich hier in den letzten hundert Jahren kaum etwas verändert hatte. Das einzige Zugeständnis an das einundzwanzigste Jahrhundert war der Hubschrauber, der hinter dem Haus parkte.

»Monsieur Reboul scheint schon da zu sein«, meinte Olivier. »Das da drüben ist nämlich sein sogenanntes Camargue-Taxi.«

Sie hatten die Hälfte des Weges zu der wuchtigen Eingangstür zurückgelegt, als diese sich öffnete und eine schmale, zerbrechliche Gestalt heraustrat, um sie zu begrüßen. Der Mann trug schwarze Hosen, eine schwarze Weste und ein weißes Hemd; sein Gesicht hatte die Farbe von altem Mahagoni, und die Beine wiesen eine leichte Säbelform auf. Olivier stellte ihn als Luc vor.

»Er lebt als Wächter auf dem Anwesen, und er ist ein Pferdeflüsterer.« Olivier wandte sich Luc zu und schlug ihm beherzt auf die Schulter. »Die Pferde sind sozusagen Ihre Kinder, eh?«

Der kleine Mann nickte lächelnd, wodurch sein Gesicht, das von der Sonne ohnehin zerfurcht und gegerbt war, weitere Runzeln erhielt. Er hob die Hand ans Ohr, Daumen und kleiner Finger gestreckt. »Monsieur Francis telefoniert noch, aber kommen Sie ruhig!« Er führte sie ins Haus in einen Raum, der offensichtlich das Wohnzimmer war und von einem riesigen offenen Kamin beherrscht wurde. An den Wänden hingen Gemälde und Schwarz-Weiß-Fotografien von Pferden und Flamingos sowie überquellende Bücherregale. Die Hörner eines großen schwarzen Stierkopfs dienten als Hutständer. Das Mobiliar war aus Holz und rauem Leder, einfach und bequem.

Reboul beendete sein Telefonat, legte das Handy vor sich auf den Tisch und winkte Sam zu sich. »Mein lieber Sam, willkommen in der Camargue. Was darf ich Ihnen anbieten? Kaffee? Ein Bier? Etwas Stärkeres, um die Mücken zu vertreiben? Kommen Sie, setzen Sie sich.«

Die beiden Männer nahmen vor einem Fenster auf der Vorderseite des Hauses mit Blick auf die ausgedehnte flache

Landschaft Platz. »Interessantes Anwesen haben Sie hier«, sagte Sam. »Gehört viel Land dazu?«

Reboul schüttelte den Kopf. »Nicht besonders viel – ungefähr vierzig Hektar. Wir bauen ein wenig Reis an, aber das Land ist hauptsächlich den Pferden vorbehalten, was Luc glücklich macht. Wissen Sie, sein Vater gehörte noch zu den *gardians* der alten Schule und brachte Luc schon mit vier Jahren das Reiten bei. Als er zehn war, ersetzte er bereits eine vollwertige Arbeitskraft.« Reboul blickte auf seine Uhr. »Nun also. Wird Zeit, dass wir anfangen.«

Sam nahm einen Stapel Papiere aus einem Aktenordner und reichte sie Reboul. »Ein wenig Lektüre für den Rückflug im Helikopter. Das ist die schriftliche Vorlage für die Präsentation. Vielleicht könnten Sie kurz einen Blick darauf werfen, um zu sehen, ob Sie noch Änderungswünsche haben. Dem Vernehmen nach sprechen die Ausschussmitglieder Englisch, aber um auf der sicheren Seite zu sein, würde ich den Text gern ins Französische übersetzen, ausdrucken und in einer Dokumentenmappe deponieren lassen: zum Mitnehmen. Mein Freund Philippe kann mir dabei helfen.«

Reboul nickte zustimmend. »Gute Idee. Vielleicht mit einer Fotografie unseres Projektmodells? Oder einer künstlerischen Expertise? Was meinen Sie?«

Nun war es an Sam, zustimmend zu nicken. »Eine künstlerische Expertise wäre ideal. Sie würde uns erlauben, ein bisschen zu schummeln und einen Hauch Lokalkolorit hinzuzufügen.« Er machte sich eine Notiz auf dem Aktenordner. »Gut. Nun kommen wir zu der alles entscheidenden Frage.« Er stärkte sich mit einem großen Schluck Bier. »Wo soll die Präsentation stattfinden? Die Kapelle der Charité hatten wir schon. Ein Standardbüro in einem Standardbürokomplex oder im Konferenzraum eines großen Hotels wäre unpassend; das ist genau das Ambiente, gegen das wir zu Felde ziehen. Außerdem sind solche *locations* zu anonym und langweilig, und ich würde dem Ausschuss gerne eine Abwechslung bieten, eine, die sie im Eifer des Gefechts nicht vergessen. Daher schlage ich vor, die Präsentation am Strand abzuhalten.«

Rebouls runzelte sie Stirn, dann lächelte er. »Natürlich! Lassen Sie mich raten. Die Fischerbucht?«

»Genau. Die Kulisse ist perfekt. Mir schwebt vor, dort ein Zelt – ein großes Zelt, ein Festzelt – aufstellen zu lassen. Wir verwandeln es in eine Art inoffiziellen Konferenzraum, mit einem langen Tisch und Stühlen für den Ausschuss, vielleicht mit einer Bar ...«

»Unbedingt mit Bar.«

»... und wir beraumen die Präsentation am Ende eines ganz normalen langen Arbeitstages an, in den frühen Abendstunden, bei Sonnenuntergang. Ich habe schon eine Ortsbesichtigung vorgenommen, um zu überprüfen, wann die Sonne untergeht. Ein atemberaubendes Schauspiel.« Sam hielt inne und wartete auf Rebouls Reaktion.

Reboul schüttelte den Kopf. »Sam, was soll ich dazu sagen außer: Bravo! Wie Sie bereits sagten, die Kulisse ist perfekt, ein echter *coup de théâtre*. Aber Sie werden Hilfe bei Ihrer Inszenierung brauchen, und es darf nicht der Eindruck entstehen, als käme diese Hilfe von mir.« Er blickte aus dem Fenster, dann nickte er. »Zum Glück habe ich eine oder zwei absolut zuverlässige Kontaktpersonen. Ich werde einen der beiden Männer bitten, Sie anzurufen. Sein Name lautet Gaston. Ihm können sie vertrauen. Er ist außerordentlich verschwiegen. Und sollte jemand wissen wollen, woher Sie ihn kennen, sagen Sie einfach, Sie sind ihm auf einer Cocktailparty begegnet.« Reboul erhob sich, eilte zu Sam und erteilte ihm das ultimative Gütesiegel, einen Kuss auf beide Wangen. »Glückwunsch, mein Freund. Glückwunsch.«

10. Kapitel

»Sam, ich glaube, ich habe ein Problem.« Philippes Stimme klang besorgt und ein wenig atemlos. »Es ist geschäftlicher Natur. Können wir reden?«

Inzwischen war Sam mit Philippes Arbeitsmethoden ausreichend vertraut, um zu wissen, dass man ein wichtiges Gespräch niemals am Telefon führen durfte; es musste von Angesicht zu Angesicht stattfinden. »Klar. Wo treffen wir uns?«

»Es gibt da eine kleine Bar in der Rue Bir-Hakeim, in der Nähe des Fischmarkts. Le Cinq à Sept. In einer halben Stunde. Wäre das in Ordnung?«

Wie bei einer von Philippe vorgeschlagenen Bar nicht anders zu erwarten, entpuppte sich Le Cinq à Sept als kleine, ein wenig heruntergekommene Kneipe mit dem unvermeidlichen Foto der Marseiller Fußballmannschaft des letzten Jahres an einem Ehrenplatz hinter der Bar. Ein versprengter Trupp alter Männer, die sich ihre Bartstoppeln für die Wochenendrasur aufgehoben hatten, waren die einzigen Gäste. Der Journalist hatte in einer halb verborgenen, schummrig beleuchteten Ecke Stellung bezogen. Zackig hob er die Hand zum Gruß. »Danke, dass du kommen konntest. Ich habe dir schon mal einen Pastis bestellt – der ist hier sicherer als Wein.«

Sam füllte sein Glas mit Wasser auf, bevor Philippe zu erzählen begann.

»Vor ungefähr einer Stunde verließ ich mein Büro, als mir ein Kerl den Weg versperrte – eine miese kleine Ratte in einem rasiermesserscharfen Anzug – und sich auf Englisch erkundigte, ob ich Mr Davin sei. Als ich bejahte, meinte er, heute könne mein Glückstag sein. Nun, in unserem Metier kann man ja nie wissen, woher der nächste Geheimtipp stammt, und deshalb erklärte ich mich einverstanden, ihn in ein Café zu begleiten, um mir anzuhören, was er zu sagen hatte. Ich bin mir nicht sicher, was ich eigentlich erwartete: Vielleicht irgendeine schlagzeilenträchtige Geschichte über die Engländer und ihre Jachten? Hier unten geraten sie oft in Schwierigkeiten, die Armen. Wie dem auch sei, er eröffnete mir, er habe meinen Artikel über die Erschließung der Anse des Pêcheurs gelesen und sein Klient fühle sich schwer gekränkt.«

»Hat er gesagt, wer sein Klient ist?«

»Das erübrigte sich. Nach ein paar Minuten war offensichtlich, dass er für diesen Engländer, diesen Wapping, arbeitet.«

»Wie hat er dich erkannt?«

»An meinem Haarschnitt. Erinnerst du dich? Am Anfang des Artikels befindet sich ein Porträtfoto von mir. Nun, ich habe ihn mit dem üblichen Gesäusel von Pressefreiheit konfrontiert und dass unser Verleger vermutlich bereit sei, einer Gegendarstellung den entsprechenden Raum zuzugestehen. Er schien ganz zufrieden mit dieser Lösung zu sein, nickte und lächelte, und plötzlich zog er einen Umschlag heraus. Einen dicken Umschlag.« Philippe hielt inne, um einen Schluck zu trinken.

»›Gute Idee‹, meinte dieser kleine Klugscheißer, ›eine Gegendarstellung. Und Sie sind genau der Richtige, um sie zu verfassen. Vielleicht brauchen Sie dazu einen kleinen Ansporn.‹ Dann schob er mir den Umschlag zu. ›Er enthält zehntausend Euro‹, sagte er. ›Und da, wo das Geld herkommt, ist noch mehr zu holen. Ein netter kleiner Nebenverdienst, und das alles für ein paar wohlwollende Artikel. Das bleibt natürlich unter uns, Sie verstehen. Das geht niemanden etwas an.«

Sam schmunzelte; offenbar bewegten sich Lord Wappings Gedanken in sehr engen, vorhersehbaren Bahnen.

»Angenommen, du würdest die Polizei einschalten?«

Philippe schüttelte den Kopf. »Und ihnen was erzählen – dass jemand versucht hat, mir zehntausend Euro aufzuschwatzen? Die würden mir raten, mich schleunigst zu verziehen.«

»Wie hast du reagiert?«

»Ich habe ihm gesagt, dass ich nicht käuflich bin. Er meinte, ich solle endlich erwachsen werden. In Frankreich sei jeder käuflich. Da ist mir die Hutschnur geplatzt. Ich habe ihm geraten, seinen Umschlag zu nehmen und ihn sich sonst wohin zu stecken. Das habe ich natürlich auf Französisch gesagt, sodass er vermutlich kein Wort verstanden hat, doch mein Tonfall war bestimmt unmissverständlich. Und dann bin ich abgedampft. Was soll ich jetzt machen?«

»Wenn du mich fragst: gar nichts. Du hast keine Zeugen, also steht dein Wort gegen seins. Und wenn er für Wapping arbeitet, kannst du sicher sein, dass irgendein Winkeladvokat aus der Versenkung auftaucht, der Stein und Bein schwört, dass ein solches Treffen nie stattgefunden hat.« Sam schüttelte den Kopf. »Nein. Vergiss das Ganze. Ich denke, er wird es nicht riskieren, einen zweiten Bestechungsversuch zu unternehmen, weil er befürchten muss, dass du mit einem Aufnahmegerät in der Tasche aufkreuzt. Aber Kopf hoch, ich habe da nämlich etwas, das dich aufheitern könnte: einen kleinen Exklusivbericht. Die Einzelheiten muss ich noch austüfteln – trotzdem weihe ich dich schon mal in die Idee ein.«

Ray Prendergast fummelte nervös an dem Umschlag herum, der vor ihm auf dem Schreibtisch lag, während er darauf wartete, dass Lord Wapping sein Telefonat beendete. Seine Lordschaft hatte wenig für Misserfolge übrig.

Kaum war das Gespräch vorüber, bohrte William Wapping auch schon seinen fleischigen Zeigefinger in den Umschlag, der immer noch mit Geldscheinen gefüllt war. »Er hat also nicht angebissen?«

»Ich fürchte nein, Billy«, sagte Ray zerknirscht.

»Was hat er gesagt?«

»Nun, die Schlussworte waren in Französisch, deshalb habe ich nicht alles verstanden. Grundsätzlich meinte er wohl, ich solle mich verpissen.«

»Wie kann man nur so dumm sein.« Wapping seufzte, als sei er tief enttäuscht über das unkluge Verhalten seines besten Freundes. »Das lässt uns nicht viel Spielraum, oder? Vielleicht ist es besser, wenn du ein Wörtchen mit Brian und Dave redest. Sag ihnen, sie sollen ihm eine Lektion erteilen. Und Ray?« Wapping senkte die Stimme. »Bitte keine finale Lösung. Du weißt, was ich meine? Wir wollen keine unnötigen Komplikationen. Sag den Jungs, sie sollen dafür sorgen, dass es wie ein Unfall aussieht.«

Es gibt bestimmte Männer, deren äußeres Erscheinungsbild auf Anhieb Sympathie wecken, eine Gabe, die ihnen vermutlich in die Wiege gelegt wurde. Gaston Poirier gehörte zu ihnen: ein überdimensionaler Posaunenengel mit birnenförmigem Leib, pausbäckigem, rotwangigem Antlitz und lockigem grauem Haar. Seine braunen Augen blitzten, und sein Mund schien ständig zum Lachen bereit. Reboul hielt ihn für den besten Problemlöser in Marseille. Sam hatte ihn vom ersten Blick an in sein Herz geschlossen.

Sie saßen auf der Terrasse, eine Flasche Rosé zwischen ihnen. »Das letzte Mal, als ich in diesem Haus war, wohnte Francis noch hier«, sagte Gaston. »Damals wurden rauschende Feste gefeiert, kann ich Ihnen sagen – Frauen, Champagner, beides in Hülle und Fülle. Das waren noch Zeiten!« Er hob sein Glas. »Trinken wir auf sein neues Projekt. Erzählen Sie mir davon.«

Während Sam ihm die Hintergrundinformationen lieferte, sprach Gaston fleißig dem Rosé zu und wischte sich zwischendrin mit einem Seidentaschentuch den Schweiß von der Stirn, als habe er festgestellt, dass Trinken eine anstrengende Tätigkeit ist, die durstig macht. Aber er erwies sich als aufmerksamer Zuhörer, und als Sam geendet hatte, nickte er mehrmals, um anzudeuten, dass ihm das Gehörte gefallen habe.

»Eine gute Idee, wir müssen sie nur noch in die Praxis umsetzen. Was das Zelt selbst betrifft, *pas de soucis,* keine Sorge. Doch der Strand ist steinig und uneben, Sie werden also einen glatten, massiven Holzdielenboden benötigen. Und Strom. Möglicherweise ist ein Generator erforderlich, aber ich kenne da einen wahren Künstler in puncto Elektrizität, der uns in das Stromnetz der Stadt einklinken kann. Und dann brauchen wir einen Projektor, einen Konferenztisch und Stühle, und vielleicht« – hier unterbrach sich Gaston und wackelte mit den Augenbrauen – »eine nette kleine Bar mit einer, *bien sûr,* netten kleinen Bardame. Habe ich etwas vergessen?«

Sam kannte Frankreich gut genug, um sich des langen Arms der Bürokratie bewusst zu sein. Irgendwo im administrativen Labyrinth der Stadt würde vermutlich irgendwer konsultiert, hofiert, mit einer Seelenmassage gefügig gemacht und möglicherweise sogar zum Mittagessen eingeladen werden müssen. »Eine Sache wäre da noch«, erwiderte Sam also. »Wir brauchen mit Sicherheit eine Genehmigung.«

»Ach das!« Gaston winkte ab. »*Pas de soucis*. Der Bürgermeister ist ein intelligenter Mann. Er wird erkennen, dass diese Sache gut für das Image von Marseille ist; schließlich wollen wir uns der Welt ja als dynamische Stadt präsentieren, *dynamique*, wissen Sie, bestens aufgestellt für 2013.« Gaston blinzelte und tippte sich an den Nasenflügel. »Außerdem gehen wir im Winter miteinander auf die Jagd. Wir sind befreundet. Vielleicht sollten Sie den Bürgermeister sogar zu Ihrer Präsentation einladen. Wie auch immer, ich kann Ihnen versprechen, dass wir kein Problem wegen der Genehmigungen haben werden. Wann soll die Veranstaltung stattfinden?«

Die nächsten beiden Tage gingen für Brian und Dave nur langsam, aber mit einer unterschwelligen Vorfreude vorbei. Es war lange her, seit sie die Chance erhalten hatten, einer Tätigkeit nachzugehen, die sie aus dem Effeff beherrschten: missliebigen Mitbürgern schweren körperlichen Schaden zuzufügen – oder wie sie es auszudrücken pflegten: ihnen zeigen, wo der Hammer hängt. Dass das Opfer obendrein ein Franzose war, wirkte auf die beiden wie ein Bonus auf Investmentbanker. Wie viele Engländer ihrer sozialen Schicht und Generation waren die beiden hartgesottene Chauvinisten. Hier bot sich ihnen endlich die Gelegenheit, im Namen des Königreichs einen Vernichtungsschlag gegen die wuselnden ausländischen Horden zu führen, die sich weigerten, der Tradition Englands den gebührenden Respekt zu erweisen, und die mit ihrer Respektlosigkeit nicht einmal vor den besten englischen Fußballvereinen haltmachten.

Brian und Dave saßen in einer Bar am Vieux Port, die sie angesteuert hatten, weil sie sich als Pub bezeichnete und wie die englische Entsprechung warmes Bier, Dartscheiben und ein Fernsehgerät mit großem Bildschirm versprach, der laufend Billardwettbewerbe übertrug. Bedauerlicherweise handelte es sich nur dem Namen nach um einen Pub, denn die Kneipe verfügte nicht einmal über eine Dartscheibe. Im Fernsehen lief eine Spielshow, bei der sich jede Menge Froschfresser versammelt hatten, um die Kandidaten lautstark anzufeuern, und das Bier war eiskalt. Ein Armutszeugnis, doch es hätte mehr als solcher Mängel bedurft, um die Vorfreude auf die bevorstehende Aufgabe zu trüben.

Die beiden vergangenen Tage hatten sie größtenteils damit verbracht, Philippe zu observieren, um mehr über seine Gewohnheiten in Erfahrung zu bringen. Brian und Dave – oder sagen wir zur Abwechslung einmal: Dave und Brian – waren ihm in einem gemieteten Lieferwagen gefolgt, wenn er zwischen den Redaktionsbüros von *La Provence* in der Avenue Roger Salengro und seinem Apartment in einem alten Gebäude unweit der Corniche, der breiten Küstenstraße, hin und her pendelte. Dave fand den Schauplatz beinahe ideal, um einen Verkehrsunfall mit bedauerlichem Personenschaden zu inszenieren. Viel Raum zum Manövrieren, dachte er, und nicht zu vergessen den Straßenrand, der an einigen Stellen jäh und unheilvoll zu den Klippen abfiel. Diese unsanfte Landung würde jeden Menschen ausbremsen.

»Ich sag dir was, Bri …« Dave nannte seinen Kumpel tatsächlich Bri, und es klang, als solle ein alter Gaul zum Stehen gebracht werden. »Für mich sieht das nach einem Bikerjob aus: Wir nehmen ihn in die Zange, ein Motorrad vor ihm, eines hinter ihm. Sturzhelme, damit niemand unsere Gesichter erkennt. Alles paletti.« Brian nickte in weiser Voraussicht. Die organisatorischen Einzelheiten pflegte er Dave zu überlassen, er war zufrieden, wenn er sich ganz und gar auf die physischen Aspekte des Auftrags konzentrieren durfte. Dieses Mal konnte er jedoch nicht umhin, seinen Spießgesellen auf eine Kleinigkeit aufmerksam zu machen, die sich als Problem erweisen könnte.

»Wir haben keine Motorräder.«

»Die lassen wir mitgehen, Bri. Her damit und ab durch die Mitte. Wir werden die Lage peilen, sobald wir wieder auf der Straße sind. Da stehen doch überall Motorräder rum. Bei manchen hängen sogar die Helme am Lenker. Oder sie sind im Koffer hinter dem Sitz verstaut, und den könnte meine alte Mum mit der Nagelfeile knacken.«

Brian nickte abermals. Das gefiel ihm an der Zusammenarbeit mit Dave: Er hatte alles im Griff, sogar die Kleinigkeiten. Inzwischen war Brians Bier warm genug, um trinkbar zu sein. Während er vorsichtig probierte, dachte er sehnsüchtig an etwas Herzhaftes zum Bier – eine deftige englische Schweinefleischpastete, wie man sie in seinem Londoner Lieblingspub servierte, The Mother's Ruin in Stepney. Natürlich hatten die Froschfresser keinen blassen Schimmer von den Feinheiten der Küche. Bei dem Fraß, den sie auftischten, war es ein Wunder, dass es ihnen gelang, Leib und Seele zusammenzuhalten. Schnecken, pfui Teufel. Pferdefleisch. Ihn schauderte.

»Was meinst du, wann sollen wir zuschlagen?«

Dave nahm einen weiteren Schluck Bier und wischte sich den Mund mit dem Handrücken ab. »Am besten nach Feierabend, wenn der Typ aus seinem Bau herauskommt und zum Essen fährt. Sobald es dunkel ist.«

Sie verließen den sogenannten Pub und kehrten zum Lieferwagen zurück, wobei sie von Zeit zu Zeit stehen blieben, um unauffällig die Reihe der zur Schau gestellten Motorräder in Augenschein zu nehmen. Es war genauso, wie Dave gesagt hatte. Motorräder in Hülle und Fülle – BMWs, Kawasakis, Hondas, Ducatis, sogar eine auf Hochglanz polierte

Harley – und an Plätzen abgestellt, die der lässigen französischen Gewohnheit entsprachen, ungeachtet der Verkehrsregeln überall dort zu parken, wo es konvenierte.

»Wir werden nichts tun, was zu auffällig wäre«, sagte Dave. »Nichts, woran sich jemand erinnern könnte. Und wir müssen die Nummernschilder mit Matsch einschmieren, um sie unkenntlich zu machen.« Er ließ seine Hand über eine Yamaha gleiten, die sich in seiner Reichweite befand, und tätschelte den Sattel. »Gut. Ich sage dir, was wir tun werden. Heute Nacht so gegen zwei, wenn alles an der Matratze horcht und die Luft rein ist, werden wir die Motorräder mitgehen lassen und sie im Lieferwagen verstauen. Morgen Abend erledigen wir unseren Auftrag, und danach schaffen wir uns die Motorräder wieder vom Hals. Ein Kinderspiel.«

Brian nickte. »Ja, ein Kinderspiel, Dave.«

Philippe machte Überstunden, verlieh dem Artikel, an dem er den ganzen Nachmittag geschrieben hatte, den letzten Schliff. Die Auseinandersetzung mit Prendergast machte ihm noch gewaltig zu schaffen, was jedoch seine Begeisterung für Sams Idee, ein Zelt am Strand aufzustellen, nur zusätzlich anfachte. Damit gelangte ein frischer Wind in die muffige, heimlichtuerische und oft korrupte Welt der urbanen Entwicklung. Nun ergänzte er schnell die Lobeshymnen, die er schon im vorigen Artikel über Sams Projekt angestimmt hatte, und schloss mit der Frage: Würden die beiden anderen Projekte den gleichen Einfallsreichtum erkennen lassen, oder handelte es sich um die üblichen Angebote bei Ausschreibungen, die hinter verschlossenen Türen ihren gewohnten Gang nahmen?

Er lehnte sich auf seinem Stuhl zurück, rieb sich die Augen und warf einen Blick auf seine Uhr. Ein anstrengender Feierabend lag vor ihm – das monatliche Essen mit Elodie und

Raoul, Mimis Eltern. Wenn es wie gehabt verlief, würde es mit mehr oder weniger taktvollen Anfragen bezüglich seiner beruflichen Aussichten und dem einen oder anderen versteckten Hinweis gespickt sein, dass es doch für ihn nun an der Zeit sei, den Motorroller abzustoßen, ein Auto anzuschaffen und sich »häuslich niederzulassen«, wie Elodie es auszudrücken beliebte. Philippe staunte immer wieder aufs Neue, wie es sein konnte, dass ein so unerbittlich spießiges Paar eine so unkonventionelle Tochter wie Mimi gezeugt hatte. Er erinnerte sich, wie sie erstmals ihre Haare in diesem herrlich satten Rotton färbte. Der Schock der Eltern – und ihre kaum verhohlene Missbilligung – hatte Wochen angedauert. Na ja, im Grunde waren es anständige, nette Leute und Elena war eine hervorragende Köchin. Philippe beschloss, sich ihr zu Ehren einer Rasur zu unterziehen und ihr einen Strauß Rosen mitzubringen.

Elena packte. Im Laufe der Jahre hatte Sam Gelegenheit genug gehabt zu begreifen, dass es sich hierbei um ein Ritual handelte, das er keinesfalls stören, sondern nur mit großem Fingerspitzengefühl begleiten durfte. Elena gefiel es nicht, wenn man ihr beim Packen zusah. Sie hasste es, wenn man ihr dabei half. Auch wollte sie nicht auf ihr Tun angesprochen werden. Die Beziehung zu ihrem Koffer und dessen Inhalt glich einer mystischen Verbindung, und wehe dem, der den Bann brach. Deshalb beschloss Sam, sich mit einem guten Buch ins Wohnzimmer zu verziehen.

Elena war im Begriff, für zwei oder drei Tage nach Paris zu reisen, das Ergebnis eines langen und umständlichen Anrufs ihres Chefs Frank Knox. Die Pariser Niederlassung hatte Probleme mit ihrem wichtigsten Klienten, dem Vorstand einer Gruppe von Luxushotels. Man fühlte sich vernachlässigt vor allem von der Zentrale des Knox-Versicherungskonzerns und war der Meinung, dass die Qualität der Dienstleistungen, die man erhielt, einer zusätzlichen Bestätigung bedurfte. Mit anderen Worten, die Herren vom Vorstand fühlten sich ungeliebt. Wäre es Elena möglich, erkundigte sich Frank, nach Paris zu fliegen, um die Wogen zu glätten? Und falls der Eindruck entstehen würde, sie hätte den weiten Weg von Los Angeles nur deshalb auf sich genommen, um bei einem gemeinsamen Abendessen mit ihnen zu plaudern, umso besser. Im Gegenzug bestand Frank darauf, dass sie ihren Urlaub um eine Woche verlängerte. Als Sam die Neuigkeit erfuhr, hatte er höchst verständnisvoll reagiert. Er war in den nächsten Tagen ohnehin beschäftigt, und ihre Rückkehr würde einen guten Grund bieten, ausgiebig zu feiern.

Er stand auf und horchte an der Schlafzimmertür. Er meinte ein Rauschen der Dusche zu hören, das aus Elenas Bad zu ihm herüberdrang, ein deutlicher Hinweis, dass die Herausforderung des Kofferpackens erfolgreich bewältigt worden war. Also ging er in die Küche und öffnete eine Flasche Rosé der Domaine Ott, die Reboul für sie dagelassen hatte. Mit zwei Gläsern in der Hand kehrte er ins Wohnzimmer zurück, just als Elena, die Haare nass und in ein Handtuch gewickelt, aus der gegenüberliegenden Tür trat.

»Fertig?«, fragte Sam.

»Fertig.« Elena trank einen Schluck Wein und stellte das Glas ab. »Du weißt hoffentlich noch, dass du gesagt hast, wir würden nach meiner Rückkehr aus Paris feiern? Nun ...« Sie öffnete das Handtuch und ließ es zu Boden fallen, was Sam den Atem raubte. »Wie wäre es mit einer Generalprobe?«

11. Kapitel

»Wirst du mich vermissen?«

Elena, im schwarzen Großstadtoutfit der Karrierefrau, wartete auf den Aufruf des frühabendlichen Fluges nach Paris, während sie mit Sam in der Flughafenbar eine Tasse Kaffee trank.

»Wie soll ich ohne dich überleben?« Sams Hand streichelte unter dem Tisch ihr seidiges Knie. »Im Ernst, ich würde dich liebend gerne begleiten, aber ich muss vor der Präsentation noch alle möglichen Dinge erledigen. Du kennst mich – ich bin ein Sklave meiner Arbeit. Einem gemütlichen Abend mit meinem Laptop kann ich einfach nicht widerstehen.«

Elena lächelte. »Mimi hat mir neulich ein fantastisches Wort beigebracht. *Blageur*. Konnte direkt auf dich gemünzt sein.«

»Klingt gut. Was bedeutet es?«

»Witzbold. Aufschneider. Jemand, der keine Ahnung hat, wovon er redet.«

»Dann passe ich ja bestens in unsere Zeit. Klingt so, als wäre ich zu Höherem berufen.« Sam warf einen Blick auf die Abflugtafel. »Du musst los. Grüß mir Paris.«

Ein Kuss, ein Winken, ein absichtsvoll schmachtender Blick und weg war sie.

Philippe überflog ein letztes Mal den Artikel, dem er soeben noch ein paar rhetorische Glanzlichter aufgesetzt hatte, drückte auf die Schaltfläche, die seinen Beitrag zum Redaktionstisch beförderte, und lehnte sich auf seinem Stuhl zurück. Das war für ihn einer der befriedigendsten Augenblicke seiner Arbeit. Morgen würden die Worte, die er geschrieben hatte, Makulatur sein, aber heute wirkten sie frisch und lebendig – klar, einschneidend, mit guten Argumenten untermauert und mit dem einen oder anderen Schuss Humor gewürzt. Er gestattete sich ein mentales Schulterklopfen. Er musste nur noch ein paar Anrufe erledigen, bevor er für heute Schluss machen konnte.

Es war schon spät, fast neun, als er in die Tiefgarage hinunterging, um den Motorroller zu holen.

Reboul nahm beim dritten Läuten ab.

»Francis? Sam hier – ich hoffe, ich störe nicht?«

»Nicht im Geringsten, Sam, nicht im Geringsten. Ich brüte mutterseelenallein über einem Stapel Unterlagen von meinem Steuerberater.« Ein abgrundtiefer Seufzer ertönte am anderen Ende der Leitung. »Dieses vermaledeite Geschäftsleben! Irgendwann in nicht allzu ferner Zukunft hänge ich es an den Nagel, ziehe in eine Strandhütte, suche mir ein braunhäutiges Mädchen und werde Fischer.«

»Klar doch. Und ich trete ins Kloster ein. Aber bevor ich Abt und Sie Frührentner werden, habe ich eine gute Nachricht für Sie: Philippe hat gerade angerufen. Ich glaube, er hat einen äußerst gehaltvollen Artikel über unsere Präsenta-tion geschrieben, und die Schlagzeile lautet: ›Ein Zelt in der Anse des Pêcheurs‹. Er erscheint noch diese Woche in der Zeitung.«

»Gut. Das wird Patrimonio freuen. Hat er das Datum für die Präsentation schon festgelegt?«

»Ende der Woche, Gaston bleibt also genug Zeit für die nötigen Vorbereitungen.«

»Was halten Sie von ihm?«

»Von Gaston? Ein Schlitzohr; sieht aus, als könnte er kein Wässerchen trüben.«

Reboul lachte. »Sie haben recht. Aber vergessen Sie nicht, mein lieber Sam, das Schlitzohr kämpft auf unserer Seite. Falls es Probleme geben sollte, lassen Sie es mich wissen, *d'accord?* Oh, und noch etwas, Sam. Ich dachte, es wäre ganz nett, die Präsentation mit einem kleinen Abendessen zu feiern – in aller Stille, nur wir vier. Ich möchte Ihnen eine Frau vorstellen, die mir viel bedeutet.«

Hoffen wir, dass es etwas zu feiern gibt, dachte Sam, als er auflegte. Sowohl Reboul als auch Philippe schienen der Überzeugung zu sein, ihr Erfolg stünde von vornherein fest, doch Sam war sich da nicht so sicher. Wapping war ein zäher Gegner und Patrimonio kein Dummkopf. Sie würden nicht kampflos aufgeben.

Ruhelos strich er durchs Zimmer, und da er Elena bereits vermisste, wählte Sam ihre Nummer. Ihr Handy war ausgeschaltet. Wahrscheinlich saß sie mit ihrem Klienten in einem pompösen Restaurant und tat ihr Bestes, um sich den Anschein zu geben, dass sie die Schilderung der Probleme, die mit der Leitung einer Hotelkette einhergingen, faszinierend fand. Nicht zum ersten Mal dachte Sam, wie glücklich er sich schätzen konnte, ein Leben zu führen, das nicht im täglichen Einerlei der Gewohnheit versandete, sondern jede Menge Abwechslung bot. Von dem Gedanken getröstet, schenkte er sich ein Glas Wein an und wandte seine Aufmerksamkeit erneut der Präsentation zu.

Die Atmosphäre in der Masterkabine der *Floating Pound* war nicht so heiter wie sonst. Lord Wapping wirkte ein wenig gereizt. Seine Spione meinten in den Kommentaren der Ausschussmitglieder zu viele Lobesworte über Sams Angebot herausgehört zu haben. Und deshalb hatte er Patrimonio zu sich beordert, um Kriegsrat zu halten.

»Es gefällt mir nicht, was ich da höre, Jérôme. Dieser ganze Quatsch über den frischen Wind, den Einwohnern von Marseille etwas Gutes tun – nun, ich bin sicher, Sie wissen, wovon ich rede. Das muss aufhören, und zwar sofort. Können Sie diesen Hohlköpfen im Ausschuss nicht beibringen, das Maul zu halten?«

Wappings Wortwahl war für Patrimonio, der mit dem Adelsstand ein gewisses sprachliches Niveau verband, oft ein Rätsel, doch dieses Mal war ihm der Sinn klar. Seine Lordschaft hatte Fracksausen. Patrimonio zupfte seine Manschetten zurecht, glättete das Haar und setzte sein beruhigendstes Lächeln auf. »Oh, ich glaube nicht, dass wir uns Sorgen machen müssen. Ich kenne diese Männer, und sie wissen, dass ich mich um sie kümmern werde. Sollen sie doch reden. Am Ende kommen sie mit Sicherheit zur Vernunft. Es zählen ohnehin nur die Stimmen, die in der Wahl abgegeben werden, und nicht irgendwelche populistischen Äußerungen, die auf das Echo der Öffentlichkeit zielen. Und nicht zu vergessen: Wahlen sind geheim.«

Wapping war ausreichend ermutigt, um zwei Gläser Krug-Champagner aus der Flasche einzuschenken, die in einem Kristallkübel in seiner Reichweite stand. Patrimonio kostete vorsichtig, hob anerkennend die Augenbrauen und beugte sich mit gerunzelter Stirn vor. Nun war er es, der einer Beruhigung bedurfte. »Es gibt da nur ein kleines Problem.« Er zuckte die Achseln, als wolle er zeigen, wie unwichtig es war.

»Dieser Davin, *salaud,* diese kleine Kanaille von der Zeitung. Ich hoffe, dass er in Zukunft darauf verzichten wird, solchen Unsinn zu verzapfen; ich erinnere mich, dass Sie ankündigten, *Sie* würden sich um ihn kümmern.«

Wapping musterte ihn einen Augenblick schweigend. »Wie ich unlängst sagte, ich glaube nicht, dass Sie etwas über die Einzelheiten wissen wollen.«

Patrimonio lehnte sich in seinem Sessel zurück und winkte mit seiner manikürten Hand ab. »Nein, nein. Es ist nur ...« Er verstummte und richtete sein Augenmerk wieder auf den Champagner.

»Gut.« Wapping hob sein Glas. »Na denn. Auf den wohlverdienten Erfolg.«

Fünf Minuten später befand sich Patrimonio in einem Wassertaxi, das ihn nach Marseille zurückbrachte.

Ray Prendergast, obwohl von Natur aus kein Feinschmecker, hatte unlängst begonnen, sich mit Freuden und zunehmendem Interesse seinen Mahlzeiten zu widmen. Frankreich mochte bei gewissen Leuten als Paradies gelten, dachte er, aber nicht bei ihm. Abgesehen von dem Kauderwelsch, das man hier sprach, stand es in seinen Augen auch um die französische Küche nicht zum Besten. Ständig pfuschte man an den Gerichten herum – all die Soßen und der ganze Schnickschnack, niemand wusste mehr, was er eigentlich zu sich nahm. Doch dann hatte ihm vor ein paar Tagen jemand von Geoffrey's in Antibes erzählt. Eine Offenbarung, die sein Leben von Grund auf verändert hatte.

Geoffrey's of London war ein internationales Restaurant- und Supermarktimperium – kein anderes Wort konnte ihm gerecht werden –, das sich der Aufgabe verschrieben hatte, die Geschmacksknospen der ausgehungerten, im Exil lebenden Angelsachsen zu verwöhnen, die Heimweh nach ehrlicher britischer Kost hatten. Dort erhielt man alles, was man für die traditionellen Lieblingsgerichte der britischen Küche brauchte: Speck, dick fetttriefende Bratwürste, gebackene Bohnen, Schweinefleischpasteten, Rindfleischcurry. Es gab Stilton im Sortiment, den einzig wahren englischen Blauschimmelkäse, und Old-Speckled-Hen-Bier mit dem kräftigem Hopfengeschmack. Sogar Porridge wurde angeboten, und nicht zu vergessen McVitie's verdauungsfördernde Schokokekse. Und als er erfuhr, dass die Fisch- und Meeresfrüchteabteilung einen Lieferservice per Boot unterhielt, gelangte Rey Prendergast zu der Schlussfolgerung, dass Fortuna ihm endlich hold war.

Er hatte es sich gerade mit einem Schinkensandwich und einer von Tiny de Salis ausgeliehenen Porno-DVD gemütlich gemacht, als sein Handy klingelte. Es war Lord Wapping, der ihm ein paar Fragen zu stellen wünschte.

»Du hast in letzter Zeit einige gemeinsame Mahlzeiten verpasst, Ray. Mein Küchenchef macht sich schon Sorgen. Alles in Ordnung mit dir?«

»Besser als je zuvor, Billy.« Er war ungefähr bis zur Mitte der enthusiastischen Schilderung seiner neuen gastronomischen Entdeckung gekommen, als Wapping ihn unterbrach.

»Ein anderes Mal, Ray. Ich muss wissen, wie weit die Sache mit diesem kleinen Wichser von der Zeitung gediehen ist. Wie ist der neueste Stand?«

»Nun, die Jungs haben ihre Hausaufgaben gemacht, sind voll ausgerüstet und warten auf den richtigen Moment für ihren Einsatz. Die Wahl des Zeitpunkts ist spielentscheidend, du verstehst, was ich meine? Aber Dave meinte, heute Nacht könnte es endlich so weit sein. Er wird mich anrufen, sobald der Auftrag erledigt ist. Ich sage dir Bescheid, wenn ich die Vollzugsmeldung erhalte.«

Wapping nickte. »Tu das, Ray. Ach übrigens, dieses Geoffrey's oder wie der Saftladen heißt, auf den du so scharf bist – gibt's da auch Bücklinge?«

»Da kommt er ja.« Wie auf Kommando klappten Brian und Dave das Visier ihrer Sturzhelme herunter und ließen die Motorräder per Kickstarter an. Sie hatten den ganzen Abend darauf gewartet, dass Philippe Davin endlich das Büro verließ. Er war heute später dran als sonst, ein gutes Omen. Die Froschfresser hockten alle am Trog, um sich das Abendessen einzuverleiben, sodass auf den Straßen weniger Verkehr als sonst herrschte und es ihnen leichter fiel, das Opfer aus sicherer Entfernung im Auge zu behalten.

Sie folgten Philippe im Abstand von etwa hundert Metern, als er durch ein Labyrinth von Nebenstraßen und Gassen fuhr, die am Ende zum Alten Hafen führten. Das war der entscheidende Moment. Würde er irgendwo in der von Menschen wimmelnden Innenstadt zu Abend essen oder sich über die weniger belebte Corniche nach Hause begeben?

Er fuhr am Vieux Port entlang nach Süden und danach geradeaus. Brian und Dave tauschten das Daumen-hoch-Zeichen aus; er fuhr nach Hause.

Die Luft war noch warm, und die Meeresbrise hatte eine angenehm salzige Note. Die Corniche war nicht gerade menschenleer – das war sie selten –, aber es herrschte nur wenig Verkehr. Philippe entspannte sich auf seinem Sitz, zufrieden, dass er zur Abwechslung einmal nicht ständig irgendwelchen geisteskranken Autofahrern ausweichen musste, die ihre Abneigung gegen Motorradfahrer kultivierten.

Hinter ihm heulte ein Motor auf, und er warf einen raschen Blick zur Seite, als die große Kawasaki ihn überholte. Sie fädelte sich unmittelbar vor ihm rechts ein und wurde langsamer. Das fand Philippe seltsam. Dann hörte er, wie sich eine weitere Maschine näherte, und entdeckte ein zweites Motorrad in seinem Rückspiegel. In diesem Augenblick wusste er, dass er in der Klemme steckte wie die Füllung im Sandwich. Ein Entführungsversuch nach klassischem Muster. Mit seinem Roller, der keinen leistungsstarken Motor besaß, hatte er keine Chance, den beiden zu entkommen. Verzweifelt dachte er über einen Ausweg nach.

Doch schon setzte das Motorrad hinter ihm zum Überholen an und kam dabei so dicht heran, dass es den Motorroller um ein Haar streifte. Brians Stiefel, Schuhgröße 47, rammten sich in Philippes Knie, er schrie auf und versuchte gegenzusteuern, aber der Roller geriet ins Schlittern und verlor schließlich das Gleichgewicht. Philippe flog in hohem Bogen aus dem Sattel und schlidderte quer über die Fahrbahn. Sein letzter bewusster Gedanke war, dass es besser gewesen wäre, wenn er den Sturzhelm aufgesetzt hätte. Dann spürte er einen stechenden Schmerz, und Dunkelheit umfing ihn.

»Super«, sagte Dave. »Alles ist so gelaufen, wie ich es mir dachte.« Sie saßen wieder in ihrem gemieteten Lieferwagen, nachdem sie die Motorräder ordnungsgemäß hinter der Gare Marseille-Saint-Charles abgestellt hatten, dem Hauptbahnhof des Großraums Marseille.

Wenig später erstattete er seinem Vorgesetzten Bericht, wobei er mit Selbstlob nicht geizte.

»Alles in Butter, Raymond. Gute, saubere Arbeit. Keine Zeugen.«

»Und der Schaden?«, fragte Ray Prendergast.

Dave verdrehte die Augen. »Hab nicht angehalten, um ihn zu fragen, Mann! Aber Fußball wird er die nächsten Wochen nicht spielen, so viel ist sicher.«

Lord Wapping schien zufrieden zu sein, als er die Vollzugsmeldung erhielt, und eine Spur erleichtert. Eine Aufheiterung hatte er auch bitter nötig, denn die Banken machtem ihm mit ihren E-Mails schon den ganzen Tag die Hölle heiß. Sie wurden fortwährend zudringlicher und stellten ihre Fragen immer direkter: Wo bleibt unser Geld? Wir brauchen es umgehend zurück. Wapping hätte ihnen gerne mitgeteilt, dass sie es sich irgendwohin schieben sollten, aber er konnte auf die Schnelle keinen Ersatz beschaffen. Die Summe war einfach zu groß. So saß er da und brütete vor sich hin, ein Glas Champagner in der Hand. Er ging als Favorit ins Rennen um den lukrativen Küstenausbau, und er und Patrimonio taten alles, was in ihrer Macht stand, um dem Ausschuss die Arbeit zu versüßen. Dennoch hatte er das vage Gefühl, dass in diesem Rennen der Außenseiter zu gewinnen drohte, der Amerikaner und seine verdammten Strandhütten.

Früher, in der guten alten Buchmacherzeit, hatte es gewöhnlich eine Chance gegeben, Einfluss auf den Ausgang eines Rennens zu nehmen. Die Jockeys – einige zumindest – waren dafür bekannt, dass sie nichts gegen klammheimliche Zuwendungen hatten. Mit der Unterstützung eines hilfsbereiten Stallburschen konnte man dafür sorgen, dass bestimmte Pferde, hochsensible Geschöpfe, die sie waren, am Tag des Rennens außer Form waren. Somit ließ sich die Leistung eines vielversprechenden Außenseiters an den jeweiligen geschäftlichen Bedarf anpassen. Das nannte man *schmieren*.

Wapping starrte in die Schwärze des Mittelmeers, während er seinen Gedanken nachhing.

Als Sam seinen Laptop zuklappte, war es fast Mitternacht. Zu spät, um bei Elena anzuläuten, fand er. Deshalb war ihr Anruf eine angenehme Überraschung.

»Sam, ich hoffe, ich habe dich nicht aufgeweckt, aber nach dem heutigen Abend brauche ich eine kleine Aufmunterung.«

»So schlimm?«

»Schlimmer. Das Abendessen war ein einziger endloser Monolog. Danach wollte der Vorstandsvorsitzende unbedingt ins Castel tanzen gehen. Sam, was ist nur mit diesen zu kurz geratenen Männern los?«

»Was meinst du?«

»Es ist mir vorher schon ein paarmal aufgefallen. Die sind wie Schlingpflanzen. Haben ihre Hände überall.«

Das erinnerte Sam an die Geschichte, die man sich über Mickey Rooney erzählte, einen amerikanischen Schauspieler, der bekanntermaßen eine kleine Statur und eine Schwäche für große Frauen besaß. Er erzählte sie Elena. Rooney wurde bei einem Paris-Besuch einem der Bluebell Girls vorgestellt, zur damaligen Zeit eine Truppe von Revuetänzerinnen, die wegen ihrer Schönheit und klassischen Proportionen berühmt waren. Er war auf Anhieb hin und weg.

»Sie sind sensationell«, sagte er zu dem Mädchen. »Ach Gott, ich kann Ihnen gar nicht sagen, wie gerne ich Liebe mit Ihnen machen würde.«

Das Bluebell Girl blickte aus beachtlicher Höhe auf ihn herab (sie maß 1,83 Meter mit Absätzen). »Nun, falls es jemals dazu kommen sollte und ich es herausfinde, stecken Sie in ernsthaften Schwierigkeiten.«

Elena lachte. »Danke, Sam. Das habe ich jetzt gebraucht. Zum Glück muss unser Klient morgen Nachmittag in Berlin sein. Wir haben am Vormittag noch eine kurze Besprechung, aber dann nichts wie weg. Kann es kaum erwarten.«

12. Kapitel

Philippe öffnete mühsam ein verquollenes Auge und zuckte zusammen. Er hatte keine Ahnung, wo er war. Alles war grell und weiß, und er blinzelte. Ein Schatten beugte sich über ihn.

»Wie fühlen wir uns?« Das musste eine Krankenschwester sein, jetzt sah er ihre weiße Tracht. Ihre Stimme hatte den optimistisch forschen Unterton, den Krankenschwestern anschlagen, wenn sie sicher sein können, dass der Patient zumindest nicht im Verlauf ihrer Schicht das Zeitliche segnet.

Philippe sann über die Frage nach. Er fühlte sich leicht unwirklich, doch zugleich behaglich, entspannt und schmerzfrei, beinahe euphorisch. Er schenkte der barmherzigen Samariterin ein Lächeln. »Wir fühlen uns prächtig.«

»Das sind die Schmerzmittel. Sie hatten einen schweren Unfall, aber Glück im Unglück. Sie sind mit einem Laternenpfosten zusammengeprallt.«

»Oh, das war sicher unbeabsichtigt. Darf ich fragen, was der Laternenpfahl mit mir angestellt hat?«

»Nichts, er hat Sie davor bewahrt, über den Rand der Corniche hinauszuschliddern und im Abgrund zu landen. Sie haben mehrere gebrochene Rippen, etliche Platzwunden und ein blaues Auge davongetragen, das ist alles.«

»Das ist alles?«

»Es hätte wesentlich schlimmer kommen können; Monsieur Davin. Trinken Sie das. Dr. Joel wird in ein paar Minuten nach Ihnen sehen. Auf dem Nachttisch neben Ihnen steht ein Telefon, falls Sie jemanden benachrichtigen möchten.«

Philippe rief Mimi an, die in Tränen ausbrach, Mimi rief Elena an, und bis Dr. Joel gekommen und gegangen war, hatten sich die beiden mitsamt Sam an seinem Krankenbett eingefunden.

»*Mon pauvre garçon!*« Mimi begrüßte Philippe mit einem Kuss auf die Nasenspitze. Ihre Phase der Rührung war außerordentlich kurz, sie schaltete sogleich auf den Kritische-Vorhaltungen-Modus um. »Was um Himmels willen ist passiert? Warst du …?« Sie ballte die Faust und führte den gestreckten Daumen zum Mund, eine klassische Geste der Franzosen, die in aller Kürze besagt, dass jemand zu heftig dem Alkohol zugesprochen hat.

Philippe schüttelte vorsichtig den Kopf. »Ich habe keinen einzige Tropfen getrunken, ehrlich – nicht einmal ein Glas Rosé. Zwei Motorräder haben mich in den Schwitzkasten genommen, eins vorne, das andere hinten. Und dann, paf!, ein Tritt ins Knie, und schon flog ich in hohem Bogen vom Roller. Ich bin sicher, da waren Profis am Werk, aber weiß der Teufel, was das Ganze sollte. Ein Raubüberfall war das mit Sicherheit nicht, denn bei mir gibt es nichts zu holen; vielleicht haben sich die zwei nur einen kleinen Spaß erlaubt.«

»Würdest du sie wiedererkennen?«

Ein weiterer behutsamer Versuch, den Kopf zu schütteln. »Beim besten Willen nicht. Sie trugen Sturzhelme mit heruntergeklapptem Visier.«

Sam runzelte die Stirn. Nach seiner Erfahrung verstanden Profis keinen Spaß. Diese beiden hatten es ernst gemeint und Philippe eine Lektion erteilen, ihn vielleicht sogar umbringen wollen. Aber warum? Wer hatte einen Vorteil davon, wenn der Journalist außer Gefecht gesetzt war? Es dauerte nicht lange, bis er zu der naheliegenden Schlussfolgerung gelangte. »Wann erscheint der Artikel mit dem Zelt?«

»Morgen«, erwiderte Mimi. »Der Verleger fand ihn spitze.« Sie klang stolz wie eine Mutter, deren Kind gerade einen Einser nach Hause gebracht hatte.

»Das kann also nicht der Grund gewesen sein«, meinte Sam. Doch dein erster Artikel wird vermutlich einigen Leuten schwer im Magen liegen – Patrimonio beispielsweise. Und du hattest Streit mit ihm auf der Cocktailparty. Trotzdem ist das kein Grund, jemanden so zuzurichten. Nein, Patrimonio war es nicht; es muss Wapping sein. Er steckt mit Patrimonio unter einer Decke und hat versucht, dich zu bestechen, um dich mundtot zu machen. Er muss der Drahtzieher hinter dem Ganzen sein.«

Philippe blickte Sam mit seinem unversehrten Auge an. »Ja, das leuchtet mir ein. Und ich sage dir noch was: Da ihn schon der erste Artikel in Rage versetzt hat, kriegt er morgen einen Herzinfarkt, wenn er sieht, wie ich mit dem zweiten noch eins draufgesetzt habe.« Er wandte sich an Mimi und grinste. »Glaubst du, dass mir die Zeitung einen Leibwächter spendiert?«

»Ich habe eine bessere Idee«, warf Sam ein. »Ich denke, du solltest von der Bildfläche verschwinden.«

»Sam, du hast zu viele Krimis gelesen. Abgesehen davon lasse ich mich von diesem *connard* nicht von der Arbeit abhalten.«

»Das verlangt ja auch keiner. Du arbeitest nur nicht mehr in deinem Büro, zu Hause oder wo du dich sonst noch herumgetrieben hast, denn da sitzt du für Wappings Schlägertrupp auf dem Präsentierteller. Du tauchst ab. Und ziehst bei uns ein.«

Sam hob die Hand, bevor Philippe Einwände erheben konnte. »Ein idealer Schlupfwinkel. Es gibt dort Platz genug. Das Haus liegt abgeschieden und ist vor Blicken geschützt; sicherer könnte es nirgendwo sein. Ein Wagen mit Chauffeur steht zur Verfügung, wann immer du einen fahrbaren Untersatz brauchst, und abgesehen von uns beiden würden sich eine Haushälterin und ein Hausmädchen um dich kümmern. Wie ich bereits sagte, ein perfektes Versteck. Also keine Widerrede. Wann können wir dich von hier wegbringen?«

Sam und Mimi suchten Dr. Joel auf, der sich zunächst überrascht, ja verärgert zeigte, bis er sich endlich einverstanden erklärte, Philippe vorzeitig zu entlassen. Unter der Bedingung allerdings, dass eine Krankenschwester jeden Tag kam, nach ihm sah und die Verbände wechselte. Olivier, der Fahrer, holte sie am Eingang der Klinik ab, während Mimi loszog, um ein paar Anziehsachen aus Philippes Apartment zu packen. Zu dem Zeitpunkt, als sich die braven Bürger von Marseille an den Mittagstisch setzten, passierte Olivier mit seinen Fahrgästen das zweiflügelige Eingangstor, das zum Haus auf den Klippen führte.

»Seltsam«, sagte Philippe. »Ich glaube, ich kenne das Haus.« Er nickte ein oder zwei Mal, während er sich umschaute. »Ich bin mir sogar sicher, dass ich es kenne. Vor ein paar Jahren – es muss zur Zeit der Nachrichtenflaute gewesen sein – hat die Zeitung einen groß aufgemachten Sonderbericht über die Residenzen der Reichen und Berühmten von Marseille gebracht. Dieses Anwesen war auch darunter. Es gehörte Reboul, bevor er *Le Pharo* kaufte. Vielleicht befindet es sich noch heute in seinem Besitz.« Er blickte Sam mit einer Miene an, die infolge seines blauen Auges grimmig wirkte. »Wie bist du ausgerechnet an dieses Objekt gekommen?«

Sam fühlte sich schon seit Tagen unbehaglich, weil er Philippe die Verbindung zu Reboul verheimlicht hatte. Er beschloss, dass es an der Zeit war, ihm reinen Wein einzuschenken. »Wir müssen uns unterhalten«, erklärte er. »Aber nicht mit leerem Magen. Das ist eine lange Geschichte. Warten wir bis nach dem Mittagessen damit.«

Doch der Zeitraum war für Philippe leider zu lang, wie sich zeigte. Als Mann, der unbedingt seinen Mittagsschlaf brauchte, hatte er schon beim Nachtisch Mühe, die Augen offen zu halten. Überdies waren die Schmerzen seiner gebrochenen Rippen heftiger geworden, da die Wirkung der Medikamente nachließ. Erst in den frühen Abendstunden, der *l'heure du pastis,* fanden sich alle auf der Terrasse ein. Sam sammelte seine Gedanken und erzählte von Anfang an.

Philippe lauschte gebannt. Eine spannende Story, die Teil einer anderen, vorausgegangenen Geschichte war, und er erklärte sich nur mit dem größten Widerstreben einverstanden, Rebouls Namen in dem Artikel, den er darüber zu schreiben gedachte, mit keiner Silbe zu erwähnen.

Für den Augenblick zumindest. »Sobald das Ganze vorbei ist, bekommst du ein Interview mit Reboul, das garantiere ich dir. Exklusiv. Also was ist? Abgemacht?«

»Abgemacht.« Philippe besiegelte den Handel mit einem Handschlag.

»Ich bin sicher, der Mann wird dir gefallen.«

Philippe schüttelte den Kopf und grinste. »Ich habe noch nie einen Exklusivbericht über jemanden verfasst, der mir nicht gefiel.«

Am Morgen darauf erschien Philippes Artikel in *La Provence:* Er nahm die komplette Titelseite und den größten Teil der dritten Seite ein.

Philippe selbst genoss ein paar Augenblicke lang das Gefühl eines bescheidenen Erfolgs. Ausnahmsweise verspürte er nicht das geringste Bedürfnis, den Artikel umzuschreiben, als er ihn gedruckt vor sich sah. Der Ton war sachlich informativ und prägnant, angereichert mit geistreichen Aperçus; dem Bericht über die Eleganz und den künstlerischen Rang des Zeltes am Strand fehlten nur noch ein paar barbusige Sonnenanbeterinnen, um Saint-Tropez Konkurrenz zu machen. So weit, so gut. Sehr gut, besser gesagt!

Sam spähte Philippe beim Lesen über die Schulter. »Das ist nicht zu übersehen«, erklärte er. »Aber ich fürchte, auf die Weihnachtskarte von Patrimonio wirst du dieses Jahr verzichten müssen.«

In der Tat hatte Jérôme Patrimonio für die stilistische Sorgfalt des Artikels keinerlei Sinn. Er hatte ihm nicht nur das Frühstück verdorben, sondern gleich den ganzen Vormittag. Die Ausschussmitglieder riefen einer nach dem anderen an, um ihre Meinung zum Ausdruck zu bringen, und sie waren fast ausnahmslos positiv. »Wie schön, zur Abwechslung mal ein wenig Einfallsreichtum zu sehen«, lautete mehr als ein Kommentar. Andere begrüßten den »frischen Wind«. Die einzige leise Kritik stammte vom ältesten Mitglied des Ausschusses, einem Veteranen im Amt, der die achtzig überschritten hatte und sich beklagte, dass mit keiner Silbe das stille Örtchen erwähnt worden sei, ein Thema, das für ihn von besonderem Interesse sei. Doch unter dem Strich wurde Sams Konzept mit Enthusiasmus begrüßt.

Patrimonios Anruf bei Wapping war kurz, laut und feindselig.

»Ich dachte, Sie hätten verspochen, sich um diesen *salaud* von einem Journalisten zu kümmern?«

Wapping war es nicht gewöhnt, angeschrien zu werden, und reagierte ungehalten. »Wovon reden Sie überhaupt? Die Jungs haben ihn gestern Abend schachmatt gesetzt.«

»Haben Sie die Morgenausgabe der Zeitung noch nicht gesehen?«, fragte Patrimonio ungläubig.

»Warum? Was ist damit?«

»*C'est une catastrophe.* Rufen Sie mich an, sobald Sie einen Blick hineingeworfen haben.« Mühsam verkniff er sich die Bemerkung, dass er sich einen guten Übersetzer beschaffen sollte.

Elena eilte aus dem Schlafzimmer und drehte eine Pirouette, sodass Sam ihr Kleid bewundern konnte – sommerlich, federleicht und beinahe durchsichtig. »Das Warten hat sich gelohnt«, sagte er anerkennend. »Und wie. Bist du fertig?«

Er hatte versprochen, Elenas Rückkehr aus Paris mit einem Mittagessen am Meer zu feiern. Doch leider musste er zuerst noch etwas Geschäftliches erledigen: ein Rendezvous mit Gaston am Strand, wo im Rahmen der Vorbereitungen für die Präsentation das Zelt aufgestellt wurde.

Gaston entdeckte sie gleich bei ihrer Ankunft und watschelte über den Sand, um sie zu begrüßen. Inzwischen war Sam an den endlosen Schwall Galanterien gewöhnt, die Elena bei französischen Männern auslöste, und Gaston stellte in dieser Hinsicht keine Ausnahme dar. Elenas Hand mit seinen beiden Pranken umfassend, hob er sie an seine Lippen wie ein Verdurstender, der nach dem rettenden Wasser greift. Während eine Hand sich weiter an ihre klammerte, begann die andere, sich langsam und kaum merklich am Arm hochzutasten, was zweifellos noch eine Weile so weitergegangen wäre, wenn Elena nicht gekichert hätte.

»Was für eine entzückende Überraschung«, sagte Gaston zur Begrüßung. »Ich hatte nur Sam erwartet.« Und mit einem Augenzwinkern, das Elena galt, fügte er hinzu: »Kommen Sie doch mit in mein Zelt.«

Beim Eintreten war Sam verblüfft über das warme, goldene Licht, das die Sonne durch den Filter der weißen Leinwand verbreitete. Wenn die Präsentation wie geplant in den frühen Abendstunden stattfinden konnte, würde sich künstliches Licht erübrigen. »Sobald der Fußboden installiert ist, wird das Zelt sehr einladend wirken«, erklärte er. »Aber was ist, wenn irgendwelche Passanten vorbeischauen und die Gelegenheit nutzen, um hier drinnen eine Party zu feiern?«

»Keine Sorge. Ich habe für Wachen gesorgt – zwei Muskelmänner, Jules und Jim, und zwei Rottweiler. Sie werden jede Nacht auf ihrem Posten sein.« Gaston führte sie zur gegenüberliegenden Seite des Zeltes. »Hier sollte meiner Meinung nach die Bar stehen. Sehen Sie? Wenn Sie sich umdrehen und dort hinten durch den Eingang schauen, können Sie den Sonnenuntergang beobachten, während Sie Champagner schlürfen. Was könnte ansprechender sein?«

Während der von Gaston geführten Besichtigungstour entspannte sich Sam. Sämtliche Details waren berücksichtigt worden. Für jede Kleinigkeit schien gesorgt – angefangen von der Größe der Bar über die Positionierung des Konferenztisches, der Stühle, Notizblöcke und Stifte bis zur Bereitstellung des Stroms – alles war durchdacht und organisiert. Es gab sogar ein kleines, aber elegantes *cabinet de toilette,* das sich kaum sichtbar in geraumer Entfernung hinter dem Zelt verbarg.

Gaston winkte ab, als Sam ihm gratulierte. »*C'est normal,* mein Freund. Und nun muss ich Sie leider verlassen, auch wenn es mir das Herz bricht, Mademoiselle *au revoir* zu sagen.

Ich bin mit meinem Freund, dem Bürgermeister, zu einer Geschäftsbesprechung beim Mittagessen verabredet.«

Zurück auf der Corniche blieben sie stehen, damit Elena ihre Schuhe ausziehen und den Sand ausschütteln konnte. »Was hältst du von unserem neuen Komplizen?«, fragte Sam.

»Gaston? Er ist süß. Ich habe Hunger. Wie weit ist es noch bis zum Restaurant?«

»Nur ein Stück die Straße entlang.«

Das Hotel Peron gehört zu den Etablissements, von denen man in kalten, dunklen Wintermonaten träumt. An einem felsigen Küstenabschnitt unterhalb der Corniche ein Stück erhöht über dem Meer gelegen, bietet es eine wundervolle Aussicht. Das urbane Gewirr der Kräne, Gebäude und Stromleitungen bleibt dem Auge des Betrachters verborgen, und der Blick kann sich ungetrübt entfalten, geht auf das glitzernde Meer hinaus, dessen Oberfläche sich von Zeit zu Zeit durch den Sog eines gelegentlich vorbeifahrenden kleinen Bootes kräuselt. In der Ferne ragt das Miniaturarchipel der Frioul-Inseln auf, graugrün während der Mittagszeit, mit purpurfarbener Tönung bei Sonnenuntergang. Und wenn man es schafft, sich von diesem Panorama loszureißen, ist der Blick in die Speisekarte des Restaurants nicht minder verlockend – fangfrische Fische jedweder Art von einem der besten Küchenchefs der Küste zubereitet.

Elena und Sam, die sich vorkamen, als hätten sie den festen Boden unter den Füßen gegen das Deck eines geräumigen, unbeweglichen Schiffes eingetauscht, folgten der Platzanweiserin zur Ecke der Terrasse. Der laute Schwall englischer Worte, der von einer großen Gästeschar ganz in ihrer Nähe zu ihnen herüberdrang, bekundete Lord Wappings Anwesenheit, der an seinem üblichen Tisch saß, umgeben von den üblichen

Hofschranzen. Die Gruppe verstummte, als Sam und Elena vorübergingen. Sam nickte Wapping kurz zu, der das Nicken wohlwollend erwiderte und sich umdrehte, um sie mit boshaften Blicken zu verfolgen, bis sie ihren Tisch erreichten.

»Was für ein hübsches Mädchen, findest du nicht auch, Darling?«, sagte Annabel. »Obwohl vielleicht nicht ganz dein Typ – sie ist ein bisschen zu … ethnisch für dich, würde ich sagen, mit ihrer verdächtig dunklen Haut und dem Wust schwarzer Haare. Du ziehst uns englische Rosen vor, habe ich recht?« Wapping gab ein Knurren von sich, am anderen Ende des Tisches ertönte ein Lachen, und dann wurde die Unterhaltung wiederaufgenommen.

Nach dem ersten eisgekühlten Schluck Cassis wandten Sam und Elena ihre Aufmerksamkeit der Speisekarte zu, auf der es, wie Elena entdeckte, vor exotischen Namen nur so wimmelte, die sie in Los Angeles noch nie zu Gesicht bekommen hatte: *pagre* und *rascasse, rouget* und *daurade*. Dann blieb ihr Blick an der *Véritable bouillabaisse de Marseille* hängen, der legendären »goldenen Fischsuppe«.

»Hast du die schon mal probiert, Sam?«

»Als ich das letzte Mal in Marseille war, mit Philippe. Er ist süchtig nach Bouillabaisse – er hat mir während des gesamten Essens davon vorgeschwärmt. Sie ist gut. Ein bisschen reichhaltig, aber gut.«

»Reichhaltig – was genau enthält sie?«

»So gut wie alles, was im Mittelmeer schwimmt: Petersfisch, Meeraal, Drachenkopf, Knurrhahn und einiges mehr. Außerdem Tomaten, Kartoffeln, Zwiebeln, Knoblauch, Safran, Olivenöl, Petersilie. Und dazu gibt es natürlich *rouille* – eine Art dicke, würzige Mayonnaise mit noch mehr Knoblauch, noch mehr Safran, noch mehr Olivenöl und scharfem Chili. Dazu isst man hauchdünne Scheiben getoastetes Baguette. Oh, und man braucht natürlich eine überdimensionale Serviette, um sich von Kopf bis Fuß abzudecken. Du musst sie unbedingt probieren. Sie wird dir schmecken.«

Elena war sich nicht allzu sicher. »Nun ...«

»Ich habe vergessen, eine nette Zugabe zu erwähnen. Wenn man sie zum ersten Mal isst, hat man einen Wunsch frei.«

»Wirst du mich auch dann noch unwiderstehlich finden, wenn ich nach Knoblauch stinke?«

»Ich esse das Gleiche. Dann stinken wir gemeinsam.«

Mit der galanten Unterstützung des Kellners platzierte Elena die Serviette so, dass sie hoffen konnte, vor Fettflecken der *rouille* halbwegs sicher zu sein, und beobachtete aufmerksam, wie die Ingredienzien der Fischsuppe vor ihr ausgebreitet wurden.

»Wenn du gestattest.« Sam nahm eine kleine Scheibe Baguette, bestrich sie dick mit der dunkelroten *rouille* und tunkte sie in die Suppe, bis das Brot weich und gründlich durchfeuchtet war. »Bist du bereit?«

Elena beugte sich vor, öffnete den Mund und schloss die Augen.

Sie kaute, sie schluckte, riss die Augen weit auf. »Mmmm«, stöhnte sie. »Mehr.«

Ein geringfügiger Nachteil der Bouillabaisse besteht darin, dass sie die konzentrierte Aufmerksamkeit des Schlemmers erfordert, oft in einem Ausmaß, das selbst einfaches Sprechen erschwert, ganz zu schweigen vom Hin und Her einer angeregten Unterhaltung. Und so verlief der erste Teil der Mahlzeit in einer Stille, die nur von leisen genüsslichen Lauten unterbrochen wurde. Erst als die Überreste abgeräumt und frische Servietten gebracht worden waren, konnten sie sich zurücklehnen und wieder miteinander sprechen.

Sam war der Erste, der das zufriedene Schweigen brach.
»Hast du dir etwas gewünscht?«

»Jetzt? Ich glaube, mein Wunsch wäre hierzubleiben, weit weg von der Versicherungsbranche, schlitzohrigen Kunden, aufgeblasenen Firmenchefs, endlosen Besprechungen, dem Smog von L. A., den Mittagessen am Schreibtisch – mit anderen Worten, weit weg vom realen Leben.« Sie legte die Speisekarte auf den Tisch, die sie studiert hatte, und schmunzelte. »Aber für den Augenblick gebe ich mich mit der schwarzweißen-Eiscreme zufrieden.«

Sie ließen das Schlemmermahl mit einem Kaffee ausklingen und beobachteten die Möwen, die auf der Suche nach Speiseresten im Tiefflug über die Terrasse schwirrten. Ein langer sonniger Nachmittag lag vor ihnen und es galt, die Vorteile eines Bootsausflugs zu den *calanques* mit dem Reiz des Swimmingpools zu vergleichen, als Sams Handy klingelte.

Das wirkliche Leben meldete sich zu Wort, in Gestalt von Jérôme Patrimonios Sekretärin. Sie erklärte, es sei unumgänglich, dass Sam *umgehend* zu einem dringenden und wichtigen Gespräch mit Monsieur Patrimonio in dessen Büro erscheine. Sam schüttelte seufzend den Kopf, als er das Telefonat beendete. Vermutlich hatte er beim Ausfüllen der schier endlosen Dokumente, die mit dem Angebot vorgelegt werden mussten, einen Punkt auf dem *i* oder einen Querbalken im *t* vergessen.

Doch als er in Patrimonios Büro stand, merkte Sam rasch, dass dem mächtigen Mann eindeutig dringlichere Angelegenheiten durch den Kopf gingen. Sam hatte kaum Platz genommen, als Patrimonio auch schon seine Manschetten zurechtzupfte und einen geschäftsmäßigen Ton anschlug.

»Diese Zeltgeschichte«, sagte er. »Ich fürchte, sie ist unannehmbar. Völlig unannehmbar. Wir können nicht zulassen, dass öffentliche Plätze in Marseille für die Förderung kommerzieller Interessen genutzt werden.«

»Warum nicht? Hier handelt es sich immerhin um ein Erschließungsprojekt, das der Stadt und ihren Bewohnern zugutekommt.«

»Das mag sein. Aber Sie müssen zugeben, dass Sie versuchen, sich einen unfairen Vorteil gegenüber den beiden anderen Bewerbern zu verschaffen.«

»Ich dachte, das sei das A und O im Geschäftsleben. Wie auch immer, niemand hindert sie daran, andere öffentliche Plätze für ihre Präsentation zu nutzen – das Fußballstadion beispielsweise. Oder La Veille Charité, die Sie selbst gewählt haben, wenn ich Sie daran erinnern darf.«

Patrimonio zupfte seine Manschetten so vehement zurecht, dass er Gefahr lief, sich die Hemdsärmel abzureißen. »Das ist etwas völlig anderes. Und Sie haben es vorgezogen, einen wichtigen Punkt zu ignorieren: die offiziellen Genehmigungen.« Er lehnte sich auf seinem Stuhl zurück und nickte mit großem Nachdruck, als hätte er soeben einen klaren Sieg für sich verbucht. »Ohne meine Genehmigung wird nichts aus Ihrem Plan. *Point final.* Und jetzt entschuldigen Sie mich bitte, ich habe noch eine weitere Besprechung.«

Sam widerstand der Versuchung, im Gegenzug seine eigenen Manschetten zurechtzuzupfen, um anzudeuten, dass er ebenfalls bereit war, die Klingen zu kreuzen. »Sie haben mir keine Gelegenheit gegeben, Sie darauf aufmerksam zu machen«, sagte er betont ruhig und gelassen. »Aber ich habe eine Genehmigung. Vom Bürgermeister. Ihrem Boss.«

13. Kapitel

»Das glaube ich nicht. Er besitzt eine Genehmigung vom Bürgermeister? Haben Sie das überprüft?« Lord Wapping nahm seine halb gerauchte Zigarre – eine Cohiba, wie er den Leuten gerne erklärte, fünfzehn Pfund pro Stück – und zermalmte sie im Aschenbecher.

»Es stimmt«, antwortete Patrimonio. »Ich bedaure unendlich, doch dagegen kann ich nichts tun.«

»Wie üblich, verlixt noch mal. Und ich dachte, Sie hätten alles im Griff. Aber nein! Zuerst der Journalist und jetzt das! Was ist mit dem Bürgermeister? Ist er käuflich?«

Patrimonio dachte an dessen makellosen beruflichen Werdegang, an dessen fortwährende Bemühungen, die Anzahl der Straftaten zu verringern, dessen Verachtung gegenüber jedweder Form der Korruption. »Ich denke, es wäre höchst unklug, beim Bürgermeister irgendetwas in dieser Richtung auch nur zu versuchen. Das würde unsere Chancen auf Anhieb zunichtemachen.«

»Was ist mit dieser anderen Örtlichkeit? Haben Sie das wenigstens geregelt?«

»Selbstverständlich. Kein Problem.«

»Na, das ist doch eine erfreuliche Abwechslung, einmal zu hören, dass etwas geklappt hat.« Wapping legte auf und versuchte, die kläglichen Überreste der Zigarre wieder anzuzünden. Sobald ihm die Nachricht von dem Zelt am Strand zu Ohren gekommen war, hatte er Patrimonio beauftragt, einen gleichermaßen ausgefallenen Ort für die Präsentation zu suchen, und ein frisch renovierter Getreidesilo in der Nähe des Hafens kam in die engere Wahl. Diese Location war vielleicht nicht so publikumswirksam wie das Zelt, aber immer noch besser als der Konferenzraum eines Hotels in Marseille, wo heute Nachmittag das Pariser Team die Präsentation abhalten wollte.

Seine Lordschaft zermarterte sich das Gehirn. Die Zeit wurde langsam knapp, genau wie die Ausreden, mit denen er die Banken hinzuhalten versuchte. Hier konnten nur noch drastische Mittel helfen. Er zitierte Ray Prendergast zu sich und sprach die Situation mit ihm durch.

Der Anwalt hörte zu und nickte, glich mehr denn je einem effizienten Berater. »Was wir hier vor uns haben, Billy«, sagte er schließlich, als Wapping sein Klagelied beendet hatte, »ist eine Chance, das gewohnte Schubladendenken zu überwinden. Also, wann genau findet Levitts Präsentation statt? Übermorgen, richtig? Folglich bleibt keine Zeit, noch einmal ganz von vorne anzufangen, falls ein unliebsamer Zwischenfall eintreten sollte.«

»Bei wem?«

»Nicht bei wem, Billy. Dieses Mal ist Einfallsreichtum gefragt. Ich dachte eher an die gute alte Naturkatastrophe – Brian und Dave, plus eine Schachtel Streichhölzer. Er geht sehr unachtsam mit Streichhölzern um, unser guter Dave. Heutzutage gerät so leicht etwas in Brand wie in unserer guten englischen Guy-Fawks-Nacht mit den ganzen Feuerwerkskörpern. Hoppla, das Zelt geht in Flammen auf, und das war's mit der Präsentation.«

Die Idee sagte Wapping auf Anhieb zu. Ohne viel Federlesen, einfach und bedrohlich, wie einige der Nummern, die er in seinem früheren Leben abgezogen hatte. Abgesehen davon war die Zeit knapp, und es gab kaum andere Optionen. Er nickte. »In Ordnung, Ray. Wir versuchen es. Warte aber bis zur letzten Minute – bis morgen Nacht. Der Typ darf keine Gelegenheit haben, ein anderes Zelt aufzutreiben.«

Zusätzlich zu seinen anderen Pflichten hatte Gaston die Aufgabe erhalten, einen Dolmetscher zu finden, der Sam bei der Präsentation zur Seite stehen sollte. Die meisten Ausschussmitglieder sprachen Englisch, doch Sam legte Wert darauf, dass niemandem wichtige Einzelheiten entgingen.

Zwei weibliche Kandidaten hatten Gastons Selektionsprozess überstanden, und Sam hatte alles vorbereitet, um ihnen auf den Zahn zu fühlen. Elena leistete ihm Gesellschaft, mehr aus Neugierde, denn aus Pflichtgefühl, um die beiden hoffnungsvollen Anwärterinnen auf den Job willkommen zu heißen. Die Erste war eine junge Französin in den Zwanzigern, Mademoiselle Silvestre, und es war auf Anhieb klar, warum Gaston sie in die engere Wahl gezogen hatte. Trotz des schwarzen Kostüms und Attachékofferchens umgab sie mehr als ein Hauch Schlafzimmer, ein Eindruck, der noch unterstrichen wurde von ihrem Parfum, der Höhe ihrer Absätze und der ausgefeilten Art, den Rock zurechtzurücken und die Beine übereinanderzuschlagen, nachdem sie Platz genommen hatte.

Sam schluckte und begann seine Liste mit den Fragen durchzugehen. Ja, sie sei zweisprachig, ja, sie sei am Abend der Präsentation verfügbar. Als er wissen wollte, woher ihre guten Englischkenntnisse stammten, lächelte sie.

»Vielleicht möchten Sie ja einen Blick auf meinen Lebenslauf werfen«, sagte sie, was weniger nach einer Frage als vielmehr nach einer Aufforderung klang, sich persönlich von ihren vielfältigen Talenten zu überzeugen. Sie holte die Unterlagen aus ihrem Attachéköfferchen und beugte sich vor, um sie Sam zu überreichen, wobei sie ihm eine Kostprobe ihres Parfums, das seine Sinne benebelte, und Einblick in ein Dekolleté gewährte, das alles andere als geschäftsmäßig war.

»Sieht gut aus«, sagte er. »Ich werde mich in Ruhe damit befassen und Ihnen Bescheid geben.«

Elena kehrte zurück, nachdem sie die Kandidatin höchstpersönlich hinausbegleitet hatte. »Das ist genau die Sorte Mädchen, die sich einem Mann auf den Schoß setzen, um ein Diktat aufzunehmen«, erklärte sie. Ihre Stimme klang etwas höher und lauter als gewöhnlich.

»Woher willst du das denn wissen?«

Elena rümpfte die Nase. »Frauen wissen so etwas eben. Kandidatin Nummer zwei ist soeben gekommen. Sie sieht aus, als wäre sie *wesentlich* besser geeignet.«

Miss Perkins, die sich durch eine majestätische Haltung und ein gewisses Alter auszeichnete, hatte zwanzig Jahre lang in der Verbindungsstelle des britischen Konsulats in Marseille gearbeitet, bevor dieses geschlossen wurde. Sie trug eine gestärkte weiße Bluse, die am Hals mit einer Kameenbrosche geschlossen war, und dazu einen Rock und Schuhe, die man als vernünftig beschreiben würde. Sie hatte das Vorstellungsgespräch von Anfang an fest im Griff.

»Ziehen Sie es vor, die Unterhaltung in Englisch oder Französisch zu führen?«, fragte sie. Ich könnte mir vorstellen, dass Sie sich wohler fühlen, wenn wir Englisch reden.«

»Sie haben recht. Dann machen wir das. Ich nehme an, Gaston hat Ihnen erklärt, was wir brauchen? Der Stadtplanungsausschuss spricht alles andere als fließend Englisch, und ich möchte eine Präsentation abliefern, die so klar und professionell wie möglich ist. Das wird sich unbezweifelt auf die Entscheidung auswirken.«

Miss Perkins rosiges Gesicht nahm eine schmerzliche Miene an. »Bitte verzeihen Sie mir, wenn ich Sie berichtige, aber es heißt nicht unbezweifelt, sondern unzweifelhaft. Ich fürchte, das ist einer der vielen unseligen Fehlgriffe unserer amerikanischen Freunde, genau wie der beharrlich falsche Gebrauch des Wörtchens ›hoffentlich‹.« Ein gewinnendes Lächeln nahm ihren Worten den Stachel. »Und nun, Mr Levitt, brauche ich den Text Ihrer Präsentation, damit ich eine schriftliche Übersetzung anfertigen kann, die wir den Mitgliedern des Ausschusses zukommen lassen. Das ist doch hoffentlich möglich?«

»Selbstverständlich, Miss Perkins.«

Sie hob ihre dralle Hand. »Bitte nennen Sie mich Daphne, mein Lieber. Schließlich werden wir ja zusammen arbeiten.«

Dieses Mal gesellte sich Sam zu Elena, um Miss Perkins hinauszubegleiten, sich zu überzeugen, dass sie unbeschadet ihre Sardinenbüchse von einem Auto bestieg, einen klassischen 2CV, und diesem nachzuschauen, wie er klappernd durch das Tor verschwand.

»Du hattest recht«, sagte Sam. »Sie ist wesentlich besser geeignet. Ich hatte nicht die geringste Chance. Sie hat einfach die Führung übernommen, wogegen ich im Prinzip nichts einzuwenden habe. Du weißt ja, wie sehr ich starke Frauen verehre.«

Elena verdrehte die Augen, schwieg jedoch.

Sie gingen ins Haus zurück, wo Philippe seine Rippen festhielt und auf und ab marschierte, nachdem er mit seinem Handy telefoniert hatte. Als er sich zu ihnen umwandte, sahen sie, dass sein blaues Auge inzwischen eine marmorierte gelbliche Färbung annahm. »Das war Étienne«, sagte er. »Mein Kontakt im Polizeipräsidium. Er hat mir einen Gefallen getan und die Einträge der letzten Tage im

Dienstbuch durchforstet. Zwei Motorräder wurden am Abend, als man mich angefahren hat, als gestohlen gemeldet – das deutet auf die Arbeit von Profis hin. Sie benutzen nie ihre eigenen fahrbaren Untersätze. Hier, schaut euch das mal an.« Er klappte seinen Laptop auf und übersetzte den Text ins Englische.

Die Schlagzeile, die auf dem Bildschirm erschien, verlieh dem Artikel einen dramatischen Auftakt: DEM TOD AUF DER CORNICHE UM HAARESBREITE ENTRONNEN; der Zusammenstoß wurde sehr detailliert geschildert und die Schlussfolgerung gezogen, dass hier geschickte Profis am Werk gewesen waren. Was dann kam, war reine Spekulation. Philippe hatte Wert darauf gelegt, keine Namen zu nennen, und sich auf die Fragen beschränkt: Warum war das Ganze ausgerechnet zu diesem Zeitpunkt passiert? Wer steckte dahinter? Welche Motive hatten die Drahtzieher? Und am Ende folgten einige aufrüttelnde Worte, dass ein Angriff auf einen Journalisten mit einem Angriff auf die Pressefreiheit gleichzusetzen sei.

»Na? Was haltet ihr davon?« Philippe klappte den Laptop zu und tätschelte ihn. »Könntet ihr wohl bitte ein Kopfbild von mir machen, bevor das Auge ausgeheilt ist, so ähnlich wie die Verbrecherfotos? Würde gut zu dem Artikel passen.«

Elena schüttelte den Kopf. »Ich weiß nicht, Philippe. Bist du sicher? Was diese Typen abziehen, ist kein Spiel.«

»Ich denke, Philippe hat ganz recht«, entgegnete Sam. »Damit dürfen sie nicht ungestraft davonkommen. Falls Wapping dahintersteckt, und da können wir uns ziemlich sicher sein, wird er in wenigen Tagen nach England zurückkehren: auf Nimmerwiedersehen. Solange Philippe hierbleibt, befindet er sich in Sicherheit. Und wer weiß? Vielleicht sorgt diese Form der öffentlichen Aufmerksamkeit dafür, dass Wapping sich benimmt. Vielleicht ist damit sogar der Polizei geholfen.«

Elena holte ihre Kamera und fotografierte Philippe, der vor einer schmucklosen weißen Wand posierte und sein Bestes tat, um grimmig und verunstaltet auszusehen. Sam begutachtete das Bild auf dem winzigen Display der Kamera, dann zeigte er es Philippe. »Toll. Du siehst aus wie eine Leiche. Sag den Jungs von der Zeitung, dass sie ja nichts retuschieren.«

Reboul war von seiner kurzen Geschäftsreise, die ihn nach London geführt hatte, zurückgekehrt. Sams Anruf wurde mit einem lang anhaltenden Stöhnen beantwortet, dass Freud oder Leid bedeuten konnte, bevor Reboul seiner Stimme wieder mächtig war. »Tut mir leid, Sam. Ich werde gerade durchgeknetet, und sie hat Daumen aus Stahl, diese Masseurin.«

»Wie war die Reise?«

»Ein wenig seltsam. Es gab Zeiten, da dachte ich, ich wäre noch in Frankreich. Sie wissen ja, heute leben zwischen drei- und vierhunderttausend Franzosen in London. In South Kensington ist eine Art Edelghetto entstanden, La Vallée des Grenouilles genannt – das Froschtal – und Teile von London sehen genauso aus wie Paris bei schlechtem Wetter. Wie sich die Welt verändert hat! Und nun erzählen Sie – was gibt es Neues?«

Reboul hörte schweigend zu, als Sam ihm einen Bericht über die Ereignisse der letzten Tag lieferte, wobei die Unterredung mit Patrimonio ihn besonders zu belustigen schien. Er unterbrach ihn nur mit einem gelegentlich gemurmelten *»très bien«*, bis Sam auf das Thema Philippe zu sprechen kam.

»Sie meinen, Sie haben ihm alles erzählt? Diesem Journalisten? Ist er verschwiegen? Die meisten haben keine Ahnung, was das bedeutet!«

»Er hat mir zugesichert, dass er Ihren Namen heraushält bis zu Ihrem Auftritt als Geldgeber und Retter in der Not. Ich kenne ihn. Er ist auf unserer Seite, dafür lege ich meine Hand ins Feuer. Vertrauen Sie mir.«

Sam legte auf und betete insgeheim, dass Philippe wirklich zu seinem Wort stand. Er wusste, wie schwer es ihm fallen würde, das instinktive Bedürfnis des Journalisten zu unterdrücken, eine Nachricht als Erster herauszubringen, aber er war sicher, dass Philippe eine Ausnahme war, ein ehrenwerter Mann.

Ein weiteres Telefonat folgte, dieses Mal mit Miss Perkins. Ob sie auch alles habe, was sie für die Präsentation benötige? Sie versicherte ihm, dass er sich keinerlei Sorgen zu machen brauche.

»Ich bin mit der Übersetzung Ihres Vortrags schon fast fertig, mein Lieber. Sehr schön, trotz der einen oder anderen merkwürdigen Redewendung und Phrase – wie ›Lebensstil‹ und so weiter. Aber das ist verzeihlich, schließlich sind Sie ja Amerikaner. Wie auch immer, morgen früh steht alles zur Verfügung, um gedruckt und gebunden zu werden. Das Ganze ist ziemlich aufregend, finden Sie nicht auch? Glauben Sie, es wäre hilfreich, wenn ich zur Präsentation käme nur für den Fall, dass es mit den Franzosen Schwierigkeiten gibt?«

»Daphne, ich würde nicht im Traum daran denken, ohne Ihre Unterstützung auszukommen.«

»Sehr gut, mein Lieber. Dann bis morgen. Ich werde gegen Mittag mit den Präsentationsunterlagen bei Ihnen sein. Und nun ab ins Bett, damit Sie morgen ausgeschlafen sind.«

So viel dominante Fürsorge hatte er seit seinem letzten Jugendherbergsaufenthalt nicht mehr genossen.

Es war drei Uhr morgens, und Brian und Dave fiel es nicht schwer, direkt über dem Strand einen Parkplatz für ihr Leihauto zu finden. Ohne sich von ihren Sitzen erheben zu müssen, konnten sie das Zelt in einer Entfernung von weniger als fünfzig Metern erkennen in dem schwachen Licht, das von der Promenade auf den Strand schien.

»Glaubst du, dass jemand da drinnen Wache schiebt?«

»Könnte sein. Vermutlich irgendein alter Knacker«, meinte Dave.

»Angenommen, er horcht an der Matratze?«

»Aber nicht mehr lange, richtig? Wir fangen in der dunklen Ecke an. Dann hat er Zeit, stiften zu gehen. Na dann. Los geht's.«

Sie stiegen aus und hielten nach beiden Seiten der menschenleeren Corniche Ausschau, bevor sie den Kofferraum öffneten und ihm zwei Kerosinkanister und zwei Gasfeuerzeuge entnahmen. Einen Augenblick später marschierten sie die Stufen zum Strand hinunter und schlichen lautlos durch den Sand. Sie wollten gerade zu beiden Seiten des Zeltes ausschwärmen, als Brian wie angewurzelt stehen blieb. Er drehte sich zu Dave um, nahe genug, um zu flüstern.

»Was ist das für ein Lärm?«

Sie standen reglos in der Dunkelheit, lauschten angespannt. Aus dem Innern des Zeltes war ein leises, fortwährendes Grollen zu vernehmen.

»Die haben da drinnen einen Generator aufgestellt«, mutmaßte Dave. Aber sicher war er sich dieser Deutung nicht.

Das Grollen verstärkte sich, als die Zeltklappe aufgestoßen wurde und zwei dunkle Umrisse auf dem Strand erschienen.

»Verdammter Mist.« Dave war so überrascht, dass er vergaß zu flüstern. Die beiden Schatten hörten das Geräusch und liefen auf die nicht angekündigten Gäste zu, argwöhnisch und lautlos. Es waren Rottweiler, wie Dave und Brian jetzt erkannten. Die Engländer verzichteten auf eine eingehende strategische Beratung, ließen reflexhaft die Kanister fallen und rannten zur Treppe, weg vom Strand, nur um festzustellen, dass die Hunde einen Bogen um sie geschlagen und ihnen den Fluchtweg abgeschnitten hatten. Von dieser Kriegslist überrascht, traten die beiden Männer eilends den Rückweg an. Die Rottweiler folgten ihnen in Richtung Meer, und zwar so wild entschlossen und diszipliniert wie Hütehunde auf Patrouille, deren Aufgabe darin besteht, ihre Herde zusammenhalten.

»Kennst du dich mit Hunden aus, Dave? Können die schwimmen?«

Die Hunde wurden schneller und als sie näher kamen, bleckten sie die Zähne, beeindruckende Reißzähne, die im Mondlicht funkelten. Brian und Dave verloren keine Zeit mit anatomischen Betrachtungen. Sie drehten sich um und stürzten sich ins Wasser, wo sie eine eiskalte geschlagene halbe Stunde damit beschäftigt waren, so viel Abstand wie möglich zwischen sich und die Hunde zu legen. Sie hatten doch nur ein Feuer legen wollen, und nun mussten sie schwimmen, als würden sie morgen das Fahrtenschwimmerzeichen nachholen.

Jules, dessen Beschäftigung darin bestand, Nachtwache zu halten, pfiff die Rottweiler zurück und belohnte sie mit je einem Keks. Auf seinem Rundgang um das Zelt entdeckte er die Kanister. Vielleicht befanden sich Fingerabdrücke darauf. Aber zum Teufel damit, die würden nicht über Nacht verschwinden. Er streckte sich und gähnte. Es reichte, morgen früh die Polizei anzurufen.

Für Lord Wapping begann der Tag zu früh und mit einem Missklang, denn nichts anderes bedeutete der Besuch von Brian und Dave. Völlig durchnässt und mit schamroten Gesichtern mussten sie ihm ein Scheitern auf ganzer Linie beichten. Der Lord bekam das Gefühl, von Helfern umgeben zu sein, die ihren Aufträgen nicht gewachsen zu sein schienen. Es dauerte nicht lange, bis die nächste Hiobsbotschaft eintraf. Ray Prendergast hatte eine E-Mail von Hoffman und Myers erhalten, der Privatbank, die Wappings größter Gläubiger war, und so kurz diese Botschaft war, so unfreundlich war sie auch.

»Sie sind stinksauer, Billy. Und nicht nur das. Sie schicken zwei von ihren Handlangern nach Marseille, um nach dem Rechten zu sehen, ›infolge der unbefriedigenden Reaktion auf unsere bisherigen Kommunikationsbemühungen.‹ Sagen sie zumindest.«

»Diese Halsabschneider!«, klagte Wapping. »Wie soll ein Mensch auf anständige Weise seinen Lebensunterhalt verdienen, wenn sie ihm dauernd ins Handwerk pfuschen? Haben sie auch gesagt, wann die Typen auftauchen?«

»Das könnte sich als kleines Problem erweisen, Billy. Sie werden morgen auf der Matte stehen, wenn wir sie nicht hinhalten können.«

Wapping stand von seinem Schreibtisch auf und marschierte zum nächsten Bullauge. In drei Tagen sollte seine Präsentation stattfinden, und seine einzige Chance bestand darin, die Banker so lange in Schach zu halten, bis er dieses Event erfolgreich hinter sich gebracht hatte. Er blickte aufs Meer hinaus, das so flach wie ein Brett war. Die Sonne schien, und kein Lüftchen regte sich: der perfekte Tag für eine Vergnügungsfahrt.

Er wandte sich wieder Prendergast zu. »Also gut. Schick ihnen eine E-Mail. Sag ihnen, dass ich für ein paar Tage auf

See und nicht erreichbar bin. Bedauern, beste Grüße, den ganzen Quatsch. Und sag Tiny, er soll das Boot startklar machen, und zwar so schnell wie möglich, okay?«

»Wohin fahren wir denn, Darling?«, ließ sich Annabel vernehmen, die nie einer offenen Tür und der Gelegenheit widerstehen konnte, eine geschäftliche Besprechung zu belauschen. Sie war auf der Schwelle erschienen, nur mit einem Handtuch bekleidet, die Haare noch nass vom Pool. »Dürfte ich einen klitzekleinen Wunsch äußern? Einen Abstecher nach Saint-Tropez? Sir Frank verbringt den Sommer dort und natürlich auch die Escobars aus Argentinien. Das wäre sooo ein Spaß, einfach himmlisch!«

Miss Perkins war wie versprochen mit den Präsentationsunterlagen erschienen und hatte sich einverstanden erklärt, zum Mittagessen zu bleiben. Mimi hatte sich zu Philippe gesellt, der von Tag zu Tag weniger gelbsüchtig aussah. Sam gelang es, die Grillvorrichtung zum Glühen zu bringen, Elena drehte und wendete den Salat, der Rosé kühlte netterweise vor sich hin, und die Stimmung rund um den großen Tisch unter den Pinien war heiter und zuversichtlich.

An einem herrlichen warmen Tag im Freien zu essen hatte etwas, das den Plauderer im Menschen zum Vorschein brachte. Sie lehnten sich zurück. Sie entspannten sich. Sie gingen aus sich heraus. Es wurde bald offenkundig, dass Miss Perkins einiges aus ihrer Schulzeit im Roedean-Internat zu erzählen hatte, das sie als die »heiligen Hallen des Lernens für die missratenen Töchter der gehobenen Mittelklasse« bezeichnete. Auch wusste sie die Runde mit einigen äußerst indiskreten Enthüllungen über das Leben im britischen Konsulat zu unterhalten, das keineswegs den sittlichen Anforderungen entsprach, die man gemeinhin mit einer solchen

Institution des Vereinigten Königreichs verband. Die Zeit verstrich wie im Flug, und als Sam auf die Uhr sah, stellte er überrascht fest, dass es schon halb drei war. Sie mussten aufbrechen. Die Präsentation sollte um vier beginnen.

14. Kapitel

Als Miss Perkins und Sam am Zelt eintrafen, fanden sie Jim, das zweite Mitglied von Gastons Sicherheitsteam, hinter der winzigen Bar. Er war damit beschäftigt, Gläser zu polieren. Obwohl zur Hälfte hinter einem riesigen Eiskübel verborgen, der zwei Magnumflaschen Champagner enthielt, konnte Sam erkennen, dass der Mann eine imposante Statur besaß, beinahe schon ausladend, und einen schwarzen Anzug nebst Sonnenbrille mit kohlrabenschwarzen Gläsern trug. Als er hinter der Bar hervortrat, um sie zu begrüßen, stieß Miss Perkins einen Freudenschrei aus.

»*Jim, c'est toi! Quelle bonne surprise!*«

Jim strahlte, nahm seine Sonnenbrille ab und küsste Miss Perkins hörbar auf beide Wangen.

»Ich nehme an, Sie beide kennen sich«, ließ sich Sam vernehmen.

Miss Perkins schien mit Jim um die Wette übers ganze Gesicht zu strahlen. »In der Tat, nicht wahr, Jim? Wir haben einen langen Winter über denselben Kochkurs besucht, und ich muss Ihnen sagen, dass dieser junge Mann das beste Käsesoufflé in ganz Marseille zubereitet.« Sie führte die Fingerspitzen zu ihrem Mund und küsste sie symbolisch. »Locker und zart, dafür hat er ein Händchen.« Sie eilte davon und legte den Stapel Präsentationsunterlagen auf den Tisch. »Bitte sehr.

Auf jedem Ordner steht der Name des Ausschussmitglieds. Ein personalisiertes Dokument, wie Sie es nennen würden.«

»Woher kennen Sie die Namen?«

Miss Perkins sah Sam an wie ein zurückgebliebenes Kind. »Ich habe im Stadtplanungsbüro recherchiert. Und jetzt lassen Sie uns mal überlegen. Das Projektmodell befindet sich am anderen Ende des Raumes, für jedermann sichtbar. Ich nehme an, dass wir diesen grässlichen Vorsitzenden hierher setzen müssen, an die Stirnseite des Tisches.«

»Den kennen Sie auch?«

»Ich bin ihm vor vielen Jahren im Konsulat begegnet, als er noch ein *blutiger* Anfänger war. Aber schon damals ein eitler Fatzke, der sein Mäntelchen nach dem Wind hängte, durchtrieben bis zum Geht nicht mehr. Dem sollte man besser nicht über den Weg trauen, mein Lieber, lassen Sie sich das gesagt sein!«

Jim hatte sich am Eingang postiert, um zeitig eintreffende Gäste in Empfang zu nehmen, und Sam machte eine letzte Runde durch das Zelt, das im goldenen Schein des gefilterten Sonnenlichts frisch, professionell und einladend wirkte. Er spürte, wie ihn eine Welle der Hoffnung durchflutete. Natürlich würde Patrimonio querschießen, das war unvermeidlich, aber er war zuversichtlich, dass sich unter den Ausschussmitgliedern der eine oder andere befand, der sich als aufgeschlossen erwies. Jammerschade, dass Reboul nicht zugegen sein konnte.

Kurz nach vier trafen die ersten Mitglieder des Ausschusses ein, die sich nur der Form halber gegen ein Glas Champagner als Begrüßungstrunk sträubten. Um Viertel nach zwei saßen alle sieben auf ihren Plätzen rund um den Tisch, ein jeder mit einem Glas Champagner und einer Kopie der Präsentationsunterlagen vor sich. Die Atmosphäre lockerte sich zusehends.

Der Stuhl des Vorsitzenden blieb noch weitere zehn Minuten verdächtig leer, und Sam erwog gerade, die Geduld der Anwesenden mit einer weiteren Champagnerzuteilung zu belohnen, als am Eingang des Zeltes Unruhe entstand. Es war Patrimonio, der seine Manschetten zurechtzupfte, sich die Haare glättete und verkündete, er sei durch ein ungemein wichtiges Telefonat aufgehalten worden. Er trug heute Schwarz – einen Seidenanzug mit weißem Hemd und einer nüchternen blau gestreiften Krawatte.

Damit lenkte er unverzüglich die Aufmerksamkeit von Miss Perkins auf sich. »Ich kann nicht glauben, dass er Eton-Absolvent war«, flüsterte sie Sam zu. »Aber er trägt eindeutig eine Krawatte der *Old Etonians*.« Sie rümpfte die Nase. »Schmückt sich mit fremden Federn, dieser anmaßende Wicht!«

Da Patrimonio endlich Platz genommen hatte, konnte die Präsentation beginnen. Miss Perkins hielt eine kurze Begrüßungsrede in exzellentem Französisch, erklärte den Zweck der Dokumente und bat die Ausschussmitglieder, die Hand zu heben, falls sie Sams Ausführungen nicht zu folgen vermochten.

Als Sam begann, erinnerte er sich an den Rat, den ihm einer seiner alten Partner erteilt hatte, mit dem er vor vielen Jahren auf dem Gebiet des Gesellschaftsrechts zusammengearbeitet hatte. »Mach es nicht zu kompliziert. Sag den Leuten klipp und klar, was du sagen willst. Sag es. Und dann sag noch einmal, was du ihnen gesagt hast.«

Er bekam binnen kürzester Zeit das Gefühl, dass ihm die Zuhörer gewogen waren, und er täuschte sich nicht. Am Tag zuvor hatten sie die Präsentation von Madame Dumas und ihrem Team aus Paris über sich ergehen lassen müssen, die sie mehrere Stunden lang mit Prognosen, Durchführbarkeitsstudien, Kostenvoranschlägen, Kostenanalysen, Tabellen, Diagrammen und Belegungsstatistiken für die geplanten Bettenburgen bombardierten. Sams Präsentation war das genaue Gegenteil: einfach und leicht verständlich, eine angenehme Abwechslung, wozu zweifellos auch das gelegentliche Nachfüllen der Champagnergläser beitrug. Wenn man sich am Tisch umschaute, schien es, als ob einige Ausschussmitglieder die Veranstaltung geradezu genossen.

Mit einer Ausnahme. Der Vorsitzende trug während Sams gesamter Rede eine hölzerne Miene zur Schau, lehnte den Champagner ab, gab gelegentlich einen hörbaren Seufzer von sich und blickte ständig auf seine Uhr. Doch er war der Erste, der sich zu Wort meldete, als Sam geendet und erklärt hatte, dass Fragen willkommen seien.

Patrimonio stand auf, räusperte sich und feuerte seine verbalen Geschosse ab. »In Marseille ist die Anzahl der Grundstücke, wie wir alle wissen, sehr begrenzt, vor allem mit Meerblick. Und dennoch haben wir hier ein Projekt, das diese grundlegende Tatsache ignoriert. Wir müssen feststellen, dass eine außerordentlich groß bemessene Fläche einem völlig unwichtigen Gartenbereich und einem Hafen von zweifelhafter Bedeutung vorbehalten sein soll. Das ist schon schlimm genug. Aber noch schlimmer ist, dass wir durch die Beschränkung der Gebäude auf drei Stockwerke wertvollen Luftraum verschwenden, was ich nur als unverantwortlich bezeichnen kann. Erschließungsvorhaben dieser Art mögen in Amerika annehmbar sein«, Patrimonio deutete mit einer ruckhaften Kopfbewegung auf Sam, »wo es Grund und Boden in beinahe unbegrenzter Menge gibt, doch hier gilt es, die Einschränkungen zu berücksichtigen, die uns die lokalen Ressourcen auferlegen. Wir können uns keine horizontale Expansion mehr leisten. Der Weg nach vorne führt nach oben.« Er hielt inne und nickte, als sei er hochzufrieden mit seinem kleinen

Bonmot. »Ja, der Weg nach vorne führt nach oben. Ich bin sicher, meine Kollegen werden mir zustimmen.« Und damit blickte er sich suchend am Tisch um und runzelte die Stirn, während er wartete: wenn schon nicht auf Beifall, dann zumindest auf Unterstützung.

Sam unterbrach die peinliche Stille, indem er die Vorteile seines Konzepts wiederholte, dass es nämlich nicht auf Touristen abziele, sondern prinzipiell den Bewohnern von Marseille Wohnraum und Lebensqualität böte. Sein Mut zur Wiederholung hatte zur Folge, dass einige am Tisch beifällig nickten.

Patrimonios Miene verfinsterte sich. »Ich hoffe, Sie entschuldigen mich nun. Ich habe noch eine weitere Besprechung. Ich werde später mit den Ausschussmitgliedern darüber reden.«

Als Patrimonio das Weite gesucht hatte, hellte sich die Stimmung im Zelt schlagartig auf. Nachdem eine neuerliche Runde Champagner ausgeschenkt war, wurde die Atmosphäre regelrecht heiter, und es dauerte fast eine Stunde, bis das letzte Ausschussmitglied aufbrach.

Miss Perkins hatte die Stunde genutzt, um sich mit verschiedenen Ausschussmitgliedern zu unterhalten. »Nun, mein Lieber, Sie können zufrieden sein«, lautete ihr Resümee. »Die Präsentation lief hervorragend, abgesehen vom Beitrag des Vorsitzenden. Aber ich denke, darüber sollten Sie sich nicht den Kopf zerbrechen. Soweit ich gehört habe, gibt es nur eine Gegenstimme, nämlich seine. Die Kommentare, die mir zu Ohren gekommen sind, waren alle außerordentlich positiv. Hat Mr Patrimonio eine Menge Einfluss?«

»Bleibt abzuwarten. Bei ihm kann man das nie genau sagen. Doch ich schätze, er wird dem einen oder anderen die Daumenschrauben anlegen.«

Miss Perkins tätschelte seine Hand. »Keine Bange, mein Lieber. Er ist nicht sonderlich beliebt, wissen Sie. Das konnte man den Bemerkungen entnehmen, die hier und da fielen. Wir sollten uns entspannen; Sie kennen sicher das Zitat von Charles Péguy: ›Nur durch die Hoffnung bleibt alles bereit, immer wieder neu zu beginnen.‹«

Die *Floating Pound,* die zwei Liegeplätze für sich einnahm, ankerte mit dem Heck voraus am Kai von Saint-Tropez, damit die Passanten das prächtige Achterdeck bewundern und – natürlich aus sicherer Entfernung – das Zelebrieren der Cocktailstunde an Bord beobachten konnten.

Annabel hatte den größten Teil der kurzen Schiffsreise von Marseille aus am Telefon verbracht, um eine Party aus dem Stegreif zu organisieren, und es war ihr gelungen, eine gemischte Truppe von in Frankreich lebenden Engländern und Urlaubern an Bord zusammenzutreiben. Man konnte sie leicht anhand ihres Teints unterscheiden: bei Ersteren war die Haut braun und ledrig, bei Letzteren herrschten diverse Schattierungen vor, angefangen von hellrosa bis rot. Es war, als würden sie sich als Versuchspersonen für eine Studie über Hautkrebsrisiken bewerben. Was sie verband, war die Vorliebe für weiße Kleidung und ins Auge fallenden Goldschmuck. Dass sie keine Franzosen waren, hätte jeder Beobachter schon aus weiter Entfernung gesehen.

»Schätzchen!« »Süße!« »Es ist *Ewigkeiten* her!« »Du siehst *fabelhaft* aus! Dieses Botox ist ein echtes Wundermittel, wie man sieht!« »Himmlisch!« »Mhm!« Und so ging es weiter, die übliche Tonspur eines Sommers in Saint-Tropez.

Lord Wapping, der nach einem langen, Champagner-induzierten Mittagsschläfchen seine gute Laune wiedergefunden hatte, durchforstete seine Garderobe, bis er endlich ein Outfit fand, das der Gelegenheit angemessen schien: einen wogenden Kaftan in Weiß (mit Glanzlichtern aus Goldbrokat), der ihm, wenn man Annabel Glauben schenken durfte, das Aussehen eines römischen Imperators in seiner besten Sonntagstoga verlieh. Er machte die Runde unter seinen Gästen, imposant und ausladend wie ein Zelt, und fing gerade an, seine Sorgen zu vergessen und sich zu amüsieren, als das Läuten seines Handys aus den inneren Stoffschichten des Kaftans ertönte.

Es war Patrimonio, und zwar ein hochgradig erregter Patrimonio, mit beunruhigenden Neuigkeiten. Nach der Präsentation am Nachmittag hatte er sich kurz mit den Mitgliedern seines Ausschusses in Verbindung gesetzt. Sie waren beinahe einhellig begeistert von dem Vorschlag des Amerikaners Levitt, und Patrimonio hatte das vage Gefühl, dass einige ihre Entscheidung bereits getroffen hatten.

»Scheiße!« Wappings Gäste erstarrten mitten in ihrem Klatsch und Tratsch, als sie dieses Wort in übertriebener Lautstärke vernehmen mussten. Wapping begab sich schleunigst außer Hörweite. »Sie haben doch behauptet, Sie hätten sie in der Tasche?«

»Ihre Präsentation steht immer noch aus, vergessen Sie das nicht. Und wenn Sie etwas Besonderes bieten könnten...«

Wappings Angebote der besonderen Art beschränkten sich gewöhnlich auf Bestechung oder Nötigung, doch er sah ein, dass die Anwendung roher Gewalt bei allen sieben Ausschussmitgliedern angesichts der Kürze der Zeit jeder realistischen Grundlage entbehrte. »Was würde eine Sinnesänderung kosten?«

Einen Moment lang herrschte Schweigen, während Patrimonio die Möglichkeit von Schmiergeldern en gros überdachte. »Das ist eine Sache, die Fingerspitzengefühl erfordert«, sagte er schließlich. »Selbst wenn einige Ausschussmitglieder sich darauf einlassen würden – wenn das jemals ruchbar würde und der Bürgermeister Wind davon bekäme ... Nein, ich denke, auf diesen Versuch sollten wir es gar nicht erst ankommen lassen.«

»Eine tolle Hilfe sind Sie mir! Benutzen Sie ihren Kopf, Mann – es muss doch etwas geben, um ihn aus dem Rennen zu werfen.«

Patrimonio seufzte. »Falls der Amerikaner überredet werden könnte, sein Angebot zurückzuziehen, befänden wir uns natürlich in einer wesentlich stärkeren Position.«

Wapping überließ seine Gäste ihren eigenen müßigen Vergnügungen und suchte sich ein ruhiges Plätzchen auf dem Oberdeck. Er musste nachdenken.

Reboul hörte mit beträchtlicher Zufriedenheit zu, als Sam ihm den Ablauf der Präsentation schilderte. »Das war alles, was Patrimonio von sich gegeben hat, diese unsinnige Bemerkung über den Mangel an Grundstücken? Keine Unterbrechungen? Keine Kommentare, während Sie die Einzelheiten geschildert haben? Nun, das klingt, als hätte es gar nicht besser laufen können. Gratuliere, mein Freund, aber noch eine kurze Warnung: Patrimonio und Wapping – das ist ein gefährliches Gespann, das nicht kampflos aufgeben wird. Bleiben Sie wachsam. Doch genug damit. Sie müssen diesen erfolgreichen Nachmittag unbedingt feiern und die entzückende Mademoiselle Elena zum Abendessen ausführen.«

Sie übertrugen Mimi die Aufgabe, sich um Philippe zu kümmern, und machten sich, seinem Rat folgend, auf den Weg ins Chez Marco, ein Bistro hinter dem Vieux Port, das ein wenig abseits lag. Am Eingang blieben sie stehen, um einen Blick auf die Speisekarte zu werfen, obwohl sie sich die Mühe hätten sparen können. Bei Marco gab es nur *steack* mit *frites* oder *steack* ohne *frites,* plus Salat, wahlweise. Das war alles.

Dennoch war fast jeder Tisch besetzt, das Ambiente lebhaft und angenehm, und der Kellner verliebte sich auf Anhieb in sie, als ihm Sams Akzent zu Ohren kam. Er betete die Amerikaner an, wie er gestand: Er hatte drei Monate in einem Restaurant im Herzen von New York gearbeitet, wo ihn die Großzügigkeit der Trinkgelder mit ehrfürchtigem Staunen erfüllt, ja geradezu umgehauen hatte. *Époustouflé!* Er nahm ihre Bestellung auf und brachte ihnen eine Karaffe Rotwein.

Der Wein war weich, vollmundig und erstaunlich gut. Die Steaks waren saftig und perfekt zubereitet, die *Pommes Frites* ein Gaumenschmaus für den Kenner. Doch die Krönung des Ganzen war der Salat, wie Elena fand. »Ein gutes Restaurant erkennt man an seinem Dressing«, erklärte sie. »Und das hier ist köstlich. Sie haben genau die richtig Menge Balsamico-Essig verwendet.«

Sam wurde bewusst, dass sie dank Philippe auf ein kleines Juwel gestoßen waren, ein Restaurant mit einer begrenzten Auswahl an Gerichten, aber auf höchstem Niveau und zu altmodischen Preisen. Laut Philippe gab es in Frankreich früher überall solche einfachen kleinen Restaurants wie dieses; inzwischen waren sie dünn gesät, ausgerottet durch die Invasion der Fast-Food-Ketten. Doch Chez Marco schien sich in seiner Marktnische ganz gut zu behaupten. Eine Traube von Gästen wartete an der abgenutzten Zinkbar, und sobald die Tische frei wurden, waren sie auch schon wieder besetzt. Der Spaßfaktor war groß, die Schar der Ober wendig und der Patron hinter der Bar, Marco höchstpersönlich, teilte mit einem breiten Grinsen, das Zahnlücken erkennen ließ, Pastis, Scherze und Beleidigungen aus.

Elena benutzte ihr Brot, um den letzten Tropfen Dressing von ihrem Teller zu wischen. »Weißt du, was ich an diesem Lokal so toll finde, abgesehen vom Essen? Es ist authentisch.

Niemand hat es nach allen Regeln der Kunst entworfen. Ein Dekorateur würde vermutlich einen Herzinfarkt erleiden, aber das Konzept hat sich bewährt. Glaubst du, dass es hier so etwas wie Desserts gibt?«

Es gab. Auch hier beschränkte sich die Auswahl auf ein einziges Panna cotta, hausgemacht von Marcos italienischem Ehegespons und in einem dickwandigen Glas serviert, ein Traum in Weiß aus Schlagsahne und Vanille, der auf der Zunge zerging, unter einer halb flüssigen Karamellschicht verborgen. Elena kostete den ersten Löffel und seufzte vor Wonne. »Himmlisch.«

15. Kapitel

Das Mittelmeer glich einer schwarzen Glasscheibe – flach und unbewegt unter einem wolkenlosen Himmel, der von einer Mondsichel erhellt wurde, als die *Floating Pound* langsam und vorsichtig den Hafen von Saint-Tropez verließ und nach Westen abdrehte mit Kurs auf Marseille.

Lord Wapping hatte das Gefühl, es sei angeraten zurückzukehren, um die Verwirklichung einer Idee zu überwachen, die in seinem Kopf Gestalt anzunehmen begann. Er durfte keinen Augenblick mehr verlieren. Seine Gäste hatte er in aller Eile verabschiedet und die Gangway hinunterkomplimentiert, sehr zum Missfallen von Annabel, die keinerlei Bedürfnis verspürte, Saint-Tropez zu verlassen, das sie als ihre spirituelle Heimat während der Sommermonate betrachtete.

»Ich bin völlig *am Boden zerstört,* Darling«, jammerte sie und bewies einmal mehr ihre Fähigkeit, gleichzeitig einen Flunsch zu ziehen und zu plappern. »Die Forsyths – du weißt schon, Fiona und Dickie – haben zum Abendessen einen Tisch im Byblos reserviert, und im Anschluss wollten sie tanzen gehen. Und nun das! Wie furchtbar, furchtbar langweilig. *Müssen* wir unbedingt zurück?«

Wapping grunzte. »Da ist was im Busch.« Er fügte eine unschätzbar wertvolle Floskel hinzu in dem Wissen, dass sie jede weitere Diskussion schlagartig beendete. »Was Geschäftliches.«

Die Erfahrung hatte ihn gelehrt, dass in Annabels Kopf das Wort »Geschäft« ein Synonym für Cartier, Dior, Vuitton und all die anderen absolut unerlässlichen kleinen Dinge im Leben war, die nach einem erfolgreichen Geschäftsabschluss auf sie warteten. Und deshalb war für sie alles zweitrangig, wenn es ums Geschäft ging. Sie fügte sich klaglos, um sich in Gesellschaft von Tiny de Salis eine Dosis Mitleid und ein tröstliches Glas Champagner zu Gemüte zu führen, während Wapping sich in seiner luxuriösen Eignerkabine seinen einsamen Grübeleien hingab.

Die Präsentation seines Projekts stand unmittelbar bevor. Ein erfolgreiches Ergebnis würde ihm die Banken vom Hals schaffen und seine Kriegskasse mit einigen Millionen füllen. Die Präsentation der Pariser, mit großem Elan von Patrimonio sabotiert, hatte den Ausschuss wenig beeindruckt. Blieb der Amerikaner, ein echtes Problem. Patrimonios Worte klangen noch in ihm nach: »Falls der Amerikaner überredet werden könnte, sein Angebot zurückzuziehen, würden wir uns natürlich in einer wesentlich stärkeren Position befinden.«

Natürlich, was sonst! Aber wie? Er zog erneut seine beiden alten Lieblingsstrategien in Betracht, Bestechung und Gewalt, verwarf sie jedoch. Der Amerikaner war drauf und dran, mit seinem Projekt mehr Geld zu verdienen als das größte Schmiergeld, das er ihm bieten konnte, klamm wie er war. Und jede Form der Nötigung, die nicht mit Mord und Totschlag endete, versprach wenig Aussicht auf Erfolg. Wie auch immer, um wirkungsvoll und glaubhaft zu sein, musste der Rückzug aus freien Stücken erfolgen, von dem Amerikaner selbst ausgehen. Lord Wapping starrte durch das Bullauge, trank den letzten Schluck Cognac, Jahrgang 1936, und ließ seine Gedanken zu der noch unausgegorenen Idee zurückschweifen, die ihm nach Patrimonios Anruf gekommen war.

Je mehr er darüber nachdachte, desto besser erschien sie ihm. Und bis zu dem Zeitpunkt, als er sich schließlich für den eisigen Empfang in der Kabine gerüstet hatte, die er mit Annabel teilte, fühlte er sich erheblich zuversichtlicher.

Am darauffolgenden Morgen, wieder an ihrer alten Stelle in der Baie du Grand Soufre vertäut, hatte sich die *Floating Pound* von ihrer Talfahrt erholt und dümpelte wieder in ruhigen Gewässern vor sich hin. Lord Wapping war beim Frühstück sichtlich aufgeräumt. Annabel vergaß ihren Missmut angesichts der Aussicht auf einen voll finanzierten Streifzug durch die edelsten Boutiquen in Marseille, gefolgt von einem Mittagessen im Peron.

Ray Prendergast hatte die atmosphärischen Veränderungen an Bord mit einem soliden englischen Frühstück gefeiert, bestehend aus Würstchen, Schinkenspeck, Eiern, gebackenen Bohnen und zwei dicken, fetttriefenden Scheiben Brot, in der Pfanne geröstet. Und die Besatzung, ein wenig enttäuscht nach dem flüchtigen Blick auf die wohlhabende Tugendhaftigkeit von Saint-Tropez, war über die Rückkehr nach Marseille gleichermaßen erfreut, da sich hier bessere Chancen für wohlfeile Laster aller Art boten.

Lord Wapping summte die ersten Zeilen von *My Old Man's a Dustman* vor sich hin, einem uralten Song, der ihn stets aufzumuntern pflegte, während er die erste Zigarre des Tages auswählte. Er war zuversichtlich und wohlwollend gestimmt, wie so oft nach der Lösung eines kniffligen Problems, und zitierte Ray Prendergast in seine Kabine, um ihn an seinen Gedanken teilhaben zu lassen.

»Ich denke, ich habe die Nuss geknackt, Ray – diesen verdammten Amerikaner und seine Strandhütten. Wir müssen ihn irgendwie kaltstellen, und ich weiß auch schon wie. Ich werde es dir erklären.«

Er erläuterte seine Idee, wobei sich Prendergasts Miene nach und nach veränderte, von Schock zu Zweifel und am Ende zu eingeschränkter Zustimmung. »Ein bisschen heikel, die ganze Sache, Billy, aber es könnte funktionieren. Ich werde mal ein Wörtchen mit Brian und Dave reden. Ist im Grunde ja nur eine Frage der Gelegenheit, nicht wahr? Wenn man den richtigen Augenblick abpasst, dürfte eigentlich nichts schiefgehen. Als Erstes müssen wir herausfinden, wo er wohnt. Ach ja, und noch etwas: Wir brauchen einen Arzt, einen entgegenkommenden. Du weißt, was ich meine, oder?«

Wapping nickte. »Das überlass mir.« Mit einer lässigen Handbewegung verabschiedete er Prendergast, bevor er zum Telefon griff.

»Jérôme? Ich hätte da ein paar Fragen an Sie. Ich habe über unser kleines Problem nachgedacht und muss wissen, wo unser Freund für die Dauer seines Aufenthalts in Marseille wohnt. Haben Sie seine Adresse?«

»Gewiss.« Patrimonio griff in seine Schreibtischschublade und holte einen Aktenordner hervor. »Alle Teilnehmer der Ausschreibung mussten beim Registrieren Ihre Kontaktdaten hinterlassen. Mal sehen. Ach ja, hier steht es: Chemin du Roucas Blanc. Brauchen Sie die volle Adresse und die Telefonnummer?«

Patrimonios Neugierde gewann die Oberhand, während sich Wapping Notizen machte. »Was haben Sie im Sinn?«

»Oh, mal dies, mal das, so einiges. Und hier gleich die zweite Frage: Ich brauche einen Doktor – einen fügsamen, der tut, was man ihm sagt, ohne Fragen zu stellen. Sie wissen schon.«

Es traf sich gut, dass Patrimonio bereits mehrmals die Dienste einer helfenden Hand in Anspruch genommen hatte, um die Folgen gewisser Mesalliancen mit jungen Damen abzuwenden. Er räusperte sich. »Dabei könnte ich Ihnen vielleicht behilflich sein. Was für eine Aufgabe haben Sie diesem Arzt zugedacht?«

»Jérôme, ich glaube, das wollen Sie lieber nicht wissen.«

»Natürlich nicht. Nein. Nun, ich könnte Ihnen Dr. Hoffmann empfehlen. Stammt aus Deutschland, sehr kompetent, sehr verschwiegen, sehr – wie soll ich es ausdrücken – kooperativ. Und sie spricht ausgezeichnet Englisch.

»Sie?«

»O ja. Aber keine Sorge – sie kann alles, was ein Mann auch kann. Möchten Sie, dass ich mich mit ihr in Verbindung setze?«

Wapping lächelte, als er den Hörer auflegte. Der Tag ließ sich doch besser an als erwartet.

Da die Präsentation vorüber war und die zusätzlichen Fragen der Ausschussmitglieder beantwortet waren, hatten Sam und Elena nichts weiter zu tun, als die Daumen zu drücken und auf die Entscheidung zu warten. Deshalb beschlossen sie, sich eine Pause zu gönnen und sich das *arrière-pays* anzuschauen, das Hinterland – sprich die tiefste Provinz hinter und westlich von Marseille.

Sie erkundeten die Gebirgskette der Provence, den Luberon und die Alpilles, wo Gerüchten zufolge Filmstars, hochkalibrige Politiker und Möchtegernprominente die Bergdörfer heimsuchten und sich hinter jeder hohen Steinmauer verschanzten. Sie nahmen die rosafarbenen Flamingos der Camargue, die endlose Weite und Leere der Haute-Provence, das Gewusel auf den Dorfmärkten und das Massenaufgebot der Antiquitätenhändler in Isle-sur-Sorgue in Augenschein. Unterwegs probierten sie die Weine der Provence, teils in Garagen, teils in Palästen aus dem achtzehnten Jahrhundert –

die eisgekühlte Süße des Beaumes de Venise, die berühmten Châteuneuf-du-Pape-Rotweine mit ihren komplexen Würznoten, die edlen Roséweine aus Tavel.

Und sie aßen jedes Mal gut und bisweilen erinnerungswürdig. Philippe hatte ihnen eine Liste seiner Lieblingsadressen zusammengestellt, und Elena und Sam verfielen rasch in die typisch französische Gewohnheit, die Besichtigungstouren des Tages auf ihr Bauchgefühl abzustimmen. Folglich traf man sie zur Zeit des Mittag- und Abendessens unweigerlich in der Nähe einer kleinen *auberge* oder eines ausgezeichneten Küchenchefs an.

Es überrascht wohl nicht, dass jeder Gedanke an Präsentationen und Projekte im müßigen, magischen Dunstkreis der Sonne und der gemeinsamen Entdeckungen in Vergessenheit geriet. Die Zeit schien stillzustehen. Elena befand sich in einem Zustand der Glückseligkeit, und Sam war ebenfalls euphorisch.

In der Zwischenzeit versuchte Lord Wapping, einige Meilen entfernt, in Marseille den Ausschuss mit seinem formalen Gebot zu bezirzen. Er hatte sich Frédéric Millet zur Hilfe geholt – genauer gesagt, ihn beauftragt, die Präsentation in seinem Namen zu halten – einen jungen Mann mit einwandfreien Qualifikationen, der nicht nur zweisprachig, sondern auch ein Vetter von Jérôme Patrimonio war und dazu noch den gleichen Geschmack in puncto Kleidung und Aftershave hatte.

Als Frédéric seine Schaubilder und Erklärungen herunterspulte, wurde klar, dass ihm mindesten zwei Angehörige des Ausschusses treu zur Seite standen. Wapping und Patrimonio, die beim Auftauchen jedes Schaubildes einhellig nickten und das Prozedere von Zeit zu Zeit mit beifälligem Gemurmel begleiteten. *»Bravo, bonne idée«* und *»Très bien«*

kam von Patrimonio, und »Gute Arbeit, Fred« oder »Zeig's Ihnen, Kumpel« von Wapping, der sich immer zuversichtlicher fühlte.

Kaum hatte Frédéric geendet, da sprang Patrimonio auch schon auf, um in seiner Eigenschaft als Vorsitzender eine Zusammenfassung des soeben Gehörten zu liefern. Nach dem obligatorischen Zurechtzupfen der Manschetten und dem Haareglätten ergriff er das Wort. »Als Erstes möchte ich Lord Wapping und seinem Kollegen Monsieur Millet zu dieser höchst interessanten und verständlichen Präsentation gratulieren.« Nachdem die höfliche Vorrede in aller Kürze abgehandelt war, runzelte Patrimonio die Stirn und setzte die aufrichtige, ernste und teilnahmsvolle Miene eines Verkäufers auf, der im Begriff ist, seine Kunden zu bearbeiten. »Dieses Konzept, scheint mir, erfüllt alle gestellten Anforderungen. Aus architektonischer Sicht befindet es sich auf der Höhe der Zeit, und ich sehe bereits vor mir, dass es sich in nicht allzu ferner Zukunft als epochales Wahrzeichen etabliert haben wird – ein Bauwerk mit ästhetischer Resonanz, das in hohem Ausmaß zum Prestige der Marseiller Küstenlinie beizutragen verspricht. Dazu kommt, wie Sie gehört haben, dass dieses Konzept nicht nur während der Bauphase, sondern permanent Hunderte neuer Arbeitsplätze im Rahmen der Verwaltung und Wartung der beschriebenen Einrichtungen schafft. Es ist schwierig, in allen Einzelheiten die Vorteile vorherzusagen, die sie der lokalen Wirtschaft bringen, aber man kann mit Sicherheit feststellen, dass sie sehr, sehr substanziell sind. Und lassen Sie mich noch eine letzte Bemerkung über eine Sache hinzufügen, die ich als äußerst wichtig erachte – wenn Sie so wollen eine fixe Idee, die in meinem Kopf herumschwirrt.« Er hielt inne, als wollte er dem Ausschuss die Gelegenheit bieten, sich die herumschwirrende Idee bildlich vorzustellen.

»Luftraum, meine Herren. Luftraum. Eine kostbare, oft vernachlässigte Ressource. Hier sehen wir, wie sie maximal genutzt wird, so wie es sein sollte. Ich zögere nicht, den Ausschussmitgliedern dieses Konzept wärmstens zu empfehlen.«

Später, an der Bar des Sofitel-Hotels, verglichen Wapping und Patrimonio ihre Eindrücke.

»Ziemlich trostloser Haufen, Ihr Ausschuss«, befand Wapping. »Kaum Fragen. Was halten die von dem Konzept, was meinen Sie?«

Patrimonio trank nachdenklich einen Schluck Whisky. »Sie sollten sich vor Augen halten, dass diese Leute ihren Lebensunterhalt damit verdienen, ständig zwischen den Fronten zu stehen. Wir müssen abwarten. Es dauert immer eine Weile, bis die Botschaft ankommt. Aber wir haben noch zehn Tage, bevor die endgültige Entscheidung fällt, und ich werde die Zeit nutzen, um meinen Einfluss geltend zu machen … Ein Mittagessen oder zwei, ein Glas Champagner nach Feierabend …« Patrimonio schwenkte großmütig die Hand, um die unwiderstehliche Vielfalt der Anreizmechanismen anzudeuten, über die ein Mann in seiner Position verfügte.

Wapping schwieg. Er war damit beschäftigt, über seine eigenen lobbyistischen Aktivitäten nachzudenken.

Ray Prendergast eilte die Rue de Rome entlang, bis er zu einem niedrigen weißen Gebäude gelangte, das sich in einiger Entfernung zur Straße befand. Auf einem der Messingschilder neben dem Eingang, blanker poliert als alle anderen, war der Name von Dr. Romy Hoffmann in feiner Kupferstichschrift eingraviert. Prendergast betätigte die Klingel, und die Tür sprang auf.

Dr. Hoffmanns Assistent, ein vierschrötiger Mann mit weißem Trainingsanzug und glänzendem kahlem Schädel, führte Prendergast in ein leeres, ganz in Weiß gehaltenes Wartezimmer, wo ältere Ausgaben des *Stern*-Magazins den niedrigen Tisch mit *Paris Match* und *Gala* teilten. Das Fernsehgerät in einer Ecke des Raumes zeigte einen Werbefilm, von einem Pharmakonzern gedreht, in dem zwei Frauen in eine angeregte Unterhaltung über die Wechseljahre vertieft waren.

Prendergast warf einen Blick auf seine Uhr. Er hatte den Fehler begangen, etwas übervorsichtig frühzeitig aufzubrechen, und dabei ganz vergessen, dass Pünktlichkeit seit jeher der Feind der Ärzteschaft ist. Nun wartete er geschlagene zwanzig Minuten, bevor ihn eine metallische Stimme aus dem Lautsprecher in der Ecke aufforderte, das Allerheiligste zu betreten.

Dr. Hoffmann, eine kleine, drahtige Frau in den Vierzigern, trug einen Kittel und eine Hose aus weißer Baumwolle; an ihrem Hals baumelte eine chirurgische Gesichtsmaske. Ihre dunklen Haare waren kurz geschnitten, die Augen hinter getönten Brillengläsern verborgen. Sie deutete auf den Stuhl vor ihrem Schreibtisch. »Bitte sehr. Nehmen Sie Platz. Monsieur Patrimonio hat mir Ihren Besuch bereits angekündigt. Sagen Sie mir, was Sie hierherführt.«

Ray Prendergast holte tief Luft und begann.

Für Brian und Dave war dies die letzte Chance, den Vertrauensverlust wettzumachen, das hatte Lord Wapping ihnen unmissverständlich klargemacht. Ihr Zusammentreffen mit dem Journalisten war im Großen und Ganzen erfolgreich verlaufen, aber eben nicht erfolgreich genug, um ihn daran zu hindern, sich nach dem Unfall zu einer gottverdammten Plage zu entwickeln. Und was die leidige Angelegenheit mit dem Zelt am Strand anging – je weniger Worte man darüber verlor, desto besser. Sie hatten, wie ihr Arbeitgeber es zu formulieren beliebte, die Sache ›total verbockt‹. Von Hunden ins nächtliche Mittelmeer abgedrängt worden zu sein, war zweifelsohne ein Schandfleck in ihrer bis dahin makellosen Vita als Männer fürs Grobe.

Dieses Mal durften sie sich keinen Fehler leisten. Doch wie sie nach der Einsatzbesprechung mit Prendergast einhellig erklärt hatten, war dieser neue Auftrag ganz nach ihrem Geschmack: ein wenig Detektivarbeit, ein wenig Observieren, und am Ende nur ein Hauch von Gewalt. Kein Problem. Sie mieteten einen unauffälligen Peugeot, kauften eine Straßenkarte von Marseille und machten sich eines Morgens auf den Weg in die Chemin du Roucas Blanc, wo sie in sicherer Entfernung vom schmiedeeisernen Eingangstor parkten.

Die Stunden verstrichen mit schmerzhafter Langsamkeit. Leute kamen und gingen, aber nicht die Leute, die sie interessierten. Im Peugeot wurde es unerträglich heiß, obwohl er im Schatten eines Baumes stand. Dave wäre um ein Haar in Polizeigewahrsam gelandet, als ein Bewohner ihn dabei beobachtete, wie er an einer Gartenmauer einem dringenden natürlichen Bedürfnis nachkam.

Sie lernten schnell, die Personen zu erkennen, die regelmäßig ein- und ausgingen: das Hausmädchen Nanou auf ihrer Mobylette, die Haushälterin Claudine in ihrem Fiat 500, der Chauffeur Olivier in der großen schwarzen Limousine – manchmal mit Fahrgästen, manchmal ohne. Aber kein einziges Mal sahen sie die einsame Gestalt, die sie zu sehen hofften. Ermüdende Stunden wurden zu ermüdenden Tagen; die einzige Abwechslung bestand darin, Olivier zu beschatten, wenn er von Zeit zu Zeit mit dem Wagen losfuhr, um Besorgungen in der Stadt zu machen.

An einem sonnigen Nachmittag wurde ihre Geduld schließlich durch die Ankunft eines Taxis belohnt, das Dave aus dem Mittagsschlaf riss, als es hupend am Eingang vorfuhr.

»Es ist leer«, sagte Brian. »Holt anscheinend jemanden hier ab.«

Dave richtete den Feldstecher auf das hundert Meter entfernte Tor und sah, wie das Taxi mit einem einzelnen weiblichen Fahrgast auf dem Rücksitz erschien, auf die Straße einbog und davonbrauste. »Genau. Dann mal los.«

Sie folgten dem Taxi in sicherer Entfernung den gewundenen Chemin du Roucas Blanc hinab und schlossen die Lücke, als sie das Stadtzentrum erreichten und der Verkehr dichter wurde. Sie fuhren am Vieux Port vorbei, durch eine enge Seitenstraße und kamen in der Rue Paradis heraus. Das Taxi hielt vor einer getönten Glasfassade und Brian und Dave beziehungsweise Dave und Brian sahen, wie Elena Morales ausstieg und in einem Eingang mit der Aufschrift Studio Céline Coiffure verschwand.

»Sieht so aus, als würde sie sich die Haare machen lassen«, sagte Dave. »Wäre gut, wenn man hier irgendwo parken könnte.«

Durch dauerhafte Streitigkeiten über die Frage, in welcher Richtung man suchen sollte, gelang es Brian erst nach geschlagenen zehn Minuten, den Peugeot in eine Parklücke gegenüber dem Frisörsalon zu zwängen, womit er eine Schimpfkanonade und ohrenbetäubendes Hupen unter jenen frustrierten Autofahrern auslöste, die hinter ihm im Stau standen. Ein junger Mann in einer Rostlaube von Renault streckte die Hand zum klassischen Autofahrergruß aus, den Mittelfinger erhoben. »Keine verdammten Manieren, diese Franzosen.«

»Wir bleiben ja nicht mehr lange«, erwiderte Dave. »Hast du deine Spritze?«

Brian nickte. »Und hast du auch deine?« Durch ihre jüngsten Misserfolge beunruhigt, setzten sie jetzt auf doppelte Mann- beziehungsweise Fraudeckung.

Sie warteten noch ein paar Minuten, dann stiegen sie aus, überquerten die Straßen und gaben sich den Anschein, als hätten sie etwas Faszinierendes im Schaufenster eines Herrenausstatters entdeckt, zwei Türen vom Studio Céline entfernt. In Wahrheit verwirrte sie die dort ausgestellte lässig elegante Freizeitkleidungen nur.

Als Elena in das grelle Licht der Straße hinaustrat und ihre Sonnenbrille aufsetzte, steuerte Brian, einen Stadtplan in der Hand, zielstrebig auf sie zu. »Entschulden Sie, Miss. Sprechen Sie Englisch?«, fragte er höflich.

»Selbstverständlich.«

»Könnten Sie mir eventuell weiterhelfen? Ich fürchte, ich habe mich total verlaufen. Ich müsste dorthin.« Er stellte sich neben sie, faltete den Stadtplan aus und hielt ihn hoch, damit sie einen Blick darauf werfen konnte. Elena wirkte etwas verwirrt und unschlüssig. Tatsächlich hatte sie die Entschlossenheit, mit der der Fremde auf sie zugesteuert war, merkwürdig gefunden. Sein maskenhaftes Gesicht verstärkte ihr Misstrauen. »Ich habe leider wenig Zeit ...«, begann sie. In diesem Moment trat Dave hinter sie und rammte ihr die Nadel seiner Spritze in den Bizeps des nackten Arms. Sie wollte aufschreien, aber die Wirkung des Gifts trat unverzüglich ein. Ihr Kopf sackte auf die Brust, die Knie gaben nach. Sie mussten beide zupacken, um zu verhindern, dass sie umfiel, und sie fast auf die andere Straßenseite tragen, bevor sie auf dem Rücksitz des Peugeot verstaut werden konnte. Einige Passanten starrten mit offenem Mund auf die Szenerie. Dave machte eine beschwichtigende Bewegung mit einer Hand. In Marseille würde man nie auf die Idee kommen, sich in solchen Situationen einzumischen.

Brian grinste, als er den Motor anließ. »Läuft doch prima, oder?«

»Ja«, sagte Dave. »Aber mach schnell. Ich habe den Eindruck, der alte Mann da drüben will sich unser Nummernschild einprägen.« Diese Warnung inspirierte Brian zu einem furiosen Kavaliersstart.

Sam warf einen Blick auf seine Uhr. Halb sieben, eine Zeit, in der die Mägen in ganz Marseille zu knurren begannen. Elena und er waren mit Mimi und Philippe zum Abendessen verabredet. Wo blieb sie nur? Wie lange konnte ein Frisörbesuch dauern? Oder war ein Einkaufsbummel die Ursache dafür, dass sie jedes Zeitgefühl verloren hatte?

Er rief auf ihrem Handy an, doch niemand ging ran. Er versuchte es zwanzig Minuten danach erneut und ein drittes Mal zehn Minuten später. Immer noch nichts. Um halb acht war er ausreichend beunruhigt, um sich mit Reboul in Verbindung zu setzen. Eine Stunde später rief der Mogul von Marseille zurück. »Meine Leute haben Nachforschungen bei der Polizei und in den Krankenhäusern und Kliniken angestellt. Es sind keine Meldungen über Unfälle oder Notfälle eingegangen, in die Personen verwickelt waren, auf die Elenas Beschreibung passt. Es tut mir leid, mein Freund, bisher haben wir nur Nieten gezogen. Wir versuchen es weiter.«

Sam verbrachte einen sorgenvollen Abend mit Mimi und Philippe. Sie setzten die erfolglosen Anrufe unter Elenas Handynummer fort. Philippe rief all seine Kontaktpersonen an – Informanten, Nachtschwärmer, Bar- und Clubbesitzer, einen Freund, der private Krankentransporte durchführte. Nichts. Der Abend zog sich endlos hin und drohte für Sam in eine düstere, schlaflose Nacht überzugehen.

Ermüdet vom rastlosen Hin- und Hermarschieren im Schlafzimmer und eher verzweifelt als hoffnungsvoll versuchte er abermals, Elena anzurufen. Dieses Mal ging jemand ran. Sam war erleichtert.

»Wir hatten gehofft, dass Sie sich melden.« Die Stimme am anderen Ende der Leitung klang blechern und verzerrt, wie durch eine Art Schallschutz gedämpft, und Sam spürte instinktiv, dass dieser Mann nicht in freundlicher Absicht sprach.

Er versuchte dennoch, Ruhe zu bewahren. »Wo ist Elena?«

»Oh, es geht ihr gut.«

»Ich möchte mit ihr sprechen.«

»Ich fürchte, das wird nicht möglich sein. Sie holt ein wenig Schlaf nach. Es wäre eine Schande, sie zu wecken.«

»Wo ist sie? Wer sind Sie?«

»Das sollte Sie nicht interessieren.« Der Mann räusperte sich kurz und fuhr in drohendem Tonfall fort: »Und jetzt hören Sie genau zu. Miss Morales wird unbeschadet zu Ihnen zurückkehren, sobald Sie Ihr Angebot für die Erschließung der Anse des Pêcheurs zurückgezogen haben, offiziell und bedingungslos. Suchen Sie sich jeden beliebigen Grund aus – mit Ausnahme des echten, versteht sich. Ist das klar? Sie können mich unter dieser Nummer erreichen, sobald Sie alles Erforderliche in die Wege geleitet haben. Ich empfehle Ihnen, keine Zeit zu verlieren.«

Sam schluckte: »Woher weiß ich, dass Sie Wort halten?«

»Gar nicht.«

»Warum sollte ich Ihnen glauben?«

»Vielleicht weil Ihnen nichts anderes übrigbleibt?«

Es klickte, dann war die Leitung tot.

16. Kapitel

Philippe war bereits in der Küche, stand am Fenster und trichterte sich seinen ersten Espresso ein, als Sam eintrat – ein abgespannter, unrasierter, rotäugiger Sam, der noch dieselbe Kleidung wie am Vortag trug und sein Handy umklammerte. Und doch schien er ein anderer Mensch geworden zu sein. Er schenkte sich eine Tasse Kaffee ein und setzte sich.

»Nach wie vor keine Nachricht?« Sam schüttelte den Kopf. Als er Philippe gestern Abend von dem anonymen Anruf erzählt hatte, hatte sich dieser abermals mit der Polizei, den Krankenhäusern, seinen Kontaktpersonen in der Unterwelt und den Rettungsdiensten in Verbindung gesetzt. Genau wie vorher war das Ergebnis eine Niete nach der anderen gewesen. Es war an der Zeit, der unerfreulichen Tatsache ins Gesicht zu sehen, dass der nächtliche Anrufer es ernst meinte: Elena war entführt worden.

Philippe gesellte sich zu ihm und nahm Platz. Er legte Sam den Arm um die Schulter und zuckte zusammen, als sich seine angeknacksten Rippen beschwerten. »Ich weiß, dass es hart ist, aber lass uns versuchen, logisch an die Sache heranzugehen. *D'accord?*« Sam nickte seufzend. »Das ist kein normaler Entführungsfall, in dem es um Lösegeld geht, denn niemand hat Geld von dir verlangt«, fuhr Philippe fort. »Sie waren sehr präzise, was ihre Forderungen angeht, und in welcher Form du ihnen nachkommen sollst. Hinzu kommt, dass der Typ Englisch gesprochen hat. Mit Akzent?«

»Schwer zu sagen. Seine Stimme klang verzerrt.«

»Das ist heutzutage die Norm.« Philippe schüttelte den Kopf. »*Putain* – ich rede schon wie ein Bulle. Was ich meine: Klang er wie ein waschechter Engländer oder wie ein Franzose, der Englisch spricht?«

Die Stimme hatte trotz der Verzerrung geklungen, als sei sie mit der englischen Sprache vertraut, erinnerte sich Sam. »Jetzt, wo ich darüber nachdenke, bin ich mir ziemlich sicher, dass er Engländer war. Ein Franzose hat fast immer Schwierigkeiten, die englischen Worte auszusprechen, die mit einem *h* beginnen. Der Kerl schien damit kein Problem zu haben.«

»Aha. Also, ein Engländer ruft dich an und verlangt, dass du aus dem Projekt aussteigst. Die Frage ist, wer kommt auf so eine Idee? Wer hätte dadurch einen Vorteil? Wer könnte ein Interesse daran haben? Niemand außer Wapping und Konsorten!« Philippe stand auf, um eine weitere Runde Kaffee aufzubrühen. »Folglich muss er der Drahtzieher sein.« Er blickte Sam an und zuckte die Achseln. »Das herauszufinden war der leichte Teil. Jetzt sollten wir uns mal den Kopf darüber zerbrechen, wo er Elena gefangen halten könnte. Da er Marseille nicht besondern gut kennt, wird er sie wohl kaum in irgendeiner x-beliebigen Wohnung verstecken. Ich bin mir ziemlich sicher, dass er Patrimonio nicht in ein derart krummes Ding eingeweiht hat. Dann wäre Patrimonio nämlich sein Komplize und hätte sich strafbar gemacht – viel zu riskant. Versetz dich einfach mal in Wappings Lage. Er muss ein Versteck für Elena finden, das absolut sicher, unauffällig und voll unter seiner Kontrolle ist. Was könnte das sein?«

»Sein Boot?«

»Genau. Die *Floating Pound,* wo keine Gefahr besteht, dass Unbefugte etwas sehen, was sie nicht sehen sollen. Und falls es ein Problem gibt, sticht er einfach in See. Außerdem hat er ja noch den Hubschrauber. Nehmen wir also an, dass wir den Kidnapper kennen und wissen, wo er Elena gefangen hält, dann kommen wir jetzt zum wirklich kniffligen Teil. Wir müssen uns irgendwie Zugang zum Boot verschaffen.«

»Moment mal, Philippe. Ist das nicht Sache der Polizei? Warum bringen wir sie nicht dazu, das Boot zu stürmen?«

Philippe schüttelte langsam den Kopf und holte tief Luft. »Hier unten im Süden machen wir nur ungerne Front gegen gut betuchte Ausländer. Das ist schlecht fürs Geschäft. Marseille hat ohnehin schon genug Ärger mit seinem Ruf. Aber wichtiger, wesentlich wichtiger ist, dass wir keinerlei Beweise haben, nicht einmal Indizien – keine Bandaufnahme des Anrufs, keine Zeugen, keine sachdienlichen Hinweise. Nur unsere kleine Theorie, unser Wort, das ist alles. Nichts, was vor Gericht hieb- und stichfest wäre. Und ohne eine solche Handhabe würde kein Bulle an Bord einer Privatjacht gehen.«

»Hast du nicht einen wirklich verlässlichen Kontaktmann bei der Polizei, mit dem wir reden können? Einen Polizeiinspektor?«

»Andreis? Der befindet sich im Ruhestand – hat sich nach Korsika abgesetzt und stellt Käse her.«

Sam hatte sich den ganzen Morgen verzweifelt, besorgt und frustriert gefühlt. Nun wurde er wütend. Der Gedanke, dass Elena als Druckmittel bei Verhandlungen benutzt wurde, weckte in ihm das Bedürfnis, zur Tat zu schreiten, vorzugsweise Wapping an die Gurgel zu gehen. Und mit der Wut überkam ihn ein ungeahnter Energieschub, der jede Erinnerung an die schlaflose Nacht auslöschte.

»Okay, wir müssen also das Boot inspizieren. Wenn wir nicht mit der Polizei rechnen können, müssen wir uns etwas ausdenken, um der Suche einen offiziellen Anstrich zu verleihen. Sonst lassen sie uns nicht an Bord.«

Sams Handy klingelte. Er griff ungeschickt danach – kein Wunder, denn die Nerven lagen blank. Es war Reboul, der auf gute Nachrichten hoffte. Er war entsetzt, als er vom Anruf des Entführers erfuhr. »Sam, ich weiß gar nicht, was ich sagen soll. Es ist alles meine Schuld, ich habe Sie in diesen Schlamassel gebracht. Ich möchte nur, dass Sie wissen, Sie können hundertprozentig mit mir rechnen – ich werde alles tun, was in meiner Macht steht, um zu helfen. Egal was. Was haben Sie jetzt vor?«

»Ich bin noch dabei, einen Schlachtplan auszuarbeiten. Ich sage Ihnen Bescheid, wenn ich weiß, wie es weitergehen soll.«

Während er telefonierte, hatte sich eine vom Schlaf zerzauste Mimi ihnen zugesellt. Sie ging zu Sam und umarmte ihn. »Immer noch nichts?«

Sam schüttelte den Kopf und beugte sich hinunter, um sie auf die Stirn zu küssen. Sie war glühend heiß. »Mimi, alles in Ordnung mit dir? Du glühst; hast du Fieber?«

»Oh, nichts Ernstes. Im Moment geht mal wieder irgendein Virus um. Mir geht es gut.«

Es gibt Zeiten, in denen der menschliche Verstand unwillkürlich die seltsamsten Verbindungen herstellt, und Mimis Virus erinnerte Sam an eine äußerst ungesunde Periode in der Geschichte der Stadt. »Ihr zwei kennt euch doch besser aus als ich, aber wurde Marseille im achtzehnten Jahrhundert nicht von einer riesigen Pestwelle heimgesucht? Ich meine etwas darüber gelesen zu haben.«

Philippe sah ihn verdutzt an. »Das war 1720. Als man sich noch nicht die Mühe machte, die einlaufenden Schiffe unter Quarantäne zu stellen. Tausende Einwohner starben.«

»Ich schätze, dass es inzwischen strikte Quarantänebestimmungen gibt, oder?«

»Natürlich. Vor allem heute angesichts der zahlreichen Probleme mit den illegalen Einwanderern. Warum fragst du?«

»Nun, angenommen es gäbe einen Bericht, dass auf dem Seeweg eine ansteckende Krankheit nach Marseille eingeschleppt wurde – sagen wir, auf einem Boot von der Elfenbeinküste … Würden die Behörden, die für die Quarantäne zuständig sind, angesichts einer solchen Gefahr nicht schleunigst Gesundheitskontrollen durchführen, um sicherzugehen, dass sich die Krankheit nicht ausbreitet?«

Philippe grinste zum ersten Mal an diesem Morgen. »Ich weiß schon, was jetzt kommt.«

»Eine Abordnung der Gesundheits- und Einwanderungsbehörde mit ein paar Ordnungshütern als offiziellem Geleitschutz, um alle im Ausland registrierten Schiffe zu inspizieren.«

»Angefangen bei Wappings Schiff?«

»Du sagst es. Aber in einer Nacht- und Nebelaktion, wenn niemand mit einem Besuch rechnet.«

Binnen zehn Minuten hatten sie eine »Einkaufsliste« zusammengestellt, und Sam rief Reboul an.

»Francis, wir haben da eine Idee, doch wir brauchen ein paar Kleinigkeiten, damit wir sie ernsthaft verfolgen können – ein Schnellboot der Polizei, zwei Männer, die als Polizisten durchgehen können, und ein wenig medizinisches Zubehör. Für heute Abend. Können Sie uns damit aushelfen?«

Reboul dachte einen Moment nach. »Das Schnellboot ist kein Problem. Genauso wenig wie die medizinische Ausrüstung. Was die Polizisten betrifft – ach ja, ich glaube, da habe ich genau die Richtigen für Sie. Geben Sie mir eine halbe Stunde Zeit, um alles in die Wege zu leiten; wir treffen uns in einer Stunde im Privatterminal von Marignane, ungefähr zwanzig

Kilometer von Marseille entfernt. Bringen Sie Ihren Pass mit, für alle Fälle. Unterwegs können Sie mir Ihre Idee erläutern.«

»Wohin fliegen wir?«

»Nach Korsika, mein Freund. Nach Korsika.«

Sam schüttelte den Kopf, als er auflegte. »Wie leicht das Leben sein kann, wenn man milliardenschwer ist. Sieht ganz so aus, als hätte unser Plan Chancen.«

Philippe war auf und ab marschiert, konnte seine Neugierde kaum noch zügeln. »Und? Und?«

»Reboul fliegt mit mir noch heute Morgen nach Korsika. Zu welchem Zweck genau, weiß ich allerdings nicht.« Sam ging zu Mimi hinüber, die sich in einem Sessel zusammengerollt hatte. Er küsste abermals ihre glühend heiße Stirn wie einen Glücksbringer. »Ich werde nie vergessen, dass du mich auf diese geniale Idee gebracht hast. Und jetzt nimm ein paar Aspirin und geh wieder ins Bett.«

Als Sam im Privatterminal des Flughafen von Marignane eintraf, wartete Reboul bereits auf ihn mit dem Handy am Ohr. Er beendete das Telefonat, eilte auf Sam zu und umarmte ihn. »Es tut mir so leid. Unendlich leid.«

Sam fühlte sich besser und zuversichtlicher als noch vor Stunden. Er war nicht mehr dazu verdammt, die Hände in den Schoß zu legen und zu warten; er konnte aktiv werden, und Aktivität war das beste Heilmittel bei den meisten Problemen. Er klopfte Reboul auf die Schulter. »Keine Sorge, wir werden Elena befreien. Ich bin sicher, dass es klappen wird, sobald wir unsere Polizisten gefunden haben.«

»Warten wir's ab. Lassen Sie uns an Bord gehen, dann werde ich Ihnen mehr über die beiden erzählen.«

Wieder einmal war Sam verblüfft über das Prozedere beim Einsteigen oder vielmehr den Mangel daran, wenn man mit einer Privatmaschine flog. Sie schlenderten über das Vorfeld zum Flugzeug, wo der Kopilot sie auf der obersten Stufe der Gangway begrüßte. Die Treppe wurde eingezogen, der Pilot rollte über die Startbahn, und schon hoben sie ab für die kurze Strecke nach Calvi an der Westküste Korsikas. Einsteigezeit: drei Minuten.

Der Kopilot servierte Kaffee, und Reboul begann mit der Einsatzbesprechung. Er nannte als Erstes die Namen der beiden Herren, die sie aufsuchen würden: die Figatelli-Brüder, Florian und Joseph, Flo und Jo genannt. Reboul kannte die beiden seit ihrer frühesten Kindheit, als ihr Vater Geschäftsführer eines Hotels gewesen war, an dem Reboul Mehrheitsanteile besaß. Als der Vater nach einem Jagdunfall starb, hatte Reboul die beiden jungen Männer unter seine Fittiche genommen und angeboten, ihnen ein Universitätsstudium zu finanzieren. Zum großen Missfallen ihrer Mutter und mit Rebouls rückhaltloser Billigung hatten sie sich entschlossen, ihrer Ausbildung in Las Vegas den letzten Schliff zu verleihen: an einem kleinen, handverlesenen College, wo sie einen Kurs für angehende Manager von Promihotels besuchten.

Englisch war verständlicherweise Teil des Lehrplans. Es wurden natürlich auch detaillierte Kenntnisse über die Führung eines Hotels vermittelt bis hin zur Wichtigkeit sauberer Fingernägel, der Kunst, das Trinkgeld zu erhöhen, und nicht zuletzt bezüglich der Abwehrmaßnahmen, die zu ergreifen waren, wenn ein distinguierter Gast, beispielsweise ein Senator der Vereinigten Staaten von Amerika, mit einigen lokalen Bordsteinschwalben *in flagranti* erwischt werden sollte.

Flo und Jo schlossen mit Bestnoten ab, und zur Feier des Tages erhielten sie ein T-Shirt aus schwarzer Seide, auf dem in geschmackvollen goldenen Lettern das Motto der Glücksrittermetropole eingestickt war: »Was in Vegas passiert, bleibt in Vegas.« Gerüstet für die reale Welt, kehrten sie nach Calvi zurück und übernahmen die Führung des Hotels. Sie führten es gut und konnten bald expandieren, erweiterten es mit Bars, einem Franchise-Unternehmen am Strand und ein oder zwei Firmen, die genau genommen nicht ganz legal waren.

»Aber es sind herzensgute Jungs«, erklärte Reboul. »Und ich bin sicher, dass sie ihre Aufgabe hervorragend meistern.«

»Sie müssen den Eindruck erwecken, als seien sie Teil der Ordnungsmacht, Francis. Was ist mit Uniformen?«

Reboul tippte an seine Nasenflügel. »Die besitzen sie bereits, von der Verkehrspolizei. Keine Ahnung, warum. Ich glaube es ist besser, mit ihnen die Frage nach der Herkunft der Uniformen nicht unnötig zu vertiefen.«

Die Maschine begann mit dem Landeanflug auf Calvi, als Reboul sich vorbeugte. »Über eine Sache haben wir noch nicht gesprochen, Sam. Über den Arzt, den Sie erwähnt haben. Wo können wir den finden?«

»Sie sehen ihn vor sich.«

Reboul lachte lauthals, wurde aber rasch wieder ernst: »Das geht nicht. Sie sind den Leuten schon einmal begegnet, Sam. Die kennen Sie.«

»Nicht mit steriler Maske, Schutzbrille, Arztkittel und der eng anliegenden Haube, die Chirurgen im OP tragen. Alles, was man von mir zu Gesicht bekommt, sind meine Augenbrauen.«

Reboul rieb sich gedankenvoll das Kinn. »Nun ja, mag sein. Allerdings könnte man Sie an der Stimme erkennen, an Ihrem Akzent.«

»Ich spreche kein Wort Englisch. Ich mache den Mund überhaupt nicht auf. Das erübrigt sich. Ich habe schließlich meine Geheimwaffe.

»Was soll das nun schon wieder sein?«

»Eine zweisprachige Krankenschwester.«

Calvi, der Legende nach die Geburtsstadt von Christoph Kolumbus, gehört zu den malerischsten Fleckchen Erde auf einer Insel, die mit malerischen Fleckchen Erde reich gesegnet ist. Die sechshundert Jahre alte Zitadelle, auf einem Felsvorsprung erbaut, ragt hoch über der kleinen Hafenstadt mit dem weitläufigen Meerblick und den engen Gassen auf, und in einer Bar, die sich in einer dieser engen Gassen verbarg, trafen sich Sam und Reboul mit den Gebrüdern Figatelli.

Das Pourquoi Pas sah auf den ersten Blick wie Dutzende anderer Bars im Mittelmeerraum aus: Es gab die obligatorischen Fischernetze, Fußballposter, eine gerahmte Fotografie von Johnny Hallyday, einen Fernseher mit Flachbildschirm und einige kunstvoll gerahmte alte Spiegel an den Wänden, deren trübes Glas den Lauf der Zeit sichtbar machte. Die Bar war für die Besprechung gewählt worden, weil sie den Figatellis gehörte und über ein streng privates Hinterzimmer verfügte.

»Sie sind ein bisschen früh dran«, erklärte die junge Frau hinter der Theke. »Die beiden sind noch auf dem Weg hierher. Bitte folgen Sie mir.« Sie führte sie in einen kleinen Raum, vollgestopft mit Kartons, die Pastis und korsischen Whisky enthielten. Ein Holztisch mit vier Stühlen stand in der Mitte, und während sie Platz nahmen, kam die junge Frau mit einem Tablett zurück – zwei Kaffee, zwei kleine Gläser und ein schlichte dunkelgrüne Flasche mit einem handgeschriebenen Etikett, das lediglich »Flo& Jo« besagte.

Reboul entging nicht, dass Sam die Flasche in Augenschein nahm. »Das ist *Myrtei,* ein korsischer Likör, der mit eben dieser Pflanze, Myrte, aromatisiert wird. Manche Leute bezeichnen ihn als Fischerfrühstück.« Er füllte die Gläser und reichte Sam eines. »Auf Elena und ihre baldige Rückkehr.«

Sam probierte einen Schluck. Der Likör war zähflüssig und honigsüß, aber mit einer unverkennbaren Schärfe, die ein Brennen im Rachen erzeugte. »Schmeckt gut. Hausgemacht?«

Reboul wollte sich gerade über die Geheimnisse der *Myrtei*-Produktion auslassen, als die Tür aufging und die Figatelli-Brüder erschienen, von denen jeder eine ausgebeulte Tasche trug. Sie stürzten sich mit beängstigendem Elan auf Reboul, küssten ihn, klopften ihm auf die Schulter und umarmten ihn, als wollten sie ihn zerquetschen. »Eh, Sissou, schön, dich zu sehen. Wo hast du die ganze Zeit gesteckt? Wie geht's? Wen hast du da mitgebracht?«

Sam wurde ihnen vorgestellt, und seine Hand von beiden nacheinander in die Mangel genommen. Muskelbepackt, mit eisenhartem Brustkorb, schwarzen Haaren und den kühlen blauen Augen, die man bisweilen im Mittelmeerraum findet, sahen sie gestählt und kompetent aus. Angesichts der Energie, die von ihnen ausströmte, schien es beinahe müßig, jetzt noch darüber nachzudenken, wie weit sie sich auch mit den komplizierten Dienstwegen und amtlichen Gepflogenheiten mediterraner Polizeiapparate auskannten. »Männer, die ihr Geschäft ernst nehmen«, hatte Reboul sie beschrieben. Er blickte auf seine Uhr. »Wir haben nicht viel Zeit. Habt ihr die Uniformen mitgebracht?« Die Figatellis nickten. »Gut. Dann erzähle ich euch jetzt mal, worum es geht.«

Eine halbe Stunde später befanden sich die vier auf dem Rückweg zum Flughafen. Sam war beeindruckt von der Art, wie die beiden Brüder auf die kurze Einweisung reagiert hatten, sie hatten aufmerksam zugehört und nur unterbrochen, um sachdienliche Fragen zu stellen. Er gestattete sich einen erneuten Anflug von Optimismus. Nun musste er nur noch seine Krankenschwester rekrutieren.

Er rief sie aus dem Flugzeug an. »Daphne, Sam hier. Ich habe ein Problem, bei dem ich Ihre Hilfe brauche. Können wir uns in einer Stunde oder so im Haus treffen?«

»Was haben Sie angestellt, Sie ungezogener Junge? Natürlich komme ich.« Als Daphne Perkins auflegte, verspürte sie ein angenehmes Kribbeln, das Vorfreude signalisierte. Sie hatte vorgehabt, den Nachmittag mit einer Partie Whist und distinguierten Gesprächen im Freundeskreis zu verbringen, doch Sams Gesellschaft versprach interessanter zu werden. Dieser Bursche war immer für eine Überraschung gut.

Elena regte sich, öffnete die Augen und versuchte sich aufzusetzen. Sie fühlte sich elend, und ihr war speiübel. Ihre Kehle war trocken, und es fiel ihr schwer, den Blick zu fokussieren. Sie nahm kaum die Gestalt wahr, die neben ihr in der verdunkelten Kabine hockte, spürte aber die Nadel, die in ihren Arm eindrang. Mit diesem Schmerz hatte es auch angefangen. Aber wo und warum? Sie versuchte die Augen offen zu halten, doch die Müdigkeit war zu stark, und sie schlief wieder ein.

»Wenn Sie eine Flasche Stout hätten, mein Lieber, wäre das gerade recht. Bier ist das beste Mittel gegen die Hitze.«

Sam inspizierte den Kühlschrank. Er fand eine Flasche deutsches Bockbier, das dem Stout noch am nächsten kam, füllte ein Glas und stellte es vor Daphne auf den Tisch. Sie löschte den Durst mit einem ausgiebigen Schluck. »Jetzt geht es mir gleich viel besser, mein Lieber. Vielen Dank. Es ist so heiß auf den Straßen, und mein armer alter 2CV besitzt keine Klimaanlage.« Sie nahm einen weiteren Schluck und tupfte ihre Lippen mit einem Spitzentaschentuch ab. »Also. Worum handelt es sich bei dem Problem, das Sie erwähnt haben?«

Als Sam mit seiner Erklärung am Ende war, waren Daphnes Lippen vor Wut zusammengepresst. »Diese Verbrecher!«, rief sie aus. »Man sollte sie auspeitschen. Das arme, arme Mädchen. Wie kann ich helfen?«

Sam setzte sie von den Vorbereitungen für den Rettungsversuch in Kenntnis. »Ich werde den Doktor spielen. Aber da gibt es ein Problem. Ich kann mit der richtigen Verkleidung mein Erscheinungsbild verändern, aber nicht meine Stimme. Also werde ich so tun, als sei ich ein französischer Arzt, der kein Wort Englisch spricht. Und an dieser Stelle, hoffe ich zumindest, kommen Sie ins Spiel als Dolmetscherin mit einer qualifizierten medizinischen Ausbildung, die imstande ist, meine Anweisungen auf Englisch weiterzuleiten. Mit anderen Worten: Sie treten als Schwester Perkins in Aktion, die rechte Hand des Arztes.« Sam blickte sie fragend an. »Das heißt, sofern Sie dazu bereit wären.«

Daphnes strahlende Miene reichte als Antwort aus. »Was für eine Frage! Natürlich bin ich mit von der Partie.«

»Sie besitzen nicht zufällig eine Schwesterntracht?«

Daphne schürzte die Lippen. »Es ist schon einige Zeit her, seit mir ein Mann diese Frage gestellt hat, mein Lieber. Aber ich kann mir eine besorgen, durch eine Freundin, die im La Timone arbeitet. Ein großes Krankenhaus, die haben alles da – einschließlich Kittel in rauen Mengen. Soll ich auch ein Stethoskop beschaffen?«

Sam lächelte erleichtert. »Warum nicht? Am besten gleich zwei.«

Sie kamen überein, dass Daphne am Abend gegen neun zum Haus kommen sollte, und kurz vor zehn würden sie zum Vieux Port aufbrechen. Sam sah zu, wie sie den alten Citroën durch das Eingangstor steuerte und brachte im Geist ein dreifaches Hoch auf sie aus. Angesichts so beherzter Frauen wie

Daphne war es kein Wunder, dass das britische Empire sich so lange gehalten hatte, dachte er.

Sam fand Mimi und Philippe am Pool – Mimi in eine Decke gehüllt auf einer bequemen Liege unter einem Sonnenschirm, Philippe am flachen Ende des Beckens mit den Gymnastikübungen beschäftigt, die ihm die Krankenschwester verordnet hatte. Er winkte Sam zu und stieg die Treppe empor, wobei er bei jedem Schritt zusammenzuckte. »Seltsam«, meinte er. »Im Wasser kann ich mich völlig schmerzfrei bewegen, aber jetzt ... *Ouf!* Wie ist es gelaufen?«

»Wir haben unsere Krankenschwester: Miss Perkins, die Lady, die mir bei der Präsentation geholfen hat. Sie ist einsame Spitze. Sie kommt heute Abend in voller Montur hierher. Wenn ihr wollt, kann sie bei Mimi Fieber messen.«

»Was ist mit deiner Kluft?«

»Olivier holt sie gerade ab. Und die beiden Jungs aus Korsika werden um Punkt neun hier sein. Wir fahren gemeinsam los. Wenn wir um kurz nach zehn auf der Jacht erscheinen, zwischen Abendessen und Schlafenszeit, kommen wir vermutlich gerade recht. Mit ein wenig Glück sind dann alle betrunken.«

»Ist auf dem Schnellboot noch Platz für einen gehandicappten Journalisten?«

»Keine Chance. Aber betrachte es mal aus einer anderen Perspektive: Du bekommst deine Geschichte, ohne einen Finger krumm zu machen.«

17. Kapitel

Ein warmer Abend mit einem lauen Lüftchen verhieß in Marseille eine sternenklare, windstille Nacht. Ein gutes Zeichen, dachte Sam. Der Mensch kann nahezu alles planen mit Ausnahme des Wetters. Regen und ein kalter, starker Fallwind wie der Mistral in einem offenen Schnellboot hätten sich als bedrückender Auftakt der Expedition erwiesen, – einem Unternehmen, bei dem es auch so schon genug Probleme zu bewältigen galt.

Er blickte auf seine Uhr: halb neun. Es war an der Zeit, sich in Dr. Ginoux zu verwandeln, Spezialist für ansteckende Tropenkrankheiten. Er ging ins Schlafzimmer, wo seine Verkleidung – mit den besten Grüßen von Rebouls Kontaktleuten – auf dem Bett ausgebreitet lag: vollständige OP-Bekleidung, bestehend aus OP-Kasack und OP-Hose, ein Paar weißer Gummicrocs (rutschfest und daher unverkennbar das bevorzugte Schuhwerk des Ärztestandes), eine eng anliegende OP-Haube aus Baumwolle, eine chirurgische Gesichtsmaske und eine abgewetzte Gladstone-Arzttasche, der man ansah, dass sie häufig getragen worden war. Daneben lagen zwei weitere Ausrüstungsgegenstände, die Sam erst am Nachmittag erworben hatte: ein Hightech-Lichtmessgerät, wie es professionelle Fotografen benutzen, und eine schwere Brille mit schwarzem Rahmen und Fensterglas.

Sam zog sich aus. Ob der korrekt gekleidete Arzt wohl medizinisch geprüfte und für gut befundene Unterwäsche trug? Zu dumm. Er schlüpfte in OP-Kasack und Hose, setzte die Maske, die Brille und die eng anliegende OP-Haube auf; dann ging er zu dem hohen Spiegel, um seine Montur zu inspizieren, wobei die Crocs auf dem Parkett quietschten. Eine völlig unbekannte Gestalt trat ihm entgegen. Er spürte, wie sein Adrenalinpegel stieg, und er schauderte. Jetzt würde es nicht mehr lange dauern.

Er überprüfte den Inhalt der beiden Fächer in der Gladstone-Tasche. Sie enthielten genug Thermometer, um bei einer ganzen Bootsbesatzung Fieber zu messen, dazu mehrere Paar Latexhandschuhe, eine Diagnostikleuchte zur Untersuchung des Mund-Rachen-Raums, zusätzliche Schutzmasken für das Gesicht und ein halbes Dutzend bereits aufgezogene Spritzen. Im anderen Fach entdeckte er eine Auswahl Verbandsmaterial, eine antiseptische Wundsalbe und ein Stethoskop. Er war einsatzbereit. Nun musste er nur noch die Patientin finden.

Mimi und Philippe, die im Wohnzimmer auf ihn gewartet hatten, begutachteten ihn. Mimi war erstaunt und erklärte kopfschüttelnd, Sam sei gar nicht mehr wiederzuerkennen. Und sein Anblick ein wenig beängstigend, fügte sie hinzu.

Sam meinte aus alledem schließen zu dürfen, dass sie ihn früher, ohne Verkleidung, wohl ganz ansehnlich gefunden hatte. Philippe war mit Sams Verwandlung restlos einverstanden und nickte beifällig. »Sehr gut. Vielleicht könnten Sie sich mal meine Rippen anschauen, Herr Doktor? Aber im Ernst – nicht einmal Elena würde dich erkennen.«

Sam schob die Gesichtsmaske nach unten, bis sie um seinen Hals hing, nahm Brille und OP-Haube ab und warf einen Blick auf seine Uhr. Er hatte das Gefühl, als wären die Zeiger stehen geblieben.

»Diese Warterei ist schlimm, oder?«, fragte Mimi.

»Und wie.«

Sie vernahmen das Knirschen von Reifen auf dem Kies und das Zuknallen von Autotüren. Sam eilte zur Haustür, um zu öffnen. Die Figatelli-Brüder, immer noch mit ihren ausgebeulten Taschen, ragten im Halbdunkel des Eingangs auf.

»Sind Sie *en forme,* Sam? Bereit zum Aufbruch? Wir waren unten im Hafen, haben mal einen Blick auf das Boot geworfen. Alles bestens und wir haben Glück mit dem Wetter. Das Meer ist so.« Jo strich mit der flachen Hand, Handfläche nach unten, an seinem Körper vorbei, eine spiegelglatte Fläche andeutend.

Sam machte die beiden Korsen mit Mimi und Philippe bekannt und hatte sie gerade ins Schlafzimmer geführt, wo sie sich umziehen konnten, als er das blecherne Scheppern eines weiteren Autos hörte, Miss Perkins 2CV. Das letzte Mitglied der Truppe war eingetroffen.

Schwester Perkins, wie Sam sie von nun an nennen würde, war eine untadelige Vertreterin des medizinischen Berufsstandes. Ihre bisher lockere Frisur war durch einen strengen Knoten ersetzt worden. Der lange weiße Kittel, starr vor lauter Stärke, besaß zwei Brusttaschen, von denen eine mit einer ganzen Batterie von Fieberthermometern bestückt war. An der Außenseite der anderen Tasche war mit einem Clip eine Krankenschwesteruhr mit Skalen für die Pulsmessung und schwarzem Band befestigt. Ein gleichermaßen frisch gestärkter weißer Rock, weiße Strümpfe, weiße Schuhe und ein Klemmbrett mit Kugelschreiber vervollständigten die Schwesterntracht. Florence Nightingale, Begründerin der modernen westlichen Krankenpflege, wäre stolz auf sie gewesen.

»Perfekt«, sagte Sam. »Absolut perfekt.«

»Das hoffe ich doch sehr, mein Lieber. Ich bin ein wenig spät dran, weil ich alles noch einmal stärken musste. Diese jungen Dinger heutzutage benutzen nie genug Stärke, und dann wirkt die Tracht zerknittert; das wäre für mich unannehmbar.«

Mimi und Philippe starrten sie fasziniert an, wie hypnotisiert von dieser Mischung aus Reinheit und Tatkraft.

»Mimi und Philippe, das ist Daphne«, sagte Sam. »Sie ist unsere Geheimwaffe.« Lächeln und Händedruck wurden ausgetauscht, und Philippe wollte gerade fragen, welche Aufgabe einer Geheimwaffe an Bord eines Schiffes zugedacht sei, als Daphne ihm über die Schulter spähte und rief: »O mein Gott – was sind das denn für stramme junge Männer!«

In der Polizeiuniform, die aussah wie eine zweite Haut, wirkten Flo und Jo noch größer und unüberwindlicher, und die Pistolen und Handschellen am Gürtel verliehen ihrem ohnehin schon Furcht einflößenden Erscheinungsbild eine bedrohliche Note. Sie grüßten zackig, nahmen die Käppis ab und grinsten.

»Das sind Florian und Joseph«, erwiderte Sam. »Aber ich denke, sie ziehen es vor, Flo und Jo genannt zu werden.«

»Keine plumpen Vertraulichkeiten!«, wiegelte Daphne ab und blickte von einem zum anderen. »Aber wie halten wir die beiden auseinander?«

»Ich bin der gut Aussehende«, erklärten sie beide wie aus einem Munde.

Sam führte die drei ins Esszimmer und bat sie, Platz zu nehmen. »Ich würde gerne ein paar Punkte mit Ihnen besprechen, damit wir heute Nacht alle an einem Strang ziehen. Unterbrechen Sie mich, falls Sie Fragen haben. Okay?« Er blickte in die aufmerksamen Gesichter und lächelte. »Als Erstes danke ich Ihnen, dass Sie bereit sind, mir zu helfen. Die Situation ist völlig verfahren, und ich wüsste nicht, was ich ohne Sie machen sollte. Diese Leute haben sich bereits unseren Freund hier vorgeknöpft«, er deutete mit dem Kopf in Philippes Richtung, »und wenn ich daran denke, dass sie Elena in ihrer Gewalt haben, habe ich das Gefühl … Nun, ich bin sicher, Sie können sich vorstellen, was ich empfinde. Deshalb danke ich Ihnen. Herzlichen Dank.«

Sam hielt inne, um Atem zu schöpfen und seine Gedanken zu ordnen. »Unser Problem Nummer eins ist, an Bord von Wappings Jacht zu gelangen. Die Verkleidung wird zweifellos dabei helfen, und nicht zu vergessen die Geschichte von einem gefährlichen Virus, der angeblich im Hafenviertel grassiert. Ich hoffe, dass beides zusammen langt.« Er sah die Figatelli-Brüder an. »Auf dem Schnellboot gibt es doch ein Megafon, oder?« Florian nickte und hob bestätigend den Daumen. »Gut. Nehmen wir einmal an, die Mitglieder des ambulanten medizinischen Notdienstes haben es geschafft, mit verbaler List und Tücke an Bord zu gelangen. An diesem Punkt ist Daphnes Einsatz von entscheidender Bedeutung. Vergesst nicht, ich bin ein französischer Arzt und spreche nur Französisch. Deshalb muss Daphne gleich zu Beginn klarstellen, dass sie meine Anweisungen ins Englische übersetzen wird. Falls es erforderlich sein sollte, können wir uns zur Beratung in irgendeine Ecke zurückziehen, wo mich niemand hören kann. Alles so weit klar?«

Alle Köpfe rund um den Tisch nickten. »Gut. Ich möchte, dass einer der beiden Polizisten, am besten Flo, mit Daphne und mir an Bord geht. Jo bleibt im Schnellboot für den Fall, dass jemand klammheimlich zu türmen versucht. Und jetzt kommt der trickreiche Teil. Wir wissen nicht, was wir an Bord vorfinden werden. Wir kennen weder den Grundriss der Jacht noch die Verstecke, die sie bietet. Aber ich verlasse mich auf das Überraschungsmoment. Sie rechnen nicht mit uns, und deshalb wird Elena wahrscheinlich in irgendeiner Kabine eingesperrt sein.« Er verstummte und musterte die Anwesenden.

»In diesem Fall könnte es sein, dass sie sich weigern, die Tür aufzuschließen. Dann kommt Flo ins Spiel mit aller Härte des Gesetzes. Via Daphne wird er ihnen mitteilen, dass sie Widerstand gegen die Staatsgewalt leisten und er die Tür eintritt, wenn sie nicht sofort geöffnet wird. Aber so weit wird es nicht kommen, denn wir haben es mit Engländern zu tun, die sich hüten werden, einen ausländischen Polizisten an der Ausübung seiner Pflicht zu hindern.«

Philippe hob die Hand. »Angenommen, alles läuft nach Plan und ihr findet Elena. Wie wollt ihr sie von Bord schaffen? Wapping und seine Crew werden nicht tatenlos zuschauen und euch zum Abschied nachwinken.«

Sam nickte. »Das haben wir bereits auf dem Rückweg von Korsika ausbaldowert. Sobald wir Elena gefunden haben, zieht Flo seine große hässliche Dienstwaffe und feuert einen Schuss ab – in die Luft, in die Decke, durch das Bullauge, egal wohin. Ein Schuss aus nächster Nähe hat zwei Auswirkungen: Er jagt den Anwesenden Angst ein, und er lässt sie vor Schreck erstarren. In diesem Fall stellt er darüber hinaus ein Signal für Jo dar, sich zu uns an Bord zu gesellen. Dann haben wir zwei bewaffnete Männer in unserer Begleitung. Ich kann mir nicht vorstellen, dass jemand dumm genug wäre, irgendwelche Mätzchen zu versuchen, wenn gleich zwei Waffen auf ihn gerichtet sind. Hinzu kommt, dass Daphne und ich ein halbes Dutzend Spritzen mit einem hochwirksamen Betäubungsmittel in unserem Arsenal haben – ein einziger kleiner Pikser würde einen Elefanten in die Knie zwingen. Und wie ich bereits sagte, wir haben die Überraschung auf unserer Seite. Also sollte eigentlich alles reibungslos über die Bühne gehen. Sonst noch was?«

Flo hob die Hand. »Wir brauchen sechs Gläser.« Er bückte sich und holte eine dunkelgrüne Flasche mit einem handgeschriebenen Etikett hervor. »Um auf unseren Erfolg anzustoßen.«

Sam lachte, und die Spannung wich aus dem Raum. »Klar, warum nicht?«

Während Mimi die Gläser besorgte, erkundigte sich Daphne, was die Flasche enthielt. »Myrtei, *chère Madame,* Myrtei, der korsische Likör schlechthin. Sehr gut. Habe ich eigenhändig gebraut. In der Figatelli-Familie ist es Brauch, auf die Arbeit zu trinken, bevor wir sie verrichten. Das bringt Glück.«

Die Gläser wurden gefüllt, man trank auf die Mission. Daphne, die zum ersten Mal Bekanntschaft mit dem *Myrtei* machte, erbebte bereits beim ersten Schluck vor Wonne. »O mein Gott, der ist in der Tat fantastisch. Erinnert mich an Owbridges, wissen Sie.« Als sie die verständnislosen Mienen der Tischrunde gewahrte, fügte sie hinzu: »Das ist ein Hustensaft, den ich früher während meiner Schulzeit bekam. Köstlich und er macht süchtig – meine Güte, wir Mädels haben uns nichts sehnlicher gewünscht, als uns einen Husten einzufangen.« Sie leerte ihr Glas auf einen Zug, blickte auf die Uhr, die an ihrer Tracht befestigt war, und erhob sich. Sam hörte das trockene Knistern, als gestärkte Stoffe gegeneinanderrieben. »Das hat mir mächtig gutgetan«, erklärte Daphne. »Nun bin ich zu allen Schandtaten bereit.«

Sam warf einen letzten Blick zum Haus zurück, als sie zum Auto gingen. Philippe und Mimi, die hell erleuchtet in der geöffneten Eingangstür standen, winkten ihnen zum Abschied zu, und Philippe hob die Faust ans Ohr, Daumen und kleinen Finger ausgestreckt. »Ruf an, sobald ihr sie habt.«

Während der kurzen Fahrt zum Vieux Port kehrte die Spannung zurück. Sam nahm die Spritzen aus seiner Arzttasche und drückte Daphne drei in die Hand. »Die wirken sehr schnell, und Sie müssen nicht lange nach einer Vene suchen. Hals, Arm, Handgelenk tun's auch, wo immer sie ein Fleckchen nackte Haut finden.« Daphne nickte und sortierte die Spritzen sorgfältig in ihre leere Jackentasche ein. »Ich darf sie ja nicht mit den Thermometern verwechseln!«, erklärte sie.

In den Cafés gegenüber vom Alten Hafen herrschte immer noch Hochbetrieb; die Gäste saßen nach dem Abendessen noch draußen und genossen die laue Abendluft. Der Kai auf der anderen Straßenseite war beinahe menschenleer und still genug, um das Knarzen der Takelage zu hören, als die vertäuten Boote in der Dünung sanft auf und ab schaukelten. Die Figatellis bildeten die Vorhut und hatten das Schnellboot fast erreicht, als Sam ein Auto bemerkte, das einsam am Ende des Hafenbeckens parkte. Plötzlich flammten die Scheinwerfer auf, dann ein weiteres Mal. Die anderen blieben wie angewurzelt stehen und sahen zu, sie sich Sam dem Fahrzeug näherte.

Das Fenster des Fonds glitt nach unten, und Sam konnte das vertraute Gesicht von Francis Reboul erkennen. »Ich warte hier, bis Sie zurückkommen«, sagte er. Er streckte den Arm durchs Fenster und ergriff Sams Hand. »Viel Glück, mein Freund. Viel Glück.«

18. Kapitel

Nicht so schnell, Jo. Wir möchten trocken ankommen.« Sam wischte die Gischt aus seinem Gesicht und sah auf die Uhr. Dann blickte er zu Daphne hinüber. Er betrachtete ihr Profil; mit ihrem in den Nacken gelegten Kopf und ihrem Respekt einflößenden Busen erinnerte sie ihn an die Galionsfigur eines Klippers. Sie wandte sich ihm zu und lächelte. »Was für ein aufregendes Abenteuer«, sagte sie, dann wurde ihre Miene ernst. »Ich habe nachgedacht, mein Lieber. Angenommen, jemand will wissen, wie diese Krankheit heißt, nach der wir Ausschau halten. Was sagen wir dann?«

»Gott sei Dank, dass Sie mich daran erinnern! Tut mir leid, ich hätte es Ihnen schon früher sagen sollen. Der Fachbegriff lautet Tropische Spastische Paraparese, kurz TSP. Ich bin vor ein paar Jahren darauf gestoßen, als ich in Afrika war. Wir haben sie Kongogrippe genannt, und sie ist wirklich ekelhaft: Benommenheit, Fieber, konvulsische Zuckungen, Erbrechen, und Tod.«

»Hervorragend«, erwiderte Daphne.

»Seltsamerweise wird sie durch den Atem übertragen. Wenn die feinen Tröpfchen im Atem eines Infizierten mit einem Kleidungsstück, einem Taschentuch oder einem Kissen in Berührung kommen, beispielsweise durch Husten oder

Niesen, besteht noch mehrere Stunden Infektionsgefahr. Im Frühstadium ist der Erreger unsichtbar. Dass man sich angesteckt hat, merkt man erst, wenn die ersten Symptome auftauchen.«

»Gibt es ein Heilmittel?«

»Komplette induzierte Blasen- und Darmentleerung, doch das funktioniert nur, wenn der Erreger innerhalb von achtundvierzig Stunden entdeckt wird.«

Daphne nickte. »Das dürfte ihnen zu denken geben, falls jemand fragen sollte. Oh, schauen Sie mal! Wie *hübsch*.«

Sie hatten gerade die Spitze der Insel Ratonneau umrundet und waren in die Baie du Grand Soufre zurückgekehrt. Und dort, am Ende der Bucht, lag die *Floating Pound* vor Anker, taghell erleuchtet, das schwimmende Symbol eines kapitalistischen Traumes, der in Erfüllung gegangen war. Die Figatellis geizten nicht mit Anerkennung. »Siehst du den Hubschrauber, der auf dem Achterdeck parkt?«, raunte Jo seinem Bruder zu. »Eine Ausrüstung vom Feinsten. *Très sérieux*.«

Sam beugte sich vor. »Also, Jo. Sobald wir an Bord sind, möchte ich, dass Sie mit dem Boot irgendwo ankern, wo sie den Hubschrauber im Auge behalten können. Sollte jemand auf die Idee kommen zu türmen, wird er versuchen, ihn für die Flucht zu benutzen.« Jo nickte und drosselte den Motor, bis das Boot langsam auf die Jacht zuglitt. Sie erspähten ein Mitglied der Besatzung, die Silhouette zeichnete sich dunkel gegen das gleißende Licht ab, das aus der Eignerkabine drang und das Deck überflutete. Der Mann nahm einen letzten Zug aus seiner Zigarette, bevor er die Kippe über die Reling schnippte und wieder hineinging.

Das Schnellboot bahnte sich lautlos den Weg zur Hauptgangway und kam zum Stillstand, dümpelte auf der Dünung vor sich hin. »Okay«, sagte Sam. »Los geht's. Geben Sie Laut.«

Flo nahm das Megafon und bat um die Erlaubnis, an Bord kommen zu dürfen. Sie warteten. Keine Reaktion.

»Offensichtlich verstehen die kein Wort Französisch«, erklärte Daphne. »Geben Sie mal her.« Sie nahm das Megafon, stand auf und spreizte ein wenig die Beine, um sich gegen die Bewegung des Schnellboots zu wappnen.

»Ahoi! *Floating Pound!* Ahoi!« Ihre Stimme, ein machtvolles Instrument, schallte über das Meer und wurde als Echo von dem mächtigen Rumpf der Jacht zurückgeworfen. »Ein medizinischer Notfall! Ich wiederhole, es handelt sich um einen medizinischen Notfall!«

Eine Gestalt tauchte auf der Schwelle einer Tür hinter der Eignerkabine auf und spähte zum Schnellboot hinunter.

»Sie da oben! Junger Mann! Ich sage es nochmals: Das ist ein medizinischer Notfall. Und jetzt lassen Sie die Gangway runter, damit der Arzt an Bord kommen kann. Zack, zack, wenn ich bitten darf!«

Eine zweite Gestalt erschien, und nach kurzer Beratung wurde die Zugangstreppe heruntergelassen. Eine überraschend behände Daphne, gefolgt von Sam und Flo, kletterte voran an Deck. Sie musterte die beiden Crewmitglieder von Kopf bis Fuß und befand rasch, dass es ihnen eindeutig an Format mangelte. »Ich muss umgehend mit jemandem sprechen, der hier eine leitende Funktion hat. Ich sagte, *umgehend!*«

Die erste Feuerprobe für Sams Verkleidung stand bevor. Er rückte seine Gesichtsmaske und Brille zurecht und erinnerte sich noch einmal daran, dass er kein Wort Englisch verstand, während eine zwergenhafte Gestalt, im Halbdunkel blinzelnd, von der anderen Seite des Decks auf ihn zukam.

»Was soll das Ganze?« Ray Prendergast war einigermaßen ungehalten. Um ein wenig Erleichterung von der zunehmend gespannten Atmosphäre auf dem Schiff zu finden, hatte er es sich mit einem seiner uralten Lieblingsfilme gemütlich gemacht, einem Klassiker unter den DVDs, in dem John Wayne im Alleingang den japanischen Stützpunkt Iwojima erobert. Und jetzt hatte man ihn einfach aus der Geschichte herausgerissen, mitten in einer spannenden Szene. Er sah Sam an und reckte bedrohlich das Kinn vor. »Wer zum Teufel sind Sie? Und was haben Sie hier zu suchen?«

Sam sah Daphne an und zuckte die Achseln, der Inbegriff eines Menschen, der keinen Ton versteht. Sie trat einen Schritt auf Prendergast zu, den sie um einiges überragte, und blickte von oben auf ihn herab. »Dieser Herr ist Dr. Ginoux. Bedauerlicherweise spricht er kein Wort Englisch, aber ich kann für ihn dolmetschen. Und ich fürchte, wir haben höchst beunruhigende und unangenehme Neuigkeiten für Sie.« Sie wandte sich Sam zu und wiederholte ihre Worte in rasantem Französisch. Sam nickte und bedeutete ihr mit einer Handbewegung fortzufahren.

»Mit hoher Wahrscheinlichkeit haben sich zwei der Deckarbeiter auf einem Boot von der Elfenbeinküste, das unlängst in Marseille vor Anker gegangen ist, eine Tropische Spastische Paraparese zugezogen. Das ist eine Viruserkrankung, die zu einem langsamen und qualvollen Tod führt, wenn sie nicht gleich in den Anfangsstadien entdeckt und behandelt wird. Sie ist außerdem *hochgradig* ansteckend.« Daphne legte eine Pause ein, um die Wirkung ihrer Worte auf Prendergast zu beobachten, und stellte ermutigt fest, dass seine kriegerische Miene einem besorgten Stirnrunzeln gewichen war.

Sie fuhr fort. »Für die Quarantänebehörden hier im Hafen gilt das als Notfall; wir und einige andere medizinische Dienste wurden beauftragt, alle Schiffe zu inspizieren, die Häfen außerhalb Frankreichs angelaufen und jüngst bei uns angelegt haben.«

Prendergasts kriegerische Miene kehrte zurück. »Moment mal. Dieses Schiff ist aus England gekommen. Wir waren nicht einmal in der Nähe der verdammten Elfenbeinküste.«

»Bedauere, aber die Bestimmungen der Behörden sind in dieser Hinsicht ganz klar. Es wäre beispielsweise möglich, dass Mitglieder Ihrer Besatzung Kontakt mit Besatzungsmitgliedern des infizierten Schiffes hatten. Können Sie sich dafür verbürgen, dass keine Fraternisierung stattgefunden hat?«

Prendergast schwieg.

»Natürlich können Sie das nicht«, fuhr Daphne fort. »Deshalb müssen wir bedauerlicherweise jede Kabine auf Spuren einer möglichen Ansteckung untersuchen. Zum Glück ist Dr. Ginoux in der Lage, diese Maßnahme binnen kürzester Zeit durchzuführen. Wenn wir jetzt also mit der Eignerkabine anfangen und uns dann rückwärts vorarbeiten können, verursachen wir vermutlich die geringsten Störungen an Bord.«

Prendergast hörte auf, an seiner Lippe herumzukauen. »Ich muss zuerst mit dem Eigner reden.« Er huschte in die Kabine zurück, ließ sie an Deck stehen.

Daphne fing Sams Blick auf und zwinkerte ihm zu. »Bisher ist alles bestens gelaufen, mein Lieber«, flüsterte sie. Flo, der stumm an Deck hin und her marschiert war, gesellte sich zu ihnen und wollte wissen, ob er sie bei der Durchsuchung der Kabinen begleiten sollte.

»Ja, unbedingt«, erwiderte Sam. »Wenn wir Elena finden, brauchen wir Sie und Ihre Waffe.«

Aus fünf Minuten wurden zehn, bevor Prendergast zurückkehrte, dieses Mal mit Lord Wapping im Schlepptau, der seine ausladende Gestalt in einen kastanienfarbenen seidenen Morgenmantel gehüllt und einen Kognakschwenker in der Hand hatte. Er warf Sam und Flo einen flüchtigen Blick zu, bevor er seine Aufmerksamkeit auf Daphne richtete. »Sie sind die Person, die Englisch spricht, oder?« Daphne neigte bestätigend den Kopf. »Nun, lassen Sie uns die Angelegenheit vernünftig regeln«, fuhr er fort. »Ich bin sicher, wir müssen zu dieser nachtschlafenden Zeit nicht jeden aus dem Bett trommeln. Ich unterschreibe Ihnen gerne irgendeinen Wisch, der besagt, dass Sie die Inspektion durchgeführt haben, und danach können wir alle wieder schlafen gehen.« Er trank einen Schluck Brandy und musterte Daphne über den Rand seiner Brille hinweg.

»Es tut mir schrecklich leid, doch das wird nicht möglich sein. Unsere Anweisungen lauten ...«

»Ja, ja, ich weiß hinlänglich Bescheid über Ihre Anweisungen. Ray hat mir bereits Bericht erstattet. Aber Sie wissen ja, wie die Welt funktioniert: eine kleine Gefälligkeit hier, eine kleine Gefälligkeit dort – ich bin ein großzügiger Mann, wenn Sie wissen, was ich meine?«

Daphne wandte sich Sam zu und ließ einen Schwall Französisch vom Stapel. Als sie geendet hatte, schwieg Sam. Sein heftig hin und her wackelnder Zeigefinger und das vehemente Kopfschütteln waren Antwort genug.

Daphne Stimme klang eisig. »Sollte es noch einen weiteren Versuch geben, unsere Inspektionsarbeit zu behindern, werden die entsprechenden Behörden davon in Kenntnis gesetzt. Und nun werden wir, wenn es Ihnen nichts ausmacht, mit Ihrer Kabine beginnen.«

»Verdammte Zeitverschwendung.« Wapping stolzierte in die Kabine zurück, gefolgt von den anderen. Sam griff in seinen Arztkoffer und steckte das Lichtmessgerät in die Tasche des OP-Kittels.

Als sie die Tür zu Wappings großer und prächtig ausgestatteter Kabine öffneten, fiel ihnen als Erstes Annabel ins Auge, die vor der Frisierkommode saß und ihr Haar bürstete. Sie trug ein Negligé aus pfirsichfarbener Seide, und als sie den strammen jungen Flo in seiner Uniform entdeckte, gestattete sie einem der Träger, ein paar Zentimeter an ihrer sonnengebräunten Schulter hinunterzugleiten. »Was ist passiert?«, hauchte sie und klimperte mit den Wimpern. »Hoffentlich sind Sie nicht gekommen, um mich zu verhaften.«

Sie schien beinahe enttäuscht zu sein, dass ihr keine unmittelbare Haft drohte und der medizinische Notdienst zum Doppelbett eilte, während Daphne erklärte, welche Form die Inspektion annehmen werde. Der Ablauf war ganz einfach. Dr. Ginoux würde mit seinem Ortungsgerät – eine Art Geigerzähler für virale Erreger, wie Daphne es beschrieb – die Kopfkissen und Handtücher im Badezimmer überprüfen. Beim kleinsten Anzeichen einer Infektion erschien ein Messwert auf dem Monitor in Miniaturformat; Keimfreiheit wurde durch einen anderen Wert angezeigt.

Beobachtet von einem finster dreinblickenden Lord Wapping und einer schmollenden Annabel schaltete Sam sein Lichtmessgerät ein und begann, damit die Oberfläche der Kopfkissen entlangzufahren. Das Gerät gab jedes Mal, wenn sich die Lichtverhältnisse änderten, beeindruckende Klickgeräusche und kleine Lichtblitze von sich. Kaum waren drei Minuten vergangen, waren die Kissen auch schon überprüft. Sam und Daphne zogen sich zur Beratung ins Badezimmer zurück, außerhalb der Sichtweite der Zuschauer. »*C'est bon?*«, hörten sie Daphne sagen. »*Pas de réaction négative? Très bien.*«

Sie lächelte, als sie in die Kabine zurückkehrten. »Na also«, erklärte sie munter. »Hat doch überhaupt nicht wehgetan, oder? Und nun können wir vielleicht mit den anderen Kabinen weitermachen, wenn es recht ist.« Wapping stand auf der

Schwelle der Kabine, klammerte sich an seinen Cognac und blickte ihnen nach, als sie den Hauptgang zu jenem Teil der Jacht entlangeilten, in dem die gewöhnlichen Sterblichen einquartiert waren.

Die erste Zwischenstation machten sie in Ray Prendergasts Unterkunft, wo ein niedriger Tisch Spuren seiner beiden großen Leidenschaften aufwies. Neuere Ausgaben der *Racing Post,* dem britischen Journal des Pferderennsports, teilten sich den begrenzten Raum mit einer umfangreichen Preisliste von Geoffrey's in Antibes (Sonderangebot der Woche: Original englische Bitterorangenmarmelade, Marke Cottage Delight).

Prendergast, ein lebendes Mahnmal der Feindseligkeit und des Misstrauens, beobachtete mit Argusaugen, wie Sam seinen Verrichtungen nachging und das Lichtmessgerät die Koje rauf und runter und kreuz und quer über das Kissen führte. Als er das winzige Bad betrat, brach Prendergast das Schweigen. »Sie werden diese unsinnige Suche doch wohl nicht auf dem ganzen Boot fortsetzen, oder?«

»Doch, leider«, ließ sich Daphne vernehmen. »In allen Kabinen, versteht sich. Außerdem in der Küche, in der Wäschekammer, im Lagerraum, sogar im Maschinenraum. Dr. Ginoux geht außerordentlich gründlich vor, vor allem in ernsten Fällen wie diesem. Es wäre uns eine große Hilfe, wenn Sie uns einen Grundriss des Schiffs zur Verfügung stellen können, nur um sicherzugehen, dass wir nichts auslassen.«

Prendergast antwortete nicht. Er war damit beschäftigt, die Risiken und Möglichkeiten gegeneinander abzuwägen, und sobald das Inspektionsteam die Kabine verlassen hatte, begab er sich zu Lord Wappings Suite, um ihn über das Ausmaß dieser Durchsuchung zu unterrichten. Er begegnete seiner Lordschaft bereits im Gang.

»Billy, wir müssen etwas unternehmen.«

»Du hast verdammt recht.«

Sie eilten zum Sonnendeck hinauf, um dort ihre Unterhaltung in sicherer Entfernung von neugierigen Lauschern fortzusetzen.

»Sie ist am anderen Ende des Gangs untergebracht, oder? In der Gästekabine?«

Wapping nickte. »Bei dem Tempo, das sie anschlagen, bleibt uns genau eine Viertelstunde, um sie dort rauszuschaffen. Wenn diese wild gewordenen Ärzte sie finden, ist das Spiel aus. Zum Glück haben ihr die Jungs heute Abend eine weitere Dröhnung verpasst, sodass sie uns keine Schwierigkeiten machen kann. Aber wohin mit ihr, zum Teufel? Schaff mir Brian und Dave her.«

In der Kabine von Tiny de Salis entdeckten Sam und Daphne einmal mehr Hinweise auf die kulturellen Interessen und Vorlieben des Bewohners: eine alte Ausgabe der *Old Etonian Review*, die zu Beginn jedes Herbstsemesters veröffentlicht wird, und eine DVD mit dem Titel: *Heiße Feger – Allzeit bereit!* Außerdem fanden sie einen bemerkenswerten Vorrat an Marihuana in einer offenen Zigarrenschachtel auf dem Nachttisch. Von de Salis selbst war jedoch weit und breit keine Spur zu sehen.

Die Ereignisse im Gang nahmen den Charakter eines volkstümlichen Schwankes an, als Brian und Dave hinter verschiedenen Türen verschwanden und wieder auftauchten, bis sie zu der Kabine gelangten, die Sam und Daphne gerade in Augenschein nahmen. Die Tür stand einen Spaltbreit offen. Brian schloss sie lautlos und sperrte sie mit seinem Hauptschlüssel zu. Dann eilten die beiden zur Gästekabine.

Es dauerte gut fünf Minuten, bevor Brian zurückkehrte und auf das Hämmern an der Kabinentür reagierte. Er entschuldigte sich bereits, während er aufschloss. »Tut mir leid,

Miss«, sagte er zu Daphne. »Das passiert manchmal, wenn der Verriegelungsmechanismus Macken hat. Verdammt ärgerlich, muss dringend repariert werden.«

»Gibt es Probleme?«, erkundigte sich Ray Prendergast zum ersten Mal dienstbeflissen, als er sich im Gang zu ihnen gesellte. Brian erklärte, was passiert war; Prendergast entschuldigte sich ebenfalls, fragte, ob er irgendwie behilflich sein könne, und bestand darauf, sie vorsichtshalber bei der weiteren Überprüfung des Schiffs zu begleiten. »Nur für den Fall, dass es noch einmal Probleme mit den Türen gibt.«

Sie wollten gerade mit der nächsten Kabine beginnen, als Daphnes Handy klingelte.

»*Hallo?*«

»Jo hier. Ich muss mit Sam sprechen.« Daphne sah, dass Prendergast ihr nicht von der Seite wich und die Augen auf das Handy geheftet hatte. »*C'est l'hôpital*«, sagte sie zu Sam. »Das ist die Klinik«, erklärte sie Prendergast. »Ein Gespräch für Dr. Ginoux, streng vertraulich.« Sie nahm Sams Arm, führte ihn in den Duschraum der Kabine und schloss die Tür hinter ihm.

»Sie wissen ja, wie Sie es mit dem Telefonieren halten, diese Franzosen«, sagte sie zu Prendergast. »Immer auf der Suche nach einem stillen Örtchen, wenn sie einen Anruf entgegennehmen.«

Bevor Sam den Mund aufmachte, drehte er die Dusche auf, um sicherzugehen, dass ihn niemand hörte. »Was gibt's, Jo?«

»Zwei Männer waren an Deck, genau über mir. Ich konnte sie nicht sehen, aber hören. Ich glaube, sie haben irgendetwas in den Hubschrauber geladen.«

Ray Prendergast sollte sich noch lange äußerst lebhaft an die nächsten Sekunden erinnern. Der französische Arzt stürzte aus der Dusche und begann mit dem Polizisten, der neben der Tür Aufstellung genommen hatte, fließend Englisch zu sprechen. Alle Kommunikationsbarrieren zerbrachen. »Flo, Sie bleiben hier und behalten ihn im Blick.« Er deutete mit dem Kopf auf den völlig entgeisterten Prendergast. »Falls er versucht, sein Handy zu benutzen, brechen Sie ihm den Arm. Und falls er versucht, die Kabine zu verlassen, verpassen Sie ihm ein Ding und fesseln ihn, okay? Daphne, Sie bleiben ebenfalls hier – bei Flo sind Sie sicher. Ich fürchte, sie versuchen, mit Elena abzuhauen.«

Sam stürmte aus der Kabine und rannte den Gang entlang, durch die Eignerkabine und raus aufs Deck. Der Hubschrauber, ein weißes Hightechungetüm in der Dunkelheit, zeichnete sich am anderen Ende der Jacht ab. Zu seiner großen Erleichterung sah er, dass die Rotorblätter still standen. Sich nun vorsichtiger bewegend, hielt er sich so weit wie möglich im Schatten und näherte sich dem Helikopter bis auf wenige Meter. Er konnte keine Menschenseele entdecken. Jetzt befand er sich in Reichweite des Hubschraubers. Er streckte die Hand aus, um die Tür zu öffnen.

»Was glauben Sie wohl, was Sie da machen?«

Sam fuhr herum und erblickte Tiny de Salis, der sich von der anderen Seite an den Hubschrauber herangespirscht hatte. Er trat näher. »Sind Sie taub? Was machen Sie da?« Er baute sich vor Sam auf, die Beine gespreizt, ein Riese, der bereit war, ihn mit einem einzigen Faustschlag niederzustrecken.

Sam war von Natur aus kein Mensch, der zu Gewalttätigkeit neigte, und so verpasste er de Salis mit einem Gefühl aufrichtigen Bedauerns einen Tritt ins Gemächt und kippte den sich windenden Körper über Bord. Ohne auf den Platscher zu warten, riss er die Tür des Helikopters auf. Und dort fand er, lautlos atmend, die bewusstlose Elena auf einem der Rücksitze. Er nahm die Gesichtsmaske ab, kletterte ins Cockpit, streichelte ihr Gesicht und nahm sie in die Arme. »Du bist in Sicherheit, meine Süße. Wir bringen dich nach Hause, bevor du aufwachst.«

Sam vernahm Schritte auf Deck und griff in seine Tasche, um eine Spritze herauszuholen, doch beim Anblick der vertrauten Gestalt entspannte er sich. »Sie ist hier, Jo. Und es scheint ihr gut zu gehen.«

Jos Zähne blitzten weiß auf; er grinste. »*Formidable,* Sam. *Vraiment formidable.* Oh, für den Fall, dass Sie sich Sorgen um ihn machen, ich habe Ihren schwergewichtigen Freund aus dem Wasser gefischt, aber er kommt nicht weit – er ist mittlerweile mit Handschellen ans Steuerrad gefesselt. Und was machen wir jetzt?«

Sam holte sein Handy heraus. »Als Erstes sagen wir Francis Bescheid. Dann holen wir die Polizei.« Er verstummte, als ihm ein Gedanke durch den Kopf ging. »Glauben Sie, dass es Probleme geben könnte? Ich meine, Sie sind ja nicht gerade ein offizieller Repräsentant der Ordnungshüter.«

»Machen Sie sich keine Sorgen. Wir werden ihnen erklären, dass wir zu einem Sonderkommando aus Korsika gehören. Die hiesige Polizei kann das beim Polizeichef von Calvi nachprüfen. Er ist mein Onkel.«

Sam staunte einen Moment darüber, in welchem Ausmaß verwandtschaftliche Beziehung doch komplizierte Dienstwege abzukürzen vermochten, und wählte eine Nummer auf seinem Handy: Er sprach einige Minuten mit einem ungeheuer erleichterten Reboul, der sich erbot, dafür zu sorgen, dass sich die Marseiller Polizei auf der Stelle zur Jacht begab. Sam postierte Jo als Wache bei Elena und eilte in die Kabine zurück, wo Prendergast auf der Kante seiner Koje hockte und mit gesenktem Kopf auf den Boden starrte. Dass er noch vor wenigen Minuten ganz in einem John-Wayne-

Film versunken gewesen war, kam ihm nun wie blanker Hohn vor. Er hatte eine Platzwunde an der Stirn und einen Blutfleck im Gesicht.

Sams gute Nachricht löste umgehend vehemente Reaktionen aus: Es folgte ein lauter Schmatz auf beide Wangen von Daphne und eine ungestüme Umarmung von Flo. Prendergast schien noch mehr in sich zusammenzufallen.

»Hat er versucht, Widerstand zu leisten?«

Flo nickte. »Aber nur einmal und ohne rechte innere Überzeugung.«

Was Sam selbst betraf, so fühlte er sich mit einem Mal ungeheuer lebendig, leicht benommen und aller Welt zugeneigt. Mit einer merklichen Ausnahme. »Die Polizei wird jeden Augenblick hier eintreffen, und der Erste, den sie sich vorknöpft, sollte Wapping sein. Sagen Sie, Flo – was für eine Strafe steht in Frankreich auf Entführung?«

Der Hüne rieb sich das Kinn. »Kommt darauf an. Falls das Opfer in irgendeiner Form zu Schaden gekommen ist, fünfundzwanzig Jahre. Andernfalls nur zwanzig.«

»Nur zwanzig Jahre! Wie sind die Gefängnisse hier eigentlich?«

Figatellis Miene spiegelte die reinste Unschuld wider. »Ich habe natürlich keine einschlägigen persönlichen Erfahrungen. Aber dem Vernehmen nach soll der Komfort zuweilen zu wünschen übrig lassen.«

»Wie bedauerlich. Dann wollen wir mal.« Er wandte sich Prendergast zu, der aufmerksam zugehört hatte und ihn jetzt in einer Mischung aus Ungläubigkeit und Verzweiflung anschaute. »Können wir ihn irgendwo einsperren?«

Flo zuckte die Schultern. »Wozu? Ich stecke ihn zu Wapping in die Kabine und postiere mich vor der Tür, bis die Polizei eintrifft.« Er beugte sich hinunter und stellte Prendergast nicht besonders sanft auf die Füße. Die Prozession setzte sich in Marsch und erreichte die Eignerkabine gerade rechtzeitig, um die Polizei von Marseille willkommen zu heißen, die mit einem Einsatzkommando in zwei Schnellbooten angerückt war.

Zu Sams Erleichterung hatte Flo beschlossen, die Situation selbst in die Hand zu nehmen. Er erklärte dem Einsatzleiter, dass sich der Entführer in der Eignerkabine befinde, das Opfer betäubt im Hubschrauber schlafe, Sam sie vor einer weiteren Verschleppung bewahrt habe und dass er und seine Kollegen bereit seien, auf jede erdenkliche Art Amtshilfe zu leisten.

Damit war der Fall natürlich nicht erledigt. Es mussten eidesstattliche Aussagen aufgenommen, Fragen beantwortet und das sonderbare Auftauchen von zwei korsischen Polizisten erklärt werden. Als das alles vorüber war, berührte bereits die ›rosenfingrige Morgenröte‹ den östlichen Horizont, wie Daphne es auszudrücken beliebte, und sie konnten endlich ihrer Wege gehen.

Sam würde sich stets an den kurzen Rückweg nach Marseille erinnern. Elena, immer noch schlafend, lag zusammengerollt in seinen Armen, der Himmel war in ein verhangenes Rosa getaucht, und die Luft roch wie frisch gereinigt. Die Erleichterung machte einem unendlich tiefen Glücksgefühl Platz.

Auf der Rückfahrt zum Haus rief er Philippe an, der schon beim ersten Läuten abnahm.

»Guten Morgen, mein Freund. Ich hoffe, ich habe dich nicht geweckt?«

»Wir haben die ganze Zeit kein Auge zugetan. Wie ist es gelaufen?«

Nachdem Sam die Ereignisse der Nacht in aller Kürze geschildert hatte, kam ihm ein Gedanke. »Philippe, wie würde dir ein Exklusivbericht gefallen? Du weißt schon, Entführer von Marseiller Polizei auf frischer Tat ertappt, Fluchtversuch mit dem Hubschrauber vereitelt, die ganze Litanei rauf und runter. Die Einzelheiten erzähle ich dir gleich.«

Einen Augenblick lang herrschte Schweigen am anderen Ende der Leitung, dann brummte Philippe zustimmend. »Keine schlechte Idee. Wir schaffen es schon noch, einen anständigen Journalisten aus dir zu machen.«

19. Kapitel

Elena regte sich und drehte sich um. Mit halb geschlossenen Augen streckte sie die Hand aus, und als Sam sie ergriff, wurde ihr Gesicht weich und von einem Lächeln erhellt. »Ach Sam, lieber, lieber Sam, was war los? Wie spät ist es?«

»Du hast dir einen Tag freigenommen. Allerdings ohne vorher ordnungsgemäß einen Urlaubsantrag auszufüllen. Den Rest erzähle ich dir später. Jetzt ist Frühstückszeit. Worauf hast du Lust?«

»Eine Dusche. Kaffee. Ein Croissant. Noch mehr Kaffee.«

Trotz Elenas Protest bestand Sam darauf, ihr beim Aufstehen zu helfen. Sie reckte sich, küsste ihn und eilte ins Bad, als hätte sie nur eine geruhsame Nacht hinter sich.

Bei seiner Rückkehr in die Küche war Mimi damit beschäftigt zu telefonieren, während Philippe auf der Tastatur seines Laptops herumhämmerte. »Hör mal, Sam«, sagte er und übersetzte direkt vom Bildschirm. »Millionenschwerer mutmaßlicher Entführer hilft bei polizeilichen Ermittlungen – bildschönes Opfer aus Hubschrauber gerettet.« Er blickte zu Sam hoch. »Gute Schlagzeile, findest du nicht auch? Mimi versucht den Verleger zu erwischen, bevor er in der Redaktion erscheint. Er wird begeistert sein. Die Polizei auch. Sie kann immer eine gute Presse gebrauchen.« Philippe scheuchte Sam mit einer Handbewegung weg und nahm sein Gehämmer wieder auf, wobei er zufrieden vor sich hin summte. Er merkte kaum, dass Mimi den Hörer aufgelegt hatte und ihm das Daumen-hoch-Zeichen gab. »Gefällt ihm«, sagte sie. »Aber erst müssen die Anwälte den Artikel absegnen. Wäre prima, wenn du ihm das Ganze bis zur Mittagszeit zuschicken könntest.«

Sam bestückte ein Tablett mit Kaffee und Croissants und kehrte ins Schlafzimmer zurück, wo Elena in ihrem Bademantel auf der Bettkante saß. Sie atmete tief den Dampf ein, der von ihrem *Café au lait* aufstieg, tunkte das Ende des Croissants in den Milchkaffee, kostete einen Bissen und strahlte. »Und nun wüsste ich gerne, was passiert ist, Mr. Levitt. Hat es mir Spaß gemacht?«

Am folgenden Morgen schmückte Philippes Artikel die Titelseite von *La Provence,* illustriert mit einem Foto von Wappings Jacht und dem deutlich erkennbaren Hubschrauber auf dem Achterdeck. Philippe hatte sich so weit aus dem Fenster gelehnt, wie die Anwälte erlaubten, und jeder, der den Artikel las, gewann den Eindruck, dass sich die *Floating Pound* in den Händen widerwärtiger und möglicherweise krimineller Ausländer befand. Diejenigen, die ein persönliches Interesse an der Geschichte hatten, brauchten nicht lange, um zwischen den Zeilen zu lesen.

Jérôme Patrimonios Frühstück wurde dadurch gründlich verdorben. E nahm es gerne in einem Café am Vieux Port ein, wo er eine klammheimliche Beziehung zur blutjungen Frau des ältlichen *patron* pflegte. Doch heute gab es kein Getändel, keine verweilenden Blicke und keine intimen Momente, wenn sich die Hände beim Begleichen der Rechnung berührten. Die anderen Stammgäste wussten um Patrimonios Seilschaft mit einem veritablen englischen Adeligen – er prahlte gerne damit –, und deshalb hatte ihm einer den Artikel gezeigt.

Er las ihn, anfangs verblüfft, dann mit wachsender Sorge – weniger um Wapping als vielmehr um sein eigenes Wohl. Was würde bei den polizeilichen Ermittlungen herauskommen? Würde man ihm etwas zur Last legen können? Wie sollte er sich so weit wie möglich vor den unliebsamen Nachbeben schützen? Er verließ das Café und eilte in sein Büro, ein verstörter, in seinen Grundfesten erschütterter Mann.

Auch für Lord Wapping hatte der Tag schlecht begonnen. Er war auf seiner Jacht unter Hausarrest gestellt, sein Handy konfisziert und sein Hubschrauber an die Kette gelegt worden; wohin er auch blickte, überall schwirrten Polizisten in Uniform herum. Er war Realist genug, um zu akzeptieren, dass man ihn, wie ihm einer der Polizeioffiziere mitzuteilen beliebte, *en flagrant délit* erwischt hatte (oder mit heruntergelassenen Hosen, wie Ray Prendergast es ausdrückte). Das war an sich schon schlimm genug, aber nicht die einzige dunkle Wolke am Horizont. Seit der Ankunft der Polizei benahm sich Annabel, als würde sie ihn kaum kennen.

Arme Annabel. Sie musste Philippes Artikel gar nicht erst sehen, um zu erkennen, dass man sie wie alle anderen Anwesenden auf der Jacht als Komplizin bei einer Straftat behandeln würde – es sei denn, sie konnte beweisen, von der Entführung nichts gewusst zu haben. Während ihrer Zeit mit Wapping hatte sie mit großem Erfolg die Augen vor dem verschlossen, was sie als seine Geschäftsinteressen bezeichnete, und instinktiv vermieden, Fragen über die schlafende Gestalt zu stellen, die Brian und Dave an Bord gebracht hatten. Nun überschlugen sich ihre Gedanken. Sie musste einen Weg finden, das sinkende Schiff zu verlassen und sich zu ihren lieben Freunden nach Saint-Tropez durchzuschlagen. Die würden wissen, was zu tun war. Eine grauenvolle Situation, einfach zu grauenvoll.

Für Patrimonio geriet der Vormittag schnell außer Kontrolle. Ein Ausschussmitglied nach dem anderen hatte ihn angerufen, um seiner ernsthaften Besorgnis über einen stadtbekannten Kriminellen Ausdruck zu verleihen, der in ein städtisches Bauprojekt dieser Größenordnung verwickelt war. Er musste außerdem eine höchst unerfreuliche Unterredung mit dem Bürgermeister über sich ergehen lassen, der ihm auf das Schärfste nahelegte, umgehend die nötigen Schritte einzuleiten, um sich und seine Kollegen von Lord Wapping zu distanzieren. Angesichts dieser Schimpfkanonade, die noch in seinem Kopf nachhallte, berief Patrimonio, wie vom Bürgermeister angeordnet, eine Krisensitzung des Ausschusses ein.

Es überraschte wohl nicht, dass Francis Reboul mit beträchtlicher Zufriedenheit auf den Skandal reagiert hatte, doch die Freude wurde durch einen kleinen Wermutstropfen getrübt. Es war möglich, ja sogar wahrscheinlich, dass Wappings Angebot ausgeschlossen wurde, aber Reboul waren die Hände gebunden. Offiziell konnte er nichts tun, um diese Entscheidung zu unterstützen. Er musste dringend mit Sam reden.

»Wie geht es Elena?«

»Francis, in Kalifornien sind die Mädchen aus einem harten Holz geschnitzt. Sie tut so, als wäre überhaupt nichts passiert. Sie fühlt sich ein wenig benebelt, aber ansonsten prima, sagt sie. Sie hat gefrühstückt, war im Pool und redet bereits vom Mittagessen und einem Glas Wein.«

»Das freut mich sehr. Und Sam – herzlichen Glückwunsch. Sie haben ganze Arbeit geleistet. Das müssen wir feiern. Doch zuerst müssen wir Nägel mit Köpfen machen und dafür sorgen, dass unser Projekt grünes Licht erhält – nur kann ich, wie Sie wissen, offiziell nichts tun, um mein Scherflein dazu beizutragen.«

Sam dachte bereits einen Schritt weiter als Reboul. »Wissen Sie, was ich an Ihrer Stelle tun würde? Ich würde Ihren Freund Gaston bitten, sich mit seinem Freund, dem Bürgermeister, in Verbindung zu setzen. Er ist Patrimonios Vorgesetzter, also muss er wissen, was vorgeht.«

Gesagt, getan.

Als Reboul Sam später zurückrief, erzählte er Sam, dass der Bürgermeister nach dem Gespräch mit Gaston beschlossen hatte, an der Krisensitzung des Ausschusses teilzunehmen, die für den Nachmittag anberaumt war. Gaston hatte es nützlich gefunden, den Bürgermeister an jenem Abend zum Essen ins Petit Nice einzuladen. Und da kein Franzose, der noch klar bei Verstand ist, eine kostenlose Drei-Sterne-Mahlzeit ablehnte, hatte der Bürgermeister eine zuvor getroffene Verabredung mit dem Marseiller Ortsverband der altgedienten Rotarier abgesagt. Gaston war ziemlich sicher, dass die Unterhaltung bei einem Menü auf höchstem Niveau wegweisend wirken würde.

Für Lord Wapping und Ray Prendergast schien der Tag kein Ende nehmen zu wollen. Die Forderung nach Rückgabe ihrer Handys war abgelehnt worden trotz Wappings inständiger Bitte, seine imaginäre todkranke Mutter anrufen zu dürfen, die in einem Londoner Pflegeheim ihrem Ende entgegensehe. Die beiden hockten in der Eignerkabine und versuchten, ihren Kummer in Cognac zu ertränken, was ihnen nur teilweise gelang.

»Diese Mistkerle«, fluchte Wapping. »Sie müssen uns erlauben, einen Anwalt anzurufen, oder?«

»Keine Ahnung, Billy. Das Problem ist, wir haben es mit Franzosen zu tun.«

»Ich weiß, Ray. Ist mir auch schon aufgefallen.«

»Ich wollte damit sagen, dass hier andere Regeln und Gesetze herrschen. Nur ein Beispiel: Hier wurden Straftäter noch bis 1981 guillotiniert – Rübe ab.«

»Wapping schauderte. »Mistkerle.«

»Und das ist längst nicht alles. Für Entführer haben sie ebenfalls nicht viel übrig. Wir müssen damit rechnen, die nächsten zwanzig bis fünfundzwanzig Jahre im Knast zu verbringen.«

Die beiden Männer saßen geraume Zeit schweigend da, in düstere Gedanken versunken. Wapping leerte sein Glas in einem Zug und griff nach der Flasche, dann hielt er mitten in der Bewegung inne. »Wir müssen vom Schiff runter, oder?«

Prendergast nickte.

»Du musst mich ins Krankenhaus bringen.«

»Wieso? Was ist los mit dir?«

»Herzprobleme, Ray. Und zwar nicht zu knapp.«

»Ich wusste gar nicht, dass du ein schwaches Herz hast.«

»Ich auch nicht. Aber was nicht ist, kann ja noch werden. Lass mich bloß machen.«

Der Polizist, der vor der Tür der Kabine Wache stand, spähte durch das Fenster, gerade noch rechtzeitig um zu sehen, wie Lord Wapping vom Stuhl kippte, auf dem Fußboden landete, seinen Brustkorb umklammerte und nach Luft schnappte.

Jérôme Patrimonio rief die Versammlung zur Ordnung, ein wenig gehemmt durch die Anwesenheit des Bürgermeisters, eine teilnahmslose Gestalt am anderen Ende des Konferenztisches. In einem seiner wirkungsvollsten Auftritte als Vorsitzender, wie er rückblickend meinte, begann er, ein Klagelied auf das schockierende Verhalten von Lord Wapping anzustimmen. Der Mann habe alle hinters Licht geführt und sich als vollkommen ungeeigneter Partner bei einem Projekt von so zentraler Bedeutung erwiesen. Zum Glück sei man ihm auf die Schliche gekommen, bevor irgendwelche Zusagen erteilt wurden. Außerdem lägen zwei weitere hervorragende Angebote vor, erklärte Patrimonio, und der Ausschuss habe bereits hinreichend Zeit und Informationen gehabt, um jedes für sich in Betracht ziehen zu können. Im Interesse der Gerechtigkeit, Demokratie und vollständigen Transparenz, die ihm stets am Herzen lägen, schlage er deshalb vor, nun endlich zur Abstimmung zu schreiten. Einfache Handzeichen würden genügen.

Er blickte den Bürgermeister fragend an, der jetzt weniger teilnahmslos erschien und zustimmend nickte. Die Ausschussmitglieder passten ihre Mimik an – setzten eine ernste und verantwortungsbewusste Miene auf, wie es Männern gut zu Gesicht stand, die im Begriff waren, eine wichtige Entscheidung zu treffen. Sie wurden von Patrimonio an ihr Recht erinnert, sich der Stimme zu enthalten.

Das erste Projekt, über das abgestimmt werden sollte, war der von Madame Dumas im Auftrag von Eiffel International eingereichte Hotelkomplex. Patrimonio blickte sich am Tisch um. Zwei Hände gingen in die Höhe.

Als Nächstes kam das zweite Gebot an die Reihe, präsentiert von Monsieur Levitt im Auftrag des Schweizer/Amerikanischen Konsortiums. Fünf Hände wurden erhoben, eine nach der anderen, wie Patrimonio erleichtert feststellte. Er würde nicht gezwungen sein, seine Stimme als die ausschlaggebende in die Waagschale zu werfen. Dann konnte man ihm später auch keinen Vorwurf machen, falls etwas schiefging.

»Nun, meine Herren, ich denke, wir können uns darauf verständigen, dass der Ausschuss eine klare Botschaft übermittelt hat, und ich gratuliere zu dieser Entscheidung.« Und damit zupfte er seine Manschetten zurecht und erklärte die Sitzung für geschlossen.

Gleich nach der Rückkehr in sein Büro tätigte Patrimonio zwei Anrufe: Der erste galt einem überraschten Sam, der zweite einem langjährigen Redakteur von *La Provence*. Ein Tag, der so düster begonnen hatte, versprach doch noch einen lichtvollen Ausklang zu nehmen.

20. Kapitel

»*Mais c'est pas possible*. Da glaube ich einfach nicht.« Philippe schüttelte lachend den Kopf, als er Mimi die Morgenausgabe von *La Provence* über den Frühstückstisch zuschob. »Schau dir das an. So ein Schuft, dieser Sam – hat kein Wort verlauten lassen.«

Mimi legte ihr Croissant auf den Teller zurück, leckte die Blätterteigreste von den Fingern und breitete die Zeitung vor sich aus. Auf der Titelseite, direkt über dem Mittelfalz, befand sich ein Foto von Patrimonio und Sam, die sich die Hände reichten und mit einem strahlenden Lächeln in die Kamera blickten. »Ein frischer Wind in der Anse des Pêcheurs« hieß es in der Schlagzeile, gefolgt von einem spannungsgeladenen Text in mehreren Abschnitten, der dem Ausschuss zu seiner schwierigen Entscheidung gratulierte und die freundschaftliche und konstruktive Beziehung zwischen Monsieur Jérôme Patrimonio und Monsieur Sam Levitt unterstrich. Des Weiteren wurde angekündigt, dass in Kürze eine Pressekonferenz stattfinden werde, bei der alle Einzelheiten des siegreichen Projekts offengelegt werden sollten. Das letzte Wort hatte natürlich Patrimonio, der das Abkommen besiegelte. »Ich bin hocherfreut über die Entscheidung des Ausschusses, weil dieses Projekt von Anfang an mein Favorit war«, erklärte er.

Mimi schnaubte verächtlich, als sie das las, und erstickte beinahe an ihrem Kaffee. »*Qu'il est bestiasse!* Was für ein Idiot!«

Philippe grinste noch immer. »Auf zur Pressekonferenz, die ich nur ungern versäumen würde. Kommst du mit?«

Nach der Verhaftung von Lord Wapping und seiner Besatzung hatten die beiden beschlossen, dass sie nunmehr unbedenklich in Philippes Wohnung zurückkehren konnten. Infolgedessen bekamen sie Sam seltener zu Gesicht. »Da lässt man ihn eine Minute aus den Augen, und schon macht er gemeinsame Sache mit allen möglichen finsteren Gestalten«, sagte Philippe. Er griff nach seinem Handy und tippte Sams Nummer ein.

»Spreche ich mit Monsieur Levitt, der eine freundschaftliche und konstruktive Beziehung zu diesem opportunistischen Vollidioten namens Patrimonio unterhält?«

Sam stöhnte. »Ich weiß, Philippe, ich weiß. Geh nicht zu hart mit mir ins Gericht. Er rief an und meinte, es sei wichtig, er müsse unbedingt mit mir sprechen, in seinem Büro. Als ich dort ankam, beendete er gerade ein Interview mit einem deiner Kollegen von der Zeitung. Dann kam auch schon der Fotograf herein ...«

»Und der Rest ist Geschichte. Ich wette, er war für das Foto geschminkt. Jetzt sag mal – wann wird die Pressekonferenz stattfinden?«

»Morgen Nachmittag. Seine Sekretärin hat heute Morgen einen Rundruf bei den Medien gestartet. Du bist herzlich eingeladen, aber nur wenn du dich anständig benimmst.«

»*Moi?* Habe ich mich jemals schlecht benommen? An mir kann sich jeder professionelle Journalist ein Beispiel nehmen.«

»Genau das befürchte ich. Also dann bis morgen.«

»Mein lieber Monsieur Levitt, es wäre wahrscheinlich am besten, wenn Sie mir die Handhabung aller Fragen überlassen«, erklärte Patrimonio und blickte sich im Konferenzraum um auf der vergeblichen Suche nach einem Wandspiegel. Vom Outfit her war er bestens auf die bevorstehende Veranstaltung vorbereitet in seinem cremefarbenen Seidenanzug, dem blassblauen Hemd und der heißgeliebten Old-Etonian-Krawatte. »Falls ich Sie in irgendeiner technischen Angelegenheit zurate ziehen müsste, werde ich das natürlich tun. Aber meines Erachtens ist es am besten, wenn es für das Projekt nur einen einzigen offiziellen Wortführer gibt, finden Sie nicht auch?«

»Absolut«, erwiderte Sam, der heilfroh war, Patrimonio den Vortritt zu lassen, wenn sie mit Fragen bombardiert wurden. Er genoss schon jetzt die köstliche Ironie der Situation: Patrimonio, der die Werbetrommel für das Projekt seines alten Erzfeindes Reboul rührte. »Abgesehen von allem anderen ist Ihr Französisch um Klassen besser als meines.«

Patrimonios Sekretärin steckte ihren Kopf durch die Tür des Konferenzraums. »Ich glaube, jetzt sind alle da«, verkündete sie.

»Dann herein mit ihnen, meine Liebe. Herein mit ihnen.« Patrimonio absolvierte das bekannte Ritual – Haare glätten, Manschetten zurechtzupfen und Krawatte zurechtrücken, bevor er die einmarschierenden Medien mit einem einladenden Lächeln empfing. Dem dreiköpfigen Fernsehteam von einem lokalen Sender, das die Vorhut bildete, folgten ein halbes Dutzend Schreiberlinge der Fachpresse sowie Vertreter der regionalen Zeitungen und ein kleiner Trupp Immobilienmakler, die erpicht darauf waren, einen Fuß in die Tür zu bekommen. Die Nachhut bildete Philippe. Bei seinem Anblick gefror Patrimonios Lächeln für einen Augenblick, bevor er sich von dem Schrecken erholte.

Bei seiner Präsentation achtete Patrimonio darauf, denjenigen zu ehren, dem Ehre gebührte – das heißt ihm selbst. Mit fester Hand hatte er die Führung in jeder Phase des Prozesses übernommen, angefangen bei der Wahl der Kandidaten, die in der Endrunde landeten, bis hin zur Beaufsichtigung der endgültigen Entscheidung. Wenn man seinen Worten glauben schenken durfte, handelte es sich um das Lebenswerk eines Mannes, eines Einzelkämpfers, der sich durch Hingabe an seine Aufgabe und ein gesundes Urteilsvermögen auszeichnete. Auf halber Strecke der Heldensage beging Sam den Fehler, Philippes Blick aufzufangen, und wurde mit einem schamlos übertriebenen Blinzeln belohnt.

Als Patrimonio schließlich geendet hatte, waren die Fragen wie erhofft, lammfromm. Wie hoch würden die Kosten des Projekts sein? Wie sah der Arbeitsplan aus, und wann würde der Bau beginnen? Wie sollte für den Kauf der fertigen Wohnungen geworben werden? Patrimonio erteilte die entsprechend optimistischen Antworten und gratulierte sich selbst zum reibungslosen Ablauf der Pressekonferenz, als sich Philippe laut räusperte und die Hand hob.

»Monsieur Patrimonio, was ist eigentlich aus dem millionenschweren Entführer geworden?«, fragte er. »Wenn ich richtig informiert bin, stand er doch in der engeren Wahl. Sie waren schließlich sehr eng mit ihm befreundet, oder? Gibt es was Neues über ihn?«

Patrimonio, ein Meister in der Kunst der Ausweichmanöver, hatte nicht die Absicht, sich auch nur in die Nähe dieses speziellen Themas zu begeben. »Aus rechtlichen Gründen bin ich leider nicht in der Lage, mich dazu zu äußern.« Er warf einen Blick auf seine Uhr. »Und nun, meine Damen und Herren, falls Sie keine weiteren Fragen haben – Monsieur Levitt und ich haben zu arbeiten.«

Reboul hatte entschieden, dass die Entscheidung gefeiert werden musste. Es war noch zu früh, in Marseille mit Sam und Elena in der Öffentlichkeit gesehen zu werden, und deshalb hatte er ›ein kleines Mittagessen‹ auf dem Lande‹ arrangiert. Zwei Wagen mit Chauffeur würden Elena, Sam, Mimi, Philippe und Daphne abholen und zu einem verschwiegenen Restaurant im Luberon bringen, das außer den Einheimischen kaum jemand kannte. Reboul würde sich dort mit ihnen treffen.

Um Punkt elf bogen zwei schwarze Mercedes-Limousinen in die Auffahrt zum Haus ein. Die beiden jungen Chauffeure im schwarzen Anzug mit Sonnenbrille geleiteten die Fahrgäste zu ihren Sitzen und brausten los. Daphne hatte darum gebeten, mit Elena und Mimi fahren zu dürfen. »Die Mädels sollten unter sich bleiben, mein Lieber, damit wir über euch beide lästern können«, hatte sie zu Sam gesagt, und so folgten die Männer im zweiten Wagen.

In wenig mehr als einer Stunde fanden sie sich in einer völlig anderen Welt wieder. Nach der Menschenmenge, dem Beton und den Meerblicken von Marseille wirkte der Luberon üppig bewachsen und menschenleer. Die Regenfälle im Frühjahr hatten dazu beigetragen, den Bergen einen Pflanzenbewuchs in sämtlichen Grünschattierungen zu verleihen, frisch und glänzend, und der Himmel war postkartenblau. Das perfekte Wetter für ein Mittagessen, wie Philippe Sam erklärte.

Die letzte Etappe der Fahrt führte eine enge, gewundene Straße hinauf, bis sie an ein halb von Efeu verdecktes, von Hand gemaltes Hinweisschild auf Le Mas des Oliviers gelangten. Ein nach unten gerichteter Pfeil deutete auf einen steinigen Pfad, der sich durch Felder mit Olivenbäumen schlängelte, mit silbergrünen Blättern, die im Wind zitterten.

Vor den hohen Mauern und offenen Eingangstoren des Restaurants endete der Pfad. Von der Öffnung eingerahmt, mit einem strahlenden Lächeln auf dem Gesicht, nahm Francis Reboul den Konvoi in Empfang.

Nachdem er sich Daphne, Mimi und Philippe vorgestellt und Elena und Sam zur Begrüßung geküsst hatte, führte er sie in einen weitläufigen Innenhof, groß genug für zwei riesige, ausgewachsene Kastanienbäume, deren Blätter einem langen Tisch Schatten boten. Sam bemerkte, dass er für acht Personen gedeckt war. »Sie haben doch nicht etwa Patrimonio eingeladen?!«

Reboul grinste verschmitzt. »Mitnichten. Aber ich habe eine echte Freundin, Sam – ah, da kommt sie ja.« Sam folgte Reboul zur Tür des Restaurants. »Meine Liebe, das ist Sam, der mir eine so große Hilfe war. Sam, darf ich Sie mit Monica Chung bekannt machen?« Sie war winzig, reichte Sam kaum bis zur Schulter, mit lackschwarzen Haaren und Mandelaugen, nicht mehr jung, aber gleichwohl schön und auffallend elegant. Selbst Sam, der in Bekleidungsfragen kein Experte war, sah, dass ihr Seidenkleid aus Paris stammte. Er beugte sich über ihre Hand, und Reboul nickte zustimmend. »Ich sehe schon, Sie fangen an, sich wie ein zivilisierter Franzose zu benehmen.«

Als sie den Innenhof durchquerten, um sich zu den anderen zu gesellen, legte Reboul den Arm um Monicas Taille. »Monica und ich haben beidseitige Geschäftsinteressen in Hongkong. Sie ist eine mit allen Wassern gewaschene Geschäftsfrau und eine hervorragende Köchin, doch ich muss Sie warnen, Sam, spielen Sie niemals Mahjong mit ihr – Sie macht Sie fertig.«

Monica lachte. »Wir hatten zweitausend Jahre Zeit zum Üben, Francis. Also, wer sind diese netten Leute?«

Während sie sich einander vorstellten, erschien ein weiteres Paar im Hof und gesellte sich mit Flaschen, Gläsern und Eiswürfeln zu ihnen. »Das ist Mireille, die in der Küche das Zepter schwingt und wunderbare Dinge zaubert«, sagte Reboul. »Und das ist ihr Mann Bernard, der darauf besteht, dass wir vor dem Essen einen Aperitif nehmen.« Die beiden bildeten ein ansehnliches Gespann, den lebenden Beweis für Mireilles Kochkünste, wohlgenährt und bestens gelaunt. Sie schenkten Pastis und Rosé ein, bevor sich Mireille entschuldigte und in die Küche zurückzog, um die Vorbereitungen für das Mittagessen zu überwachen, während sich Bernard am eingedeckten Tisch zu schaffen machte.

Der Innenhof war der Traum jedes Designers. Die Bruchsteinmauern, einen halben Meter dick und drei Meter hoch, hatten im Verlauf mehrerer Jahrhunderte, in der sie der Witterung ausgesetzt waren, eine sanfte Grautönung angenommen, farblich passend zu den pockennarbigen Steinplatten auf dem Boden. Große runde Anduze-Gefäße aus verblichenem Terracotta, bepflanzt mit scharlachroten Geranien und weißen Petunien, säumten die Mauern, und eine Auswahl an Strohhüten – für den Fall, dass die Sonne durch das Blattwerk drang – hing am Stamm der beiden Kastanien.

Das Mittagessen wurde diesem Ambiente gerecht. Mireille hatte gleich eine ganze Parade ihrer Lieblingsgerichte aufgefahren, angefangen mit *beignets de fleurs,* gefüllten und frittierten Zucchiniblüten, als Vorspeise. Darauf folgten Tartes mit Anchovis und Oliven auf einem Bett aus gedünsteten Zwiebeln – die klassische *pissaladière,* eine Spezialität aus Nizza. Das Hauptgericht, die absolute Nummer eins in Mireilles Küche, war eine *charlotte* mit Lamm und Auberginen und als Beilage Kartoffeln, in Gänseschmalz gebraten. Danach gab es ein paar Käsehäppchen, von einer folgsamen Ziege vor Ort zur Verfügung gestellt. Und zum Abschluss wurde eine Pfirsichkaltschale kredenzt, von frischen Verbenenzweigen gekrönt. Ein Mittagessen, wie Bernard ihnen mitteilte, das einem Mann Kraft verleiht, den ganzen Nachmittag Schwerstarbeit auf dem Feld zu verrichten.

Der Wein und die Unterhaltung flossen gleichermaßen, und es vergingen annähernd drei Stunden, bevor Francis Reboul sich erhob und mit einem Löffel an sein Glas klopfte, um Aufmerksamkeit zu erbitten.

»Meine Freunde. Heute ist ein wunderbarer Tag, und ich möchte ihn nicht mit einer langen Rede verderben. Aber ich kann mir auch nicht die Gelegenheit entgehen lassen, Sam meine Bewunderung und meinen Dank auszusprechen, und ich hoffe, dass er dieses kleine Präsent als Zeichen meiner Anerkennung annehmen wird.« Er umrundete den Tisch, ging zu Sam und überreichte ihm einen Umschlag.

Sam öffnete ihn. Darin befand sich ein Scheck, ausgestellt auf eine Million Dollar. Er kniff die Augen zusammen, dann blickte er Reboul an. Beide Männer lächelten, doch es dauerte einen Augenblick, bis Sam seiner Stimme wieder mächtig war.

»Danke«, sagte er. »Das Mittagessen geht auf mich.«

Pieter Webeling

Das Lachen und der Tod
Roman

Aus dem Niederländischen von Christiane Burkhardt

318 Seiten, ISBN 978-3-89667-464-7, 20,60 Euro

Ernst Hoffmann ist von Beruf Komiker. Er lebt für den Applaus und von dem Gelächter seiner Zuhörer. 1944 wird er in einem Viehwaggon mit anderen Verfolgten in ein Konzentrationslager gebracht. Doch selbst im Lager bleibt er Komiker und erzählt abends den Mitgefangenen Witze, um sie vor endgültiger Verzweiflung zu bewahren und von dem Grauen abzulenken. Als der deutsche Lagerkommandant davon erfährt, schlägt er Hoffmann einen diabolischen Tausch, einen Pakt, vor, der den Häftling an die Grenzen seines Gewissens und seines Überlebenswillens führt.

»Einer der erschütterndsten und schönsten Romane, die wir je gelesen haben.« *Literair Nederland*

»Ich bewundere Webeling, der nach seinen gründlichen Recherchen das Leben und Sterben in den Lagern so wirklichkeitsgetreu beschrieben hat.«
Robert Cohen, Auschwitz Gefangener Nr. 174708